片山正通教授の

「遊ぶ」ように「仕事」をしよう

片山正通

この本を手にとってくれたみなさんへ

こんにちは、インテリアデザイナーの片山正通です。この本は、ぼくが武蔵野美術大学で不定期開催している『instigator』の、２冊目の講義録になります。

２０１１年にスタートした『instigator』は、毎回さまざまなジャンルで活躍するゲストをお迎えし、あますことなくたっぷりとお話を伺う、トークショー形式の特別講義です。

「ぼくがいま大学生だとして、誰のどんな話を聞いたら、
これからの人生が有意義な時間に変わっていくんだろう？」

そんな疑問が、『instigator』を始めたきっかけでした。〈instigator〉には、「扇動者」という意味があります。その言葉のとおり、お迎えするゲストはまさに時代を牽引するスター やトップクリエイター。

２０１３年11月に上梓した1冊目の書籍『「好きなこと」を「仕事」にしよう』は、第1回目のゲストであるアートディレクターの佐藤可士和さんをはじめ、元サッカー選手であり一般財団法人 TAKE ACTION FOUNDATION代表理事の中田英寿さん、クリエイティブメーカーのＮＩＧＯ®さん、映画監督／演出家の本広克行さん、彫刻家の名和晃平さんにお越しいただいた回を収録しました。

そして2冊目となる本作。どのようなゲストを招いたら学生たちが喜んでくれるのかと思いを巡らせましたが、ぼく自身、２０２０年に開催予定の東京オリンピックに向けて、またその後の新しい時代をつくり出す若い世代のクリエイターたちの話を聞いてみたいと思いました。

そこでゲストにお呼びしたのが、アートディレクターの佐野研二郎さん、プロデュースユニットm-flo のVERBALさん、写真家／映画監督の蜷川実花さん、映画プロデューサー／作家の川村元気さん、サカナクションの山口一郎さん。若い世代に多大な影響力を持つ扇動者の方たちばかりです。

全員ぼくより年下ですが、心から尊敬できる方たちばかりで、新しい価値観にたくさんの刺激を受けたのは言うまでもありません。

誰一人として、同じ道を歩んできた人はいません。生い立ち、プロになるきっかけ、仕事のジャンルやスタイルも、５人５色。彼らは、いったいどんな子ども時代、学生時代を過ごし、どんな考えを持ちながら仕事を続けているのか。みんなが知っている輝かしい経歴だけではなく、トップランナーであるがゆえの悩みや苦労話、その乗り越え方も、リアルに話してくださいました。

特に毎回後半に設ける質疑応答の時間では、学生ならではの切実な質問やユニークな質問が飛び出すこともしばしば。ぼくがドキッとするような質問にも、大学の先輩が後輩にアドバイスするように、真摯に答えてくださっています。

結果として、美術大学の講義ではありますが、年齢や職業を問わず、面白い仕事をしたいと考えるすべての方に楽しんでいただける内容になっていると自負しています。

なお、『instigator』では、音楽、映像、照明、小道具からスタッフユニフォームに至るまで、空間を構築するすべての要素を、ぼくが信頼するプロフェッショナルにお願いしています。プロの仕事ぶりを間近で見ることで、学生たちに何かを感じ取ってもらいたいという思いがあるからです。準備はなかなか大変ですが、一切妥協しない姿勢が、良い空間をつくっていくのだと信じています。

さて、まえがきはこのくらいにして、さっそく講義を始めましょう。会場は、武蔵野美術大学創立時からある５００人収容可能な７号館４０１号教室。大学のなかでも古く、いちばん大きなこの教室は、いかにも大学らしい雰囲気がある、ぼくの大好きな場所です。

ぜひ、一緒に講義室に座っている感覚で、ページを開いてみてください。

武蔵野美術大学 空間演出デザイン学科　教授　片山正通

目次

この本を手にとってくれたみなさんへ 002

#006 佐野研二郎 008

2013.7.1

自分が楽しんでいればコミュニケーションも楽しくなる。
人生を楽しむことが、イコール、
デザインを楽しむことだと思っています。

#007 VERBAL 072

2013.9.19

音楽活動を始めたばかりの頃は迷ってばかりでした。
でも、今ここにきて、自分は人と何かをつくって、
人を楽しませることが好きだということが、
ようやくわかったような気がします。

#008 蜷川実花 136

2014.4.24

格好いいと思ってシャッターを切れば、そこで完結する。
それがやっぱり自分にとって
いちばん気持ちがいいし、原点なんです。

#009 川村元気 194

2014.7.3

日常の違和感に、宝物が潜んでいる気がする。
見て見ぬふりで素通りするのではなく、
ひっかかった物事のディテールを観察すると、
なにかしら創作のヒントがあると思います。

#010 山口一郎 244

2014.9.18

10年後に生まれている、新しい音楽に嫉妬していたい。
そう思えなかったとしたら、それは自分が何もできなかったせい。
それくらい自分にプレッシャーをかけて、
音楽と向き合っていきたいです。

この本を読んでくれたみなさんへ 306

スタッフリスト 310

各章末に記載のあるMusic for instigator トラックリストは、『instigator』の音楽を担当する大沢伸一が、ゲストに合わせて毎回選曲しています。

大沢伸一（Shinichi Osawa）

1993年のデビュー以来、MONDO GROSSO、ソロ活動を通じて革新的な作品をリリースし続けている音楽家、プロデューサー、DJ、選曲家。クラブサイトiLOUDのDJ人気投票国内の部3年連続No.1（2009〜11年）に輝く。ソロ名義のアルバム『The One』（2007）、『SO2』（2010）は海外でもリリースされ、現在も世界中のDJ/クリエイターからのコラボやリミックスのラブコールも多い。並行して作曲家、プロデューサーとしても活躍。安室奈美恵、山下智久、AFTERSCHOOLなどにそれぞれの新境地となるようなプロデュース楽曲を提供している。また、トヨタやメルセデスなど多くのCM音楽を手がけるほか、ファッションブランドや店舗への音楽選曲や、アナログレコードによるミュージックバーをプロデュースするなど音楽を主軸として多方面に活躍している。
http://www.shinichi-osawa.com

instigator official site: http://instigator.jp
オフィシャルサイトでは、イベント情報、ダイジェスト映像のほか、Music for instigatorのトラックリストをお楽しみいただけます。

instigator
instigator

instigator
instigator
RNA

#006

佐野研二郎

アートディレクター／クリエイティブディレクター

1972年東京都生まれ。多摩美術大学グラフィックデザイン科卒業、博報堂入社。HAKUHODO DESIGNを経て、2008年に「MR_DESIGN」設立。2014年より多摩美術大学美術学部総合デザイン学科教授。広告デザイン、キャラクターデザイン、プロダクトデザインなど、国内外でさまざまなアートディレクションを手がける。主な仕事に、トヨタ自動車「ReBORN ドラえもん」、サントリー「グリーンダカラちゃん」「南アルプスの天然水」、ミツカン「とろっ豆」、宇多田ヒカル「Flavor Of Life」など。オリジナルプロダクト「nico」「地球ごみ袋」「BATH ART」はニューヨーク近代美術館（MoMA）など、世界各国のミュージアムショップで取り扱われている。亀倉雄策賞、毎日デザイン賞、ロンドンD&AD金賞、ニューヨークADC金賞、カンヌライオンズ金賞受賞。

自分が楽しんでいれば
コミュニケーションも楽しくなる。
人生を楽しむことが、イコール、
デザインを楽しむことだと思っています。

「文系も理系もしっくりこない」から、デザイン学科へ

片山　みなさん、こんにちは。いま会場に流れている音楽は、大沢伸一さんにつくっていただいたinstigatorのテーマ曲です。今回からオープニングテーマとして流れるようになりました。かっこいいでしょ？　公式サイトからも試聴可能ですから、あとでまた聴いてみてくださいね。

　さて、きょうのゲストは、みなさんに書いてもらった「呼びたいゲストアンケート」で人気の高かった、サノケンこと佐野研二郎さんです。多摩美術大学美術学部グラフィックデザイン科を卒業後、博報堂、HAKUHODO DESIGNを経て、２００８年に36歳で独立。現在MR_DESIGNの代表をされています。ユーモアを感じさせるアートディレクションに加えて、非常に人間力が高く、そこにいるだけで場を明るくしてくれる方です。では佐野さん、どうぞ！

佐野　よろしくお願いします！　すごい人数ですね。想像以上で、ちょっとびっくりしました。

片山　５００名くらい入っています。佐野さんは、多摩美のご出身ですが、武蔵美にも何度かいらしてるんですよね。

佐野　学生時代に、ラグビー部の試合で来ましたよ。美大のラグビー部が集結する「美大リーグ」なるものがありまして。うちのグラウンドが工事中だったこともあって、よ

く武蔵美のグラウンドを借りました。

片山　その頃は、どちらが強かったんですか。

佐野　断然、武蔵美です。もう、100対0くらいで完敗でした（笑）。

片山　佐野さんの学生時代のお話はすごく楽しいんですよ。のちほどじっくり聞いていきますが、まずは子ども時代から。みなさん、プロジェクターに映っている写真[※1]を見てください。3人の子どもが並んでいますが……。わざと変な顔してるんですか、これは（笑）。

佐野　あははは、ぜんぜん覚えてないんですけど、とりあえず真ん中がぼくです。

片山　あんまり変わってませんよね（笑）。両隣は、お兄さんと妹さんですか?

佐野　はい。兄貴は東大を出ていま国家公務員なんですが、名前が究一郎というんです。なぜかというと9月1日生まれなんですね。9・1でキューイチ。それで、キュウに研究の「究」の字をあてたから、弟は「研」でいいか、みたいな感じでぼくは研二郎になりました。順番逆なんですけど。

片山　意外な由来でした（笑）。佐野さんは東京のご出身とお伺いしていますが、お父さんは何のお仕事をされていたんですか。

佐野　内科医です。いまは引退してのんびりしてます。

片山　美術関係のお仕事をされていたわけではなかったんですね。

佐野　ぜんぜんです。母は看護婦だったんですよ。医者と看護婦の、危険な関係で生まれてしまいました（笑）。デザインや美術とは関係なく、兄も妹も別の仕事をしています。

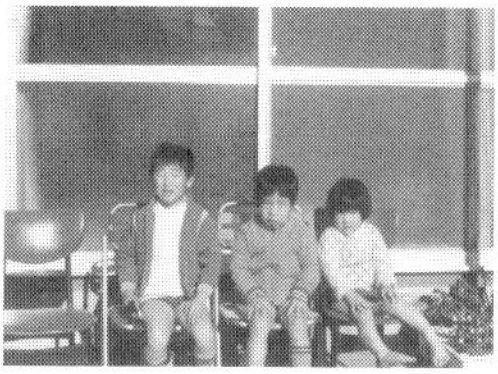

※1　写真

ただ、父がパソコンを持っていたので、子どもの頃にそれでちょっと遊んだりはしてましたね。パソコンっていうか、当時はマイコンって呼んでいましたけど。

片山　マイクロコンピュータと、マイ（my）コンピュータをかけてマイコン。学生のみんなはわからないでしょうね。当時はまだ、そこまで普及していませんでしたよね？

佐野　父が新しもの好きなんですよ。でも買って満足しちゃって放置されていたので、友だちを呼んでゲームしたりしてました。ファミコン登場より前でしたから。

片山　市販のゲームソフトがあったんですか？

佐野　それもありましたけど、がんばって自分でもプログラムを打ち込んでました。ゲームのプログラムが載っている本があったんです。そのまま文字を打ち込めばゲームができるという。

片山　小学生ですよね？　けっこう難しくないですか。

佐野　ものすごく大変でした。ぜんぶ英語ですし。あとはイラストレーターの簡易版のようなグラフィックツールが入っていたので、それで絵を描いて遊んだりしてました。

片山　絵を描くのはお好きだったんですね。

佐野　そうですね。ただ、将来美大に行こうと思うほどではなかったです。中学生のときは野球部に入っていて、普通に進学校に行くつもりでした。なんとなく「早稲田に入ったらシブいぞ」と思っていたくらいで。

片山　でも、高校生のときには美術部にも入られてますよね。

佐野　陸上部と兼部していました。陸上部って校庭を40周とか走るんですよ、マグロのような回遊魚みたいに（笑）。「これ意味あるのかな？」と疑問に思っていたとき、美術部にかわいい女の子がいたので、掛け持ちで入部しました。陸上部が休みの木曜日だけ、美術部に行くという感じでしたね。

片山　その女の子とは仲良くなれましたか。

佐野　いえ、特に進展はありませんでした（笑）。ただ石膏や手のデッサンを始めたら、けっこうハマったんです。あと美術の先生がちょっとえこひいきっぽく、準備室でコーヒーを出してくれたりして、それがうれしくて（笑）。なんとなく居着いて、本格的に絵をやってみようと考えたのは高校3年生くらいですね。

片山　その頃から、美大進学を目指すように？

佐野　美大というより、芸大に行きたかったんです。これは日比野克彦[※2]さんの影響です。進路についてぼんやりと「文系も理系もしっくりこないなあ」と考えていたとき、雑誌で日比野さんのインタビューを読んでたら、東京芸術大学美術学部デザイン学科卒と書いてあったんです。もともとCMやNHKの番組で日比野さんの作品がすごく好きだったので、そうか、デザイン学科に行って、こういうの描くのはいいかもって思ったんですよね。

片山　日比野さんのダンボールを使った作品群を見た時は、ぼくもとても衝撃を受けました。ああこういうのもありなんだ、と思って。

佐野　そうなんですよね。それで、じゃあ芸大に入るにはどうしたらいいんだろうと調べて、美術予備校に初めて行ったのが、高校3年生の春期講習でした。

※2　日比野克彦（ひびの・かつひこ）　1958年岐阜県生まれ。現代美術家。東京芸術大学大学院修了。在学中に「ダンボール」を用いた作品で注目を集める。国内外で個展・グループ展を多数開催するほか、舞台美術、パブリックアートなど、多岐にわたる分野で活動中。東京芸術大学先端芸術表現科教授。

片山　そ、それはかなり遅いですね。
佐野　すごい遅いですよね（笑）。ここにいる学生のみなさんのほうが詳しいでしょうけど、美大目指している人なら高校1年生から通っていますから。しかも、美術予備校って下手だと友だちできないんですよ（笑）。
片山　上手な人たちだけで集まっている感じですか？
佐野　ぼくの通っていたクラスにはあの蜷川実花[※3]さんがいてですね、なんかもう、めちゃくちゃうまいし、ワルっぽい蜷川軍団みたいなグループがすでにできていて（笑）、ぼくなんかもう、「あいつぜんぜんダメでしょ」みたいな感じで、相手にされなかったです。
片山　蜷川さん、こんどゲストに来ていただく予定なんですよ（笑）。予備校時代から目立っていたんですね。
佐野　当時からすでにカリスマでしたからね。デッサンの授業中に「ねえ！」って教室中に聞こえる大きな声で注意を促し、「私のデッサン盗んだの誰!?」って（笑）。
片山　さすがですね（笑）。
佐野　絵の具を使った平面構成でも、平面で平塗りだって言われているのに、びしゃびしゃに青を塗って、その上から赤い絵の具をたらーっと垂らしたりして。「うわあワルっぽい！」ってドキドキしてました。ぼくなんか1センチの余白をとるのもはみ出したりしてモタついているのに。
片山　ハンディあるのは仕方ないでしょう。みんな1年生からやっているのに、佐野さんはいわば途中入学みたいなものですから。当時の目標は、東京芸大と多摩美ですか？

※3　蜷川実花（にながわ・みか）　1972年東京都生まれ。写真家、映画監督。多摩美術大学グラフィックデザイン科卒業。大学在学中より様々な公募展に応募し、数多くの賞を受賞。万華鏡を覗いたようなビビッドな色彩を用い、独特の世界観を確立する。また、2007年には『さくらん』で映画監督デビューを果たし、映像分野でも活躍中。

佐野　現役は芸大1本でした。日比野さんの影響と、学費の安さと。あとなんとなく親戚に自慢できそうだとかそれくらいの根拠で「芸大シブいな」と、早稲田志望から切り替わったんですよね。音楽学部のヴァイオリン科の女子と結婚して、素敵な一軒家を建ててそこで彼女のヴァイオリンを聴きながらデザインで生活していくのも素敵だなって将来のビジョンを思い浮かべて。

片山　根拠がないとおっしゃるわりに、ずいぶんと具体的な未来像があったんですね（笑）。

マヨネーズとケチャップとおたふくソースで教授の全裸を描く

片山　そうして、1年目の芸大受験に臨まれるわけですが……。

佐野　デッサンは受かったんですけど、そのほかの実技がダメでした。よく覚えているのが、ウルメイワシとはまぐり。

片山　ウルメイワシとはまぐり？

佐野　平面構成の試験で、モチーフがウルメイワシという目刺しだったんです。受験当日に各自、一匹ずつ配られるんですけど、ウルメイワシって目に穴が開いてるじゃないですか。でもそのときのぼくは、自分のだけ穴が開いてると勘違いして、このままだと落ちると思って焦りながら「すいません、ぼくの魚には目がありません！」って試験官に訴えたんですよ。そしたらまわりの受験生たちも「ぼくの魚も」「私も」と大騒ぎに（笑）。

片山　うわあ（笑）。でも、みんな必死だからね。

佐野　結局、一度外に出て確認して戻ってきた助手の人が「きょうのモチーフは目のない魚です」と宣言してくれたので騒ぎは収まったんですけど（笑）。

片山　学生のみんなもいま笑ってるけど、その場にいたらパニックしてたかもしれないよ？　はまぐりというのはなんですか？

佐野　はまぐりは粘土の試験のモチーフです。一番長いところが18センチになるように模刻せよっていう課題で。それで、なんかまわりのみんなはスタートの合図とともに「バンバンバンバン！」ってすごい勢いで粘土叩きだして、あっという間に、黒光りしたはまぐりを完成させてるんですよ。もうびっくり。ぼくのなんか、どら焼きみたいになっちゃって。

片山　まあ、たしかにはまぐりとどらやきって、ちょっと似てますよ（笑）。

佐野　ああこりゃ美味しそうだけどダメだなと思ったらやっぱりダメでした（笑）。

片山　ほかの大学は受けなかったんですか。

佐野　ほかを受けたら気が散るとか、受けたら受かっちゃうしなあとか、勘違いしてました（笑）。そして、浪人することに。でも予備校のメンバーもほとんど浪人してて、だんだん蜷川さんに「どんな感じ？」とか声をかけてもらえるようになって。相変わらず「きゃーワルっぽい！」ってどきどきしてたんですけど（笑）、でもちょっとはレベルが上がってたのかなって喜んだりしながら2年目にチャレンジしました。まあ、芸大はダメだったんですけど。ラッキーなことになんとか多摩美には入れまして。

片山　それも運命的なものだと思うんですよ。具体的に将来の仕事について考えるようになったのは、多摩美に行ったからこそだと、おっしゃっていましたよね。

佐野　そうなんです。大学に入る前はアートディレクターってまったくわかってなくて、「CDジャケットとか、タバコのパッケージをつくるのかな?」くらいの認識でした。なんとなく自分は、イラストレーターとかそっち方面に進むんだろうと考えていたんですよね。ところが、多摩美に入って1年目の文化祭に大貫卓也[※4]さんがいらしてくれて、その講演会がもう面白すぎて。しかも大貫さんは多摩美の先輩と聞いて、「ああこれだ!」って思ったんですよ。

片山　instigator第1回目に佐藤可士和[※5]さんに来ていただいたときも、大貫卓也さんに非常に影響を受けたとおっしゃっていました。西武線沿線の車内吊りで見た「としまえん」の広告が衝撃だったと。

佐野　ぼくがすごく印象に残っているのは、ウイスキーの「ROLLING-K」のポスターですね。女性が寝そべってこちらを見ている写真に、泥がバーっとかけられているようなビジュアルの。

片山　ちょっと問題になったやつですね。

佐野　あれが浪人中、代ゼミに向かう途中の駅のホームに貼ってあって、リアルに泥が付いているのかと思ったんですよ。でも近くに寄ってみたら普通に印刷で。すげえカッコイイ、これはワルいやつがつくっているんだろうな……としびれました。

片山　ワルいの好きなんですね（笑）。

※4　大貫卓也（おおぬき・たくや）　1958年東京生まれ。クリエイティブディレクター、アートディレクター。博報堂を経て大貫デザインを設立。主な仕事に、「プール冷えてます」（としまえん）、「hungry?」（日清カップヌードル）、「Yonda?」（新潮文庫）、TSUBAKI（資生堂）など。

※5　佐藤可士和（さとう・かしわ）　1965年東京都生まれ。アートディレクター、クリエイティブディレクター。多摩美術大学グラフィックデザイン科卒業。博報堂を経て2000年に「サムライ」設立。主な仕事に国立新美術館のシンボルマークデザイン、ユニクロ、楽天グループ、セブン-イレブン・ジャパンといったブランドのクリエイティブディレクションなど。

佐野　もう憧れてます。いい人すぎて、コンプレックスなんです（笑）。そういう体験を踏まえつつ講演会を聴いていたら、それこそ、[※6]ハーブ・リッツが撮影した「ROLLING-K」はカッコイイし、「としまえん」は面白い。「ラフォーレ」みたいなポップアートみたいなものもあるし、ほんとうに自由なんですよね。イラストレーターだとどうしても自分の作風を決めていく必要がありますが、広告のアートワークなら、作風を限定せずに自由にフィールドをまわれるんだと、そのときに実感しまして。そのほうが自分に合っているんじゃないかと思ったんです。それで、また単純なんですけど、卒業したら大貫さんのいる博報堂に行こうと決めました。

片山　日比野克彦さんで美大、大貫卓也さんで博報堂。実際に入れるところがすごいんですが。ここで、[※7]学生時代の写真をいくつか見せてもらいましょう。まず当時の佐野さんの自室です。かなりどっぷり、アート系っぽい世界ですね。

佐野　建設現場でアルバイトしていて、よく廃材をもらってきてそれに絵を描いてたんですよ。アナログにこだわって、彫刻刀やヤスリを使ってみたりして。みんな、Ｍａｃを少しずつ使いこなしていく中で、あえてアナログにこだわって、デザイン科っぽくないことをしてました。あと雑貨とかいろんなものを壁に貼って、いま思うとあらゆるものを使って何かつくってましたね。でもこうして部屋を見ると廃材置き場みたいですけど（笑）。

片山　それから、大学1年生の冬に開催された、[※8]グループ展『東京セキララ展』のＤＭ……こ、これは……（笑）。

※6　ハーブ・リッツ　1952年アメリカ生まれ。写真家。70年代、無名だったリチャード・ギアのスナップ写真が注目されプロデビュー。80年代後半から90年代にかけて『VOGUE』『GQ』といった有名雑誌のカバーを次々と飾るなど、数多くのファッションページを席巻する。独自の美意識で捉えた男性ヌードや有名人のポートレートシリーズが有名。

※7　学生時代の写真

佐野 ヤバイっていうか最悪ですよねコレ（笑）。すごい評判悪かったです。

片山 さすが、体を張ってますね。あと、いま映っているのが、うさぎ年の年賀状[※9]。ミッフィーちゃんがモチーフなんでしょうけれど……、また、かなり失礼な（笑）。

佐野 ミッフィーちゃんの口が肛門みたいになっちゃってますよね。ディック・ブルマーとかよくわからないサインも書いてます。ディック・ブルーナ[※10]のファンの子にすごい怒られました（笑）。

片山 もうこの時点で、サノケンワールドが確立されていますよ。あともうひとつ、この前伺ってすごく笑ったエピソードがあるんです。次の写真[※11]なんですけど。大きな人物のイラストと、佐野さんとお友だちが写っています。

佐野 イラストレーションの授業の課題で、大きさも画材も自由、というのがあったんです。自由といっても先生はせいぜいB1くらいを想定していたと思うんですけど、これはコンパネっていう文化祭の模擬店の壁で使うようなパネルを9枚床に並べて、ケチャップとマヨネーズとオタフクソースを使って書きました。モチーフはその授業の先生です。全裸の先生が、手足を縛られている姿。写真は胸から上しか写ってませんが、ちゃんと下半身も卑猥につくりこみました。

片山 すごい発想ですが、なんでまたそんな。

佐野 なんでも褒める先生だったんですよ。どんなひどい作品も「いいね、いいね」って。

片山 やさしい先生じゃないですか。

佐野 やさしいといえばやさしいけれど、ちょっと怪しいなと思ってたんです。ですか

※8 グループ展『東京セキララ展』のDM

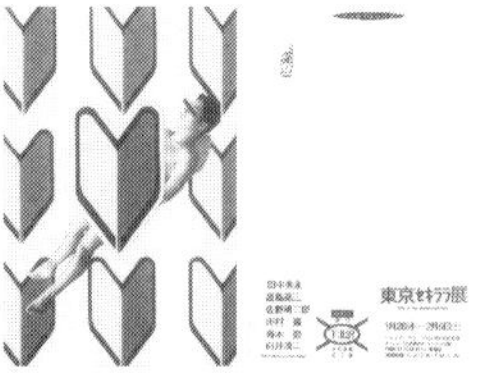

※9 うさぎ年の年賀状

※10 ディック・ブルーナ
1927年オランダ生まれ。グラフィックデザイナー、絵本作家。ミッフィー（うさこちゃん）の生みの親として知られる。シンプルで温かみのある線と〝ブルーナカラー〟と呼ばれる6色によって描か

ら狙いとしては、その先生を怒らせようと思ってやりました。写真に一緒に写ってる、タカシマくんと一緒に。

片山　平和な学園に事件を起こそうと。

佐野　はい。授業の講評のとき、「先生、ぼくらの作品は外にあるので、窓から下を見てください」といって、「なんですかこれは！」と怒られれば大成功。それで実際、すごく怒られたんですよ。「何やってんですか！　共同作業はダメって言ったでしょう！」って。

片山　わははは、違うところで怒られた（笑）。

佐野　「作品としてはすばらしいです」と言われて、ああこりゃダメだなと思いました（笑）。ちなみに、共犯者のタカシマくんはいま、現代美術家をやってます。

片山　へんなこと考えますよねえ。あとぼくがいいなあと思ったのが、「合格マン」※12。これもご説明いただけますか。

佐野　多摩美の合格発表の日に、友人と一緒に「合さん、格さん」になって、合格者を勝手に祝福したんです。合格して喜んでいる人を見つけたらダーッと走って行って、紙吹雪まいて、ぼくらの間に合格者をはさんでポラロイドで写真を撮ってプレゼントするという。帽子は「ＯＫ」って文字がデデデデッて光るようになっていて、中の配線がすごいことになってましたね。

片山　これ、べつに大学に頼まれたわけじゃないんですよね？

佐野　頼まれてないことをやるの、好きなんです。衣装もぜんぶ自作して、ポラロイドけっ

れた代表作「ミフィーシリーズ」は50カ国語以上に翻訳され、累計8500万部のロングセラーを誇る。

※11　写真

※12　合格マン

こう高価だったんだけどそれももちろん自腹で。多摩美と武蔵美を両方とも合格した子がいたとして、どっちにしようか考えたとき「合格マンいたな」ってちょっと思ってくれたらいいよね、みたいな。

片山　きっと何人かはいたんじゃないですか。

佐野　一緒にやった田村くんとは、文化祭で合格マンの格好で手相占いもやりました。女の子の手に触れられるから（笑）。ぜんぜん占いなんか知らないんだけど、「意外とさみしがりやですね……」って言うとだいたい「え！　わかりますか？」って食いついてくるんですよ（笑）。そんな田村くんもいまやスタジオジブリの優秀な原画マンです（笑）。

片山　同級生の方々もすごく活躍されていますよね。蜷川さんしかり、同級生にはgood design companyの水野学※13さんもいらっしゃるし。

佐野　すごく運が良かったと思ってます。仲良いやつは電通に行ったり、スクウェア・エニックスでファイナルファンタジーのCGを描いてたり。フリーで活躍している人も多いですね。一学年下の蜷川さんはかなりいろいろなコンペでグランプリをとっていました。ぼく自身はコンペに出しても2勝50敗とかでしたけど、それでもやっぱり意識はしましたし。あと100%ORANGE※14、ラーメンズ※15もいて。けっこう賑やかで、刺激を受ける感じはありましたね。

片山　でもさっきからデザインの話がぜんぜん出ませんね（笑）。

佐野　もう少ししたらしますから（笑）。

※13　水野学（みずの・まなぶ）　1972年東京都生まれ。クリエイティブディレクター。多摩美術大学グラフィックデザイン科卒業後、デザイン会社を経て1998年に「good design company」設立。主な仕事に、NTTドコモ「iD」ブランディング、「農林水産省」CI、熊本県キャラクター「くまモン」など。ブランドづくりの根本からロゴ、商品企画、パッケージ、インテリアデザイン、コンサルティングまで、トータルにディレクションを行う。

※14　100%ORANGE　及川賢治と竹内繭子による二人組のイラストレーターユニット。イラストレーションを中心に、絵本、漫画、アニメーション制作などを手がける。主なイラストレーションに「新潮文庫 Yonda?」のパンダシリーズや「よりみちパン！セ」シリーズの一連の挿絵などがある。

「ニャンまげ」のブレイクから、多彩なアートワークへ

片山　そんな楽しい学生時代を過ごし、計画通りに博報堂に入社されます。大貫さんに憧れて……って簡単に言うけど、すごい倍率だったでしょう。どんな就職活動をされたんですか。

佐野　いまの広告デザインの仕事にも通じるんですけど、自分をどう見せるかより、相手がどんな人物を欲しがっているかをひたすら逆算して考えました。あとOB訪問も友だちと一緒に行かないで、「ちょっとバイト行ってくるわ」って感じでこっそり抜けだして、作品見てもらったりアドバイスもらったりして。

片山　けっこう戦略的だったんですね。

佐野　そうですね。ものすごい大人数が試験を受けるのであれば、きちんと理由がないと選ばれない。その選ばれる理由をつくろうとはしていました。あと、作品を見せるときも、おしゃれっぽいのを少しだけ持って行ったら嫌なやつっぽく映るかもしれないな、とか。自分のキャラクター的には、なんかダサイけど元気がいいから、会社に入れたら笑えるかもしれない、という線で行こうと決めたんです。

片山　これは学生のみんな、かなり参考になるんじゃないかな。

佐野　基本姿勢はいまでも変わらないですよ。プレゼンの前とか、そのクライアントの担当者のモノマネしながらデザインを考えてますから。例えばくちびるをとがらせて話

※15　ラーメンズ　小林賢太郎と片桐仁の二人による日本のお笑いコンビ。共に多摩美術大学版画科を卒業。

す癖がある人なら、同じように口を突き出して「私ね、これ好きなんですよ」と声色も変えてぶつぶつ言ってみる。そこで違和感があったり、いや、これじゃ好きって言わないな、と思ったりしたら、またやり直して。

片山　デザインしながらモノマネしてるんですか？　それはまた珍妙な。

佐野　傍から見たら、気持ち悪いと思いますよ（笑）。ぼくのアシスタントは嫌だろうなあ。

片山　でもそうやってシミュレーションを繰り返すんですね。実際に、予想どおりの反応になったりするんですか？

佐野　けっこう当たるんですよ。モノマネもすごい似てきました。

片山　すごいな。恐山のいたこみたい。しかもそれを就職活動の時点でされていたとは。きょう、内定を勝ち取った課題作品[※16]を持ってきていただいたので、ここで公開します。じゃん！　……やっぱりみんな、笑うよね（笑）。

佐野　東京タワーのB1ポスターをつくりなさい、という課題でした。当時は福田繁雄[※17]さんのようなグラフィックが流行っていたので、みんなきっと、そういうイメージでやるだろうと思ったんですよね。

片山　田中一光[※18]さんとかね。

佐野　そうですよね。平面構成っぽく、東京タワーをかっこいい形にして見せるだろうなと。だからあえてグラフィックアートみたいなのは封印。単純に東京タワーに行きたくなるようなポスターにしようと思いました。東京タワーって実際、蝋人形館とかあっ

※16　課題作品

て、かなりキッチュでレトロモダンな感じじゃないですか。その辺りも取り入れつつ。当時の東京都知事が青島幸男さん、大阪府知事が横山ノックさんだったので、ふたりの対決のような構図にしました。

片山　インパクトありますよね。

佐野　ポスター以外にもグッズをいっぱいつくったんですよ。ポスターの課題なのに、『東京タワーに来てくださいキャンペーン』を考えて。いじわるばあさんのTシャツとか。あと、東京タワーの売店で焼きそばパンを買うと、紅しょうがを東京タワー型にしてくれるとか、ホットドッグもケチャップを東京タワー型にしてくれるというアイディアを出して、そのサンプルもピンセットでつくっていきました。

片山　それをぜんぶ、試験の日に並べたわけですよね。面接官の反応はどうでしたか。

佐野　ぜんぜんウケませんでした（笑）。いまでこそこんなふうにしゃべってますけど、当時のぼくは真面目だったのですごい緊張してたんですよ。もうがたがた震えているような状態で、でもものすごい勇気を出して、途中でバーンとYシャツを脱いで下に着ていたTシャツを見せて「これがいじわるばあさんTシャツじゃー」とやったんですけど。緊張している人が無理してる姿って、かなり痛々しいじゃないですか。もう、すごい寒い空気の沈黙が漂って、ぼくも、面接官もいたたまれない感じでした。

片山　でも合格したんだからすごいじゃないですか（笑）。合格の決め手は何だったんでしょうね。入社後に教えてもらいましたか？

佐野　作品数の多さみたいです。最近はそういう人も多いらしいですけど、当時は珍し

※17　福田繁雄（ふくだ・しげお）　1932年東京都生まれ。グラフィックデザイナー。東京芸術大学図案科卒業。日本万国博覧会の公式ポスター制作をはじめ、ワルシャワ国際ポスタービエンナーレ金賞といった、国内外の公式イベントのポスター、サイン計画などを手がける。単純化された形態とトリックアートを融合させたシニカルなデザインが特徴。

※18　田中一光（たなか・いっこう）　1930年奈良県生まれ。グラフィックデザイナー。日本万国博覧会政府館の展示設計、札幌冬季オリンピック大会などの企画・展示設計など多方面で国際的に活躍。73年より西武流通グループ（現・セゾングループ）のアートディレクターに。代表作は、ロゴをはじめとした無印良品のトータルデザイン、西武百貨店の包装紙など。

かったんでしょうね。表現したいって気持ちがすごい伝わったといわれました。まあこれも、運が良かったんだと思いますけど。

片山 入社してからも、かなり順調に楽しくやられているイメージがあります。

佐野 そうですね、入社後はデザイナーとして永井一史[※19]さんのチームに入って、バドガールが走っているポスターをつくったりして。恵まれていたと思います。

片山 そして初期の代表作である「ニャンまげ」[※20]シリーズが生まれます。日光江戸村のCMを見てみましょう。……すごいですね、教室の笑い声が止まらないけど。一世を風靡したニャンまげですが、どのように生まれたのでしょうか。

佐野 日光江戸村ということで、時代劇っぽいイメージを考えたんですよね。忍者がオリンピックに出る映像とかいろいろ考えているときに、ふと蕎麦屋の前で招き猫の置きものを見て、よく見ると気持ち悪いっていうかなんか変なビジュアルで面白いと思ったんです。それで、招き猫を使って何かやってみようと思ったのが始まりなんですよ。だから「来てちょんまげ」と招いているんです。

片山 ニャンまげの原型は、招き猫だったんですね。

佐野 これも裏話がありまして。オンエアしてかなり評判になったあるとき、将軍——あ、日光江戸村では社長のことを将軍っていうんです。宣伝部は広報奉行（笑）——から、「なぜ猫なのに耳がないんだ。耳をつけなさい」とお達しが来てしまって。でも耳をつけたらかなりおかしいことになっちゃうんですよね。そのときに「ニャンまげの耳について」という弁明書[※21]を書いたんですけど。

※19 永井一史（ながい・かずふみ） 1961年東京都生まれ。アートディレクター、クリエイティブディレクター。多摩美術大学デザイン学科卒業後、博報堂に入社。2003年、HAKUHODO DESIGNを設立。主なアートディレクションに、サントリー「伊右衛門」、日産自動車「SHIFT_」、アップル「iPod」など。

※20 ニャンまげ

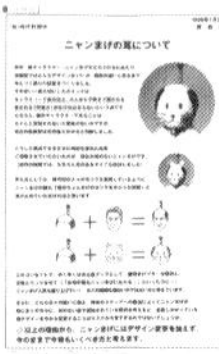

ニャンまげの耳について

※21 弁明書

片山　いま映ってます。うしろの人、見える？　ちょっと文字が小さいかな。

佐野　ざっくりいうと、これは猫がちょんまげのカツラをかぶった状態であると。耳がないほうが自然なのだと力説しているわけですね。やっぱり余計なことも書いてて、「ゆくゆくはお土産グッズとして、猫用まげづらを販売し、広告とリンクさせて、おたくの猫もニャンまげになれる、といったコピーで展開していくのも面白いのではないか」なんて書いてますね。ダメですよこんなの、動物虐待ですよ（笑）。

片山　将軍の反応はどうでしたか。

佐野　なるほど、と。

片山　納得してくれたんだ（笑）。

佐野　可士和さんからはいまだに、僕のつくったものの中ではこの「ニャンまげの耳について」の弁明書がいちばん面白いと言われてます（笑）。

片山　まだ入社して2～3年目ですよね。楽しんでやっている感じがすごく伝わってきます。さらに次の仕事は、憧れの大貫さんが手がけていた「としまえん」[※22]じゃないですか。このとき、まだ26歳。

佐野　大貫さんの「プール冷えてます。」は偉大で、同じ路線ではうまくいかないと思ったので、当時のパルコのポスターみたいな、すごくかっこよくて冷たそうなイメージを考えてやりました。とにかく「冷たい！」ということが言えればいいと思って、消防士が水をまいているビジュアル。独立したばかりだった写真家の瀧本幹也[※23]さんと、一緒に沖縄に行って1泊くらいで撮影してきたんですよね。初めてカメラマンとタメ口で話せ

※22　としまえん

※23　瀧本幹也（たきもと・みきや）　1974年愛知県生まれ。写真家。1998年に写真家として独立。広告や雑誌を中心に活躍するほか、自ら据えたテーマで継続的に作品発表を行っている。主な作品集に『BAUHAUS DESSAU ∴ MIKIYA TAKIMOTO』『SIGHTSEEING』『LAND SPACE』など。

て、「一緒につくれた！」という実感がありました。

片山　この頃はもう、可士和さんと一緒に仕事をされていますよね。当時の印象はいかがでしたか。

佐野　ぼくは可士和が大好きなんです。……変な意味じゃありませんよ？

片山　そんなこと誰も思っていません（笑）。

佐野　可士和さんと奥様の悦子さんと3人でヴェネチア旅行したり、しょっちゅう美味しいお店に連れて行ってもらったり、ほんと親しくさせてもらってます。ぼくはとにかく何か食べて「うまい！」っていうのが仕事なんですが。

片山　目に浮かびますね。直接仕事をしたのは、何年くらいですか。

佐野　4、5年です。そんなに長くないですけど、可士和さんがアートディレクターでぼくがデザイナーで、実質ふたりチームみたいなものだったので密度が濃かったですね。例えばチビレモンはパッケージから広告まですべてをデザインしたんですけど、パッケージの裏面の成分表示を手書きにしよう、ってアイディアが出たときとか、可士和師匠は当然、自分では描かないんですよ。「佐野、ちょっとやっといて」って帰っちゃう（笑）。徹夜で仕上げて朝見せると、「楽勝だったっしょ？」って。

片山　へえ、そうなんですか。

佐野　でもそういうときに「徹夜しました、超大変でした」とかいうのもクールじゃないのかなと思って、「楽勝っす」って答えてましたけど。

片山　よく「佐野は優秀だった」って聞きますよ。そんなことがあったとは。じつは振り回されてたんですね。

佐野　とにかくすごく楽しかったんですよ。もちろん永井さんのチームも楽しかったんですけど、何しろ少人数だからスピード感がすごかったです。「面白いからやろう！」ってすぐにプレゼンして、テンション高いまま少人数でやっていくスタイルが、ちょっと美大ノリっぽいっていうか。やっていても楽しいし、そういうスタイル自体がかっこいいとも思ってました。

片山　いま可士和さんとはユニクロの仕事をご一緒させてもらっていますが、やっぱりすごく小さなチーム編成ですよ。可士和さんとぼくで、柳井※24さんに直接プレゼンしていくんです。そういう人の巻き込み方が尋常じゃないほどお上手ですよね。２０００年に可士和さんが独立されたときは、どんな心境でしたか。

佐野　いろいろ話は聞いていて、すごい楽しそうだなとは思いましたが、このときはまだ、自分たちのチームでやりたいことがあったんです。広告代理店ってわりと制作を外部に任せてアートディレクター的に指示を出すことが多いんですけど、可士和さん方式で、自分たちでイラスト描いて版下までぜんぶやっていたので。そういう美大生マインドのノリがやっぱりしっくりきたというか。

片山　ちょっとしたニュアンスは、指示を出すより自分でやっちゃったほうが速いとか、ありますよね。

佐野　そうなんですよ。そういう意味でも可士和さんと一緒にやれたのはほんとに自分にとってエポックメイキング的な経験でした。仕事をしながら、ドラクエみたいに「テ

※24　柳井正（やない・ただし）　１９４９年山口県生まれ。「ユニクロ」を中心とした株式会社ファーストリテイリング代表取締役会長兼社長。

レテレテッテッテー」って少しずつレベルが上がっていく瞬間が、何度もあった気がします。

片山　次はBooBo[※25]（ブーブ）。TBSのマスコットキャラクターです。ロゴのBがブタのイラストになった「T[※26]ブーS!」のサインもかなり話題になりました。そもそも、なぜ黒いブタになったんですか?

佐野　TBSの番組応援キャラクター募集で、かなり大規模な競合プレゼンがあったんです。「考えてみたら?」と言われて、とりあえず「TBS」という文字をパソコンの画面に打ってみたら、Bがブタの鼻に見えたんですよね。それで、いまはアートディレクターをやっている、当時デザイナーとして所属していた武蔵美出身の杉山ユキとふたりで考えてプレゼンしたら、決まったんです。

片山　シンプルな発想がいいですよねえ。でもテレビでバンバン流れるわけじゃないですか。世の中全体を使ってアートしている快感みたいなものもすごかったんじゃないですか。

佐野　すごくうれしかったですよ。美大生の頃、クロッキーブックにちょこちょこ描いていた落書きのようなものが、世の中に出回っていいんだってすごく自信になりましたし、あと、イラストレーターになろうと思っていた気持ち、絵が描けるという強みを活かした仕事をしたいと思っていた気持ちが、知らず知らずのうちに実現できたのもラッキーだと思いました。

片山　auのLISMO[※27]も、キャラクターのデザインからされていますよね。思い描いた

※25 BooBo

※26 「Tブ-S!」

ものをビジュアルにできる、精度を上げていけるというのは、我々の武器ですよね。

佐野　それは感じますね。打ち合わせにはいつも、簡単なスケッチブックを持っていくんです。LISMOのときも、音楽を強化したいという話があって、リッスンでリスがいたら面白いんじゃないですか、ってその場でリスのイラストを描いたら、じゃあサービスのマスコットにしてみよう、CMやってみよう、とどんどん広がっていって。

片山　何げないイラストから、あんなに大々的なキャンペーンが。登場したアーティストも錚々たるメンバーでしたからね。ほんとうにどんどんすごいサービスを展開されているんだけど、お話を伺っていると、全体的に肩に力が入っていない感じがするんですよね。

佐野　そうですね。徹夜してても、半分趣味というか遊びみたいな感じなので、あまりつらいとか無理してる感じにはならないです。打ち合わせしているときもいつも爆笑しながらやってますし。多摩美でラグビー部の連中と遊んでたり、文化祭で模擬店やってたりする感覚とあまり違わないですね。もっとも、そういう空気感を共有できるスタッフと一緒にやっているというのもあります。硬い感じだと、なかなか抜けたアイディアにならないんですよ。ぼくはダジャレのアイディアが多いんですけど、ダジャレも面白いじゃん、といえるような環境にするのもアートディレクターの仕事かなと思ってます。

片山　考え抜かれたアイディアだけしか話せない場ではなく、気楽に思いついたことを話せて、その中から「それいいじゃん」って拾い上げるような、そういう土壌をつくるということですね。

※27　LISMO

佐野　理詰めで考えていくより、実際に手を動かしながら話していくほうが速いし、みんなの頭の中もクリアになっていくんですよ。ブレイク・スルーできるんです。それもやっぱり美大っぽさなのかなと思いますけど。

片山　次の作品を見ていきましょうか。世界柔道２００３[※28]のロゴマークです。

佐野　これは5分くらいでつくりました。そもそも、べつにロゴデザインを依頼されたわけじゃないんです。博報堂が世界柔道の開催をプロデュースする話があって、そのけっこう硬めの真面目な打ち合わせが続いて。それで、頼まれてないんですけどロゴは絶対にあったほうがいいと思ったので、自分のデスクに戻って5分でつくって、次の打ち合わせのときに持っていったんです。黒帯のイメージで、誰が見ても柔道ってわかるいいアイディアだなって思ったし、こうやってＪｕｄｏって書くとジェダイみたいでかっこいいじゃないですか、と言ったら「おお、ジェダイ」とか言ってわりとウケてくれて（笑）。そうやって思いついたらすぐに形にして、短いワードで説明して、面白さを共有するのってすごく大事で。

片山　スピード感、大事ですよね。デザインの鮮度のようなものは絶対あると思います。

佐野　スピードを速くする方法はいつも考えています。作業に時間がかかりすぎるのはむしろ良くないんじゃないかと思っているくらい。

片山　抜け感が必要なんですよね。あまりに努力が見えちゃうと、重くなってしまう。

佐野　そうなんです。軽やかにすべくちょっと努力しているんですけど、それを見せないように工夫したりとか。

※28　世界柔道２００３

Judo
2003 World Judo Championships

片山　単に時間をかけないだけでは手抜きになってしまうけれど、常にデザインについて考え続けているからこそ、ポンと純度の高いアイディアが出てくるという。世界柔道のロゴも、競技のイメージである重々しさがなく軽やかな印象を受けます。でも、力強いんですよね。当時、博報堂とHAKUHODO DESIGNを掛け持ちされていたんですよね？

佐野　そうですね。永井さんが独立してHAKUHODO DESIGNを立ち上げられたとき「佐野くん、手伝ってよ～」と声をかけていただいたので、設立メンバーとして参加していました。

片山　この頃は、ＡＤＣ賞[※29]をはじめ数々の広告賞も受賞されています。佐野さんはほんとに多岐にわたるジャンルで活躍されていて、ミュージシャンのＣＤジャケットもいろいろ手がけられているんですよね。きょうはこれ、宇多田ヒカルさんの「Flavor Of Life」[※30]のシングルジャケットについて伺いましょう。いま映っていますね。この写真だとちょっとわかりにくいですけど、宇多田ヒカルさんの肩におにぎりが乗っています。

佐野　これは特殊なオーダーでした。曲も曲名も秘密だったんですよ。ただ「春っぽい感じでよろしく」と宇多田さんのお父様に依頼されまして。なんというか、それ以上質問できない感じなんです。「わかってるよね？」みたいな。ぜんぜんわかってないけど「もちろんわかってます」という振りをして引き受けて、ものすごく悩んで悩んで、いろいろ考えて、「春だからおにぎりだ」と思ったんですね。あとからタイトルと曲を聴いて、ぜんぜん関係なくて焦ったんですけど（笑）、でも気に入ってもらえて、なぜおにぎり

※29　ＡＤＣ賞　日本を代表するアートディレクターによって構成される東京アートディレクターズクラブ主催の広告賞。東京ＡＤＣ全会員が審査員となり、ポスター、新聞、雑誌、テレビなど、多種のジャンルの中から選出される。

※30　「Flavor Of Life」

なんだ、と話題になったりもしたので結果オーライでした。うっかり「Flavor OF Rice みたいですね」って言ったら寒い沈黙になりましたけど。

片山　どんなときでもサノケン節は健在ですね（笑）。それにしても、佐野さんの仕事ってぜんぶ、イメージがバラバラで面白いですよね。ＰＳＰの新発売のキャンペーン、ミツカン「金のつぶ とろっ豆」や、ラ王のパッケージデザイン、ミッドタウンのキャンペーン……。

佐野　やっぱり、恐山のいたこ的なところがあるんですよね。ミッドタウンはニャンまげのやり方ではダメなんですよ、やっぱり。実際にミッドタウンに行くお客さんの層――ちょっとお金を持っていそうな、セレブな女性をイメージしてます。

片山　非常にクールです。同じ人がやったとは思えないデザインですね。

どんな状況も前向きにとらえたほうが、デザインが楽しくなる

片山　そして２００５年、入社９年目にして、博報堂・佐野チームが誕生します。このあたりから、デザイナーとしてだけでなく、チームリーダーとしてその人間力をさらに発揮されていくわけですけれども。以前、長嶋りかこさん[※31]とのラフォーレのエピソード[※32]がとても印象的だったので、もう一度お話しいただけますか。

佐野　みなさんご存じだと思うんですけど、長嶋りかこはいまも博報堂でアートディレクターをやっています（注：２０１４年４月に独立）。じつは博報堂の入社試験の時、

※31　長嶋りかこ（ながしま・りかこ）　１９８０年茨城県生まれ。アートディレクター、グラフィックデザイナー。武蔵野美術大学視覚伝達デザイン科卒業。博

ぼく面接担当だったんですよ。作品を見て優秀なやつだと思いましたが、態度がすっげえなめてたんですよね、最初から。普通、面接の司会みたいな人が、ぼくら面接官に「何か質問ありますか?」って聞いて、普通はぼくらが「長嶋さんは……」って質問するんですけど、長嶋は自分で仕切るんです。「逆に何か質問あります?」って。それで永井一史さんが「いまのところ、ないです~」とか答えているんですよ。おかしいだろう、なんでお前が永井さんに質問してるんだ、と(笑)。でも面白そうだと思って一緒のチームでやりたいと思ったら、やっぱりすごい優秀でしたよね。

片山　長嶋さんは武蔵美出身なんです。みんなにとっても憧れの先輩だと思いますよ。instigatorにもいつか来ていただきたいと思っています。

佐野　いやあ、いまはだいぶ大人になりましたけど、入社当時はプチヤンキーみたいなやつでしたよ(笑)。で、その長嶋がですね、ラフォーレの競合プレゼン当日、みんなで徹夜でつくったプレゼンカンプを持って家に帰ったまま、時間になっても現れなかったんです。携帯に電話しても出ない。徹夜明けで爆睡してるわけですよ。それでラフォーレの担当者に「じつはちょっとトラブルが……」って恐る恐る言ったら、なんとなく察してくれて時間をずらしてくれたんです。「午後からでいいですよ」って。そのあと、長嶋から「すいません、すいません、いま起きました」って電話があって、なんとか午後のプレゼンには間に合ったんですけど。そのとき、長嶋が来る前に、マンガでよくある怒りマークをマジックで額に書いたんです。

片山　佐野さんが自分の頭に?

報堂を経て2014年に独立。「Village」を設立する。ラフォーレ原宿のグラフィック、Mercedes-Benz Fashion Weekといった広告を手がけるほか、現代美術家の宮島達男らと「PEACE SHADOW PROJECT」を立ち上げるなど、その活動は多岐にわたる。

※32　ラフォーレ原宿　東京・表参道にあるファッションビル。これまで大貫卓也、野田凪、佐野研二郎、長嶋りかことといった錚々たるアートディレクターが広告を手がけ、時代とファッションの関係を模索する表現の場としても注目されている。

佐野　そうです。プレゼン前に「おまえふざけんな」と言って雰囲気悪くするのも良くないと思って。でも自分の気持ちは表明しておきたいから、マークに託してみました（笑）。そしたら長嶋が「何ですかそれ」とか言ってウケて、なんとなく場も和んで。それでそのマークつけたままラフォーレにプレゼンに行ったら、担当の人もまた察してくれてむしろ盛り上がって、プレゼンも勝ったんですけど。そのあとカレー食ってるときにまた「それウケますね」とか言ったのでそのときはさすがにむかついて「いいかげんにしろ」と怒りました（笑）。

片山　いや、普通、そんなふうに場を和ませられないですよ。だって、プレゼンに遅刻でしょう。遅刻した側が、必死に場をとりつくろうならともかく。ぼくだったら、怒りマークを描く余裕はないです。その機転というか人間力って、ほんと佐野さんの天性のものなんでしょうね。

佐野　自分でもなんで描いたかわからないです、とっさの反応で。ただ、これも可士和さんの影響はあるかもしれません。というのも、一緒に仕事する前までは誤解してたんですよ。きっと可士和さんや大貫さんたちスターADは、けっこう良い条件で好きなようにやらせてもらってるんだろうなって。でも実際はかなり大変なことがいっぱいあるんです。でも、いつだって前向きなんです。修正が入っても、「前より良くなったね」って。どんな状況も前向きにとらえて、より良くしていくっていうやり方のほうがデザインが楽しいという考え方なんですよね。それは可士和さんから学んだことであり、自分もそうありたいと思っています。

片山　そうやって目の前の人を巻き込んでいかなきゃ、世の中を巻き込んでいくことなんてできないんですよね。何かあったときに、すぐ怒ったり意固地になったりしたら、そこで終わっちゃうこともありますから。

佐野　それじゃつまらないですよね。これがダメならこっちへ、っていう、いい意味でのフットワークの軽さはすごく大切だと思います。

片山　実際にこのときのラフォーレの広告で、長嶋さんは一気に注目されることになります。そういうふうに後輩育成にも力を注がれて、ついに２００８年に独立。36歳のときに、個人事務所MR_DESIGNを設立されます。ほんと感動したんですけど、名前も※33ロゴもすごく潔いですよね。

佐野　当時はすでにいろんな方が独立していて、ユニークな名前の事務所がいっぱいありました。その中で埋もれないような、自分らしくて力強くて、なおかつメジャー感のある名前ってなんだろうとずっと考えていたんです。可士和さんからも、名前が思い浮かばないってことはコンセプトが決まってないときだから、まだ独立しないほうがいいと言われていたので。そんなことを考えながらふらふら歩いてたとき、ミスタードーナツの前を通って、いい名前だなあと思ったんですね。ドーナツ屋ってすぐにわかるじゃないですか。シンプルで覚えやすいし。それで、あ、ミスターデザインっていいなと思いついて、ロゴもＪｕｄｏのときみたいにパッと思いつきました。

片山　なんと、ミスタードーナツからの発想だったとは。★が３つ並んでいるのは……？

※33　ロゴ

佐野　３つのスターで、ミスター。

片山　ブレないですね（笑）。

佐野　思いついたとき、「おれナイスアイディア！」って思って風呂場で湯船ばしゃーって叩いてはしゃぎました（笑）。たぶん、バカなんだと思います（笑）。

片山　いまオフィス[※34]の写真が映っていますけど、内装もかなり凝ってるんですよね。スキーマ建築計画の長坂常さんが手がけられたという。

佐野　床をてかてかの樹脂にしてるんですよね。水が張ってあるみたいで面白いかと思って。つくるものと環境ってリンクしていると思うので、あまりとっちらからないようには心がけました。

片山　でも滑り台とかあって、かわいいんですよ。

佐野　お客さんがいらした際、しゃーって滑り台から降りて「こんにちは！」って登場したら面白いかなと思ってつくったんですけど、一回やったら微妙な空気が流れたのであまりやらなくなりました（笑）。あと、中村勇吾[※35]さんが滑ったことあるんですけど、身長１８０センチくらいあるので、ぶつかったりしそうで怖かったです。世界に誇る日本のウェブ界の宝がうちの滑り台で骨折したなんて洒落にならないので。

片山　ははは。それは困りますね。次に、いま映っている写真が、独立されてすぐに手がけられたFUNKY MONKEY BABYSのシングル「告白」のアートワークです。キャスティングは船越英一郎さんですが、みんな、この背景、見覚えあるでしょう。

佐野　ふふふ、武蔵美の10号館です。ラグビー部の試合で来ていた頃から、武蔵美のこ

※34　オフィス写真

※35　中村勇吾（なかむら・ゆうご）　1970年奈良県生まれ。ウェブデザイナー。東京大学工学部大学院修了。1998年よりインタラクティブデザインの世界に。2004年、「tha ltd.」を設立。以後、数多くのウェブサイトや映像のアートディレクション、デザイン、プログラミングの分野で活躍。カンヌ国際広告祭グランプリなど受賞多数。

FUNKY MONKEY BABYS／告白

nico products & BATH ART

の場所が綺麗だと目をつけていたんですよ。「告白」というタイトルを聞いたとき、真っ先に学校で告白というシチュエーションを思いついて、武蔵美にお願いして撮影させていただきました。イメージとしては、卒業して何年もたった船越さんが、同窓会で学校を訪れるというストーリーです。

片山　佐野さんは、[※36]井上陽水さんやさまざまなミュージシャンのジャケットも手がけられています。ほかにも、nico products、BATH ART、[※37]CGB、母校・[※38]多摩美のグラフィック、手帳「EDiT」のカタログ、伊藤若冲のインスパイア展、[※39]東山動植物園のロゴデザイン、川島蓉子さん率いるifs未来研究所のグラフィックデザイン、[※40]ADC年鑑2012のアートディレクション……などなど、独立後も、ものすごい勢いで制作されていくのですが、時間の都合でかなり絞って進めていきます。ほんとは作品ぜんぶ紹介したいんですけど。

佐野　MR_DESIGNのサイトにもいくつかあがっているので、よかったら見てください（笑）。

片山　でもきょう絶対にここで上映したいと思ってたのが、最近のCMシリーズです。まず、サントリー「ボス　ゼロの頂点」を見てください。松本幸四郎さんと松たか子さんの親子共演、本物の映画のようなドラマティックな演出でものすごく話題になりましたね。知ってる人も多いと思うけど。映像を流しますね。……これは、ものすごくお金がかかったでしょう？　よく撮れましたね。

佐野　サントリーの方もすごくノッてくださったんですよね。この仕事はシンガタの

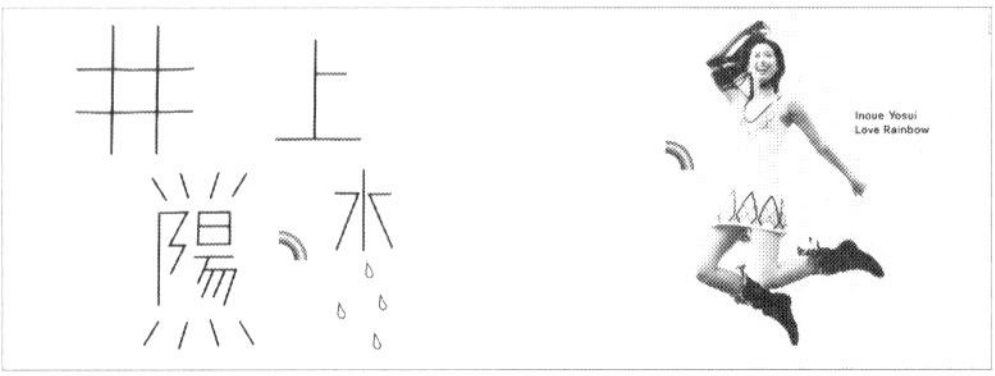

※36 井上陽水

サントリー／ボス ゼロの頂点

佐々木宏[※41]さんという巨大なクリエイティブディレクターや、電通のＣＭプランナーの東[※42]畑幸多さんや、カメラマンもデザイナーも、いろんなすごい方と一緒に、けっこう実験的なこともやったりして。ほんとうに映画をつくっているような気分で、高揚感がすごかったです。

片山　コシノジュンコさんのセルフパロディまでありますからね。

佐野　最初は断られたんですけど、途中でＯＫが出て、シュークリームいっぱい差し入れてくれたりしました。あと松たか子さんがとにかくすごくて。「ちょっと泣いてる感じでお願いします」っていうと、その場でぱっと泣けるんですよ。「女優すげえ、女って怖い！」みたいな（笑）。

片山　そういうすごい女優さん、俳優さんをアートディレクションする佐野さんもすごいですよ。次の映像もドラマ仕立てです。トヨタ自動車のReBORNシリーズ。実写版ドラえもん、しかもおとなになったのび太たちの日常を描いたドラマで、これもびっくりした人多いんじゃないかな。脚本も面白いんだけど、なんとドラえもんがジャン・レノ。

佐野　大物ですよね。どうやったらドラえもんぽくなるのか、衣装にけっこう悩みましたが。パーカーとか着ると、なぜかとんこつラーメン屋に並んでいるおっさんみたいになっちゃって、試行錯誤の結果、このようになったんですけど。このＣＭはトヨタさんの75周年記念の大掛かりなキャンペーンでした。若者の免許離れが進んでいるというので、免許を取るためにドラえもんがいろいろサポートしてくれたら面白いんじゃないかというアイディアが始まりです。ただ当時、震災の直後で日本全体が落ち込んでいる感

※37 ＣＧＢ

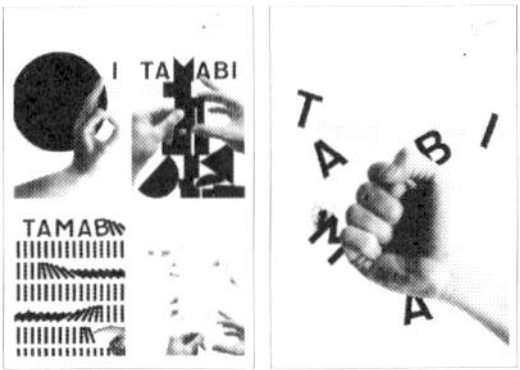

※38 多摩美のグラフィック

トヨタ自動車／ReBORN

じがあったので、日本が元気になれるようなキャンペーンがいいと社長からリクエストがあったんです。そこでReBORNをキーワードに展開することになって、ぼくがリボンのロゴを考えて。

片山 あ、ほんとだ。だからリボンなんですね。

佐野 キャスティングも喜んでいただけて、スタッフもみんな、すごくいい関係でやっています。

片山 次も見ていきましょう。サントリー「GREEN DA・KA・RA」※43のCM。グリーンダカラちゃん、かわいいですよねえ。歌は高野寛さんですよね？

佐野 はい。曲は一緒にやっているクリエイティブディレクターの赤松隆一郎※44さんがつくったんですけど、このやさしいイメージに合うのは高野さんだろうということでお願いしました。学生時代からよく聴いていたので、そういう方にお願いできて、一緒に仕事ができるなんて、ほんとこの仕事やってて良かったです。

片山 そういうのありますよね。このCMはキャスティングも佐野さんが担当されたとか。

佐野 パッケージはサントリーのデザイン部のほうでできあがっていて、一目見てかわいいと思ったんですよ。それでパッケージにそのまま手足がはえたような「ダカラちゃん」を考えました。でも数百人オーディションしてもなかなかイメージに合う子役が見つからなくて、結局、カメラマンの知り合いの知り合いのしずくちゃんにお願いすることになったんです。

※39 東山動植物園

※40 ADC年鑑2012

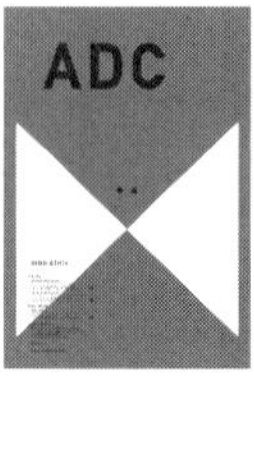

※41 佐々木宏（ささき・ひろし） 1954年熊本県生まれ。クリエイティブディレクター。慶應義塾大学法学部卒業後、電通入社。2003年に「シンガタ」を設立。ソフトバンクモバイル「白戸家」、サントリー「宇宙人ジョーンズ」、トヨタ自動車「ReBORN」など、数多くの広告キャンペーンを手がけている。

片山　プロの子役タレントさんではないんですね。

佐野　どこにも所属してないです。大阪に住んでいるとても元気な女の子。今年出るGREEN DA・KA・RAの麦茶は、しずくちゃんの実の妹・なぎさちゃんが、むぎちゃんとして登場します。

片山　このＣＭに関しては、キャスティングした時点である程度デザインができあがっている感じがしますね。

佐野　キャスティングと歌が決まって、よし、という感じでした。

片山　もうひとつ、続けて見ていきます。同じくサントリーの「南アルプスの天然水」。昔からあるブランドですが、つい最近、リニューアルを担当されました。

佐野　リブランディングのパッケージから担当しました。天然水ってぼく、ずっと川から汲んで機械で濾過していると思ってたんですよ。

片山　そんなわけないでしょう（笑）。

佐野　いやほんとに。ぜんぜん違うんですよね。雨が地面に染みこんで、20年経って自然に濾過されたものを汲み上げているんですよ。つまり、森からの贈り物みたいなところがあって、だからサントリーは森を整備するプロジェクトにも力を入れています。そういうところも前面に出しつつ、ＣＭでは森に住んでいる動物たちの物語を描けたらいいなと思ってやったんですけど。

片山　佐野さんのロマンティックな側面が現れてますね。動物のイラストもすごくかわいいんですけど、イラストレーターはどなたですか。

※42　東畑幸多（とうはた・こうた）　1975年東京都生まれ。CMプランナー、コピーライター。慶應義塾大学環境情報学部卒業後、電通入社。主な仕事は、九州新幹線全線開業「祝！九州」、サントリー「南アルプスの天然水」「BOSS・ゼロの頂点」、トヨタ自動車「ReBORN」など。

※43　高野寛（たかの・ひろし）　1964年静岡県生まれ。ミュージシャン。1988年にシンガーソングライターとしてアルバム『hullo hulloa』でデビュー。現在までに16枚のシングルとベスト盤を含む16枚のソロアルバムをリリース。またミュージシャンからの信頼も厚く、数多くのアルバムやコンサートにプレイヤーとしても参加している。

※44　赤松隆一郎（あかまつ・りゅういちろう）　1969年愛媛県生まれ。CMプランナー、クリエイティブディレクター。筑波大学を卒業後、社会人を経て、

サントリー／ GREEN DA･KA･RA

サントリー／南アルプスの天然水

佐野　カナダに住んでいる、ウェンディ・アマンダという女性二人組の方にお願いしました。じつは、CMプロダクションの制作の武蔵美の映像科を出た大塚さんが、学生時代に見て好きだったと言って資料を持ってきてくれたんですよ。すごく感謝してます。そういう、学生の頃に見ていたもの、好きだったものってあとから生きてくるから、ここにいるみなさんも、ぜひいろいろなものを見てほしいと思います。

片山　とてもいいアドバイスをいただきました。幅広い分野でディレクションをされている佐野さんだからこその説得力がありますね。いま、『カーサ ブルータス』で絵本の連載もされていますよね（現在は連載終了して、単行本として発売中）。

佐野　はい、『ティニー ふうせんいぬ のものがたり』[※45]といいます。『電車男』『告白』『宇宙兄弟』『おおかみこどもの雨と雪』などの映画プロデューサーであり、『世界から猫が消えたなら』というベストセラーの作家でもある川村元気[※46]さんが文章を書いて、ぼくがイラスト担当です。

片山　川村さんにもいずれinstigatorに来ていただこうと思っているんですよ。とまあ、佐野さんのアートワークはほんとに多岐にわたっていて、きょうお見せした作品は、ほんの一部です。でも美大出身のいまをときめくアートディレクターということで、みんな聞きたいことといっぱいあるよね？　ここから、質疑応答の時間を少し多めに取りたいと思います。

1998年に電通西日本入社。2003年、電通に移籍。サントリー、大和ハウス工業、ミツカン、P&G、おやつカンパニーなどを担当するほか、ミュージシャンとしても活動中。

※45　『ティニー ふうせんいぬ のものがたり』

※46　川村元気（かわむら・げんき）　1979年東京都生まれ。映画プロデューサー、作家、絵本作家。上智大学を卒業後、東宝に入社。『電車男』『告白』『悪人』『モテキ』『おおかみこどもの雨と雪』などをプロデュースする。また作家としても活動し、初小説『世界から猫が消えたなら』が70万部突破の大ベストセラーに。

たくさんのキーワードを日々ストックしておく

片山　では、最初に手を挙げた彼に、マイクをお願いします。

学生A　きょうはありがとうございました。ふたつ質問があります。まず、広告ってゴールがあると思うんです。買ってもらうとか、入会とか登録とか、いろいろな形があると思うんですが。その最終的なアクションに向かわせるために、どんな道筋を立てて考えているかをお聞きしたいです。もうひとつは、テレビやインターネットなど、メディアによって表現を変えることがあるかどうかを、教えてください。

佐野　ではひとつ目からいきますね。よく話すんですけど、広告制作では昔から、「ターゲット層」という考え方があります。30代から40代の女性、とか。でもぼくは前から、それに微妙な違和感を持っています。だってどの層も、結局は個人の集まりでしかないじゃないですか。だから、ぼくはいつも、具体的な相手を想定しています。親戚のおばさんとか、子どもと同じ保育園に行っているママさんとか、それはそのときによって変わるんですが。この人ならこのデザインが好きだろうとか、こういうアイディアを面白がってくれるだろうとか、わりとリアルに想像して考えていく。

片山　さきほどおっしゃっていた、恐山のいたこの話にも通じますね。

佐野　そうなんですよ。プレゼントを買うときだって、渡す相手のことを考えて選ぶじゃないですか。自分が好きなものを贈ればいいわけでもないし、高価なものを贈ればいいわけでもありませんよね。そうやってターゲットを明快にして考えていくのが、自分のなかのストーリー立てです。

学生A　わかりました。

佐野　もうひとつの質問に関しては、どのメディアでもアイディアのベースは一緒です。基本、1枚絵にこだわってつくっているんですよ。グラフィック科出身だからかもしれないんですけど、1枚絵にして面白くないアイディアは、どんなメディアにしても伝わらない、広がらないと思っています。

片山　さきほどおっしゃっていましたが、絵や造形で表現できることは美大生の強みなんですよ。ひと言も話さなかったとしても、ぽんとそこに絵を置けば、それだけで伝えられるかもしれない。そのくらいデザインの力って強いんですよね。

佐野　状況を一変させるパワーが確実にあります。例えばさっきのLISMOでも、じつはけっこう、煮詰まっていたんです。当時はまわりがみんな年上で、難しい話をしていて。でも、その中でポンとリスのイラストを出せるのが、美大出身のプライドみたいなところはありました。その結果、「ああ、いいじゃない」みたいに楽しい方向に状況が動いたんですよね。その瞬間がやっぱりすごくうれしいし、くせになるんですよ。

片山　プロジェクトが急に動く瞬間ってよくわかります。そういうときって悪ノリのときもあるんだけど、すごくスピード感があって、どんどん進んでいくんですよね。

佐野　「ゼロの頂点」がまさにそうでした。「本格的な映画っぽくしよう」とか、「サスペンス風がいい」とか、どんどんアイディアが出てそれが形になっていって。それも、絶対にいいものができるっていう確信をみんな持ってるんですよ、なぜかわかるんです。美大の学園祭で模擬店の準備をしているときに盛り上がっているのと同じ感覚なんですよね。仕事なんだけど、それを超えている感じ。でもそうしてつくっている自分たちが楽しいものでないと、見る人も面白くないと思うんです。

片山　ぼくもそう思います。そこで照れているようじゃダメですよね。質問した方、どうかな？

学生A　はい、ありがとうございました。

片山　じゃあ、次の質問に行きましょう。ではその奥の、眼鏡の彼、どうぞ。

学生B　ぼくはこれからデザインをやっていきたいのですが、自分が楽しい、面白いと思うものだけでいいのか悩んでいます。ものがあふれているいま、ただ売れればいいという時代ではないし、社会的な問題もいろいろありますよね。佐野さん的には、社会と自分のデザインに関して、どのように考えているのかお聞きしたいです。

佐野　世の中に暗いニュースが多いからこそ、ぼくのデザインするものは、より幸せなものであってほしいと思っています。誰かが見て不快になるようなものは極力つくりたくないのが大前提で、GREEN DA・KA・RAちゃんも、ReBORNもそうですけど、いまの日本の状況にあって、どうハッピーなものを世に出せるかが自分の勝負ですね。じつはぼくの母親の実家は福島の避難地域にあります。おじいちゃんおばあちゃんの入っているお墓は倒れちゃって、入ることもできません。そういう状況もあって、東北の職人さんがつくったものはできるだけ応援したいとか、そういう気持ちもありますけど。

ただ学生のうちは、頭で考えるより、どんどん作品をつくっていったほうがいいと思う。もちろん、自分のつくるものが社会とどうリンクしていくかを考えていくことは重要なんだけど、それで考えて手が止まってしまうのはもったいない。手を動かしながら考えることを、繰り返しやっていくといいと思います。

学生B　目をつぶることも必要なのでしょうか。

佐野　場合によっては。できることしか、できないですから。

片山　やっぱり餅は餅屋であって、われわれは評論家じゃないと思うんだよね。目をつぶってはいけないかもしれないけど、できることをひとつひとつやるしかないかなという気が、ぼくもします。

佐野　あと、頭がこんがらがっているときって、部屋とかデスクトップとかが、ぐちゃぐちゃになったりしないですか。ぼくはそうなんですよ。だからいろいろ考えて手が止まってしまったら、やるべきことを整理するのもひとつの方法だと思う。自分はいま美大にいる。将来こういう職業に就きたいと思っている。いまこういう課題が出ていて、いつまでに提出しなければならない。ほかにこんなことをしたいと思っている。……そんなふうに現状を客観的に整理すると、やるべきことが見えてきます。整理できていないと、ごちゃごちゃして何も手に付かないし学校にも行きたくなくなっちゃいます。だから、部屋をきれいにして、デスクトップもきれいにして、現状を整理して、そしてスマイルを忘れないことが大事！

学生B　わかりました（笑）、ありがとうございます。

片山　では、次は左側の列に行きましょうか。手前のベージュの服の彼女、どうぞ。

学生C　面白いお話をありがとうございました、ずっと笑って聞いていました。質問なんですが、ロゴやグラフィックって、ひとり歩きしていくことも多いと思うんです。その中で、ほんとうはもっとこうしたいとか、思い通りにならなくてもどかしい思いをすることがあるのかどうかを、お聞きしたいです。

佐野　思いもよらない方向に行くことも、それでもどかしい思いをすることもありますよ。ここでお見せしたものだって、大なり小なり予定外の要因が入ってきています。逆にいうと、100パーセント予定通り、むちゃくちゃうまくいったなと思うことなんてないです。片山さんはどうですか。

片山　ないですね。そのときに良いと思っていても、時間が経つと変わる部分もありますし。つかまえたと思ったら逃げていくところも、デザインの魅力のひとつだと思ってやってます。

佐野　そうですよね。実際、きょうこうして自分の考えを話しているけれど、同じやり方でうまくいくわけじゃないです。もちろん必ずうまくいく方法論を見つけたいとは思うけれど、それは理想論であって、タイミングやクライアントの意向でも変わります。怒られたり、傷ついたりすることもけっこう多いです。でもそういうのは、表に出さないようにしたいんですよ。悲壮感が漂ってるものを世に出したくないですから。それに、うまくいったなと思っても、それで商品が売れるかはまた別の要素が入ってきます。もちろん売れてほしいんですけど、やっぱり競合が同じようにやると、シュリンクしたりもするし。まあ、そこも含めてうまいこと漂うのが、ぼくらの仕事の醍醐味でもあると思っています。

片山　先ほどと打って変わって、とてもシリアスな表情のサノケンがここにいます。こういうふうに常に一生懸命考えていて、だからこそ、ふとした瞬間に肩の力の抜けたアイディアが出てくるということですね。では次は、元気よく手を振っている彼女、行きましょうか。

学生D　佐野さんの作品は思わず笑ってしまうようなものとか、幸せな気持ちになれるものが多くてとっても素敵だと思うんですが、小さい頃に影響されたものとか、いま影響されているものがあったら教えてください。

佐野　星新一[※47]さんのショートショートは、小学生の頃からずっと好きで読んでいます。SFが多いんですが、とても短い話の中に、社会の深い闇や、人間の心理がぎゅっと凝縮して描かれているんですよね。発想法についての本も出されているんですけど、それによると「異質なものを結びつけよ」というセオリーがあります。面白いことを考えようとしても思いつかない、でもランダムに単語を書き出して、それがうまくつながるように考えていくことで、奇抜なストーリーが生まれると。例えば、「キツネ」と「ロケット」って関係ないですよね。でもそのふたつのキーワードで物語を考える。アイディアの考え方ってそれぞれ違うと思うけれど、それには影響を受けていると思います。あと、そういうキーワードをなるべく多くストックできるように心がけていますね。さっきの武蔵美の10号館の風景もそうなんだけど、ずっと忘れていても、ふとしたときに思い出

※47　星新一（ほし・しんいち）　1926年東京府生まれ。小説家。東京大学農学部卒業。生涯で1001編を超す作品を生み出し、「ショートショートの神様」と呼ばれるSF作家の第一人者。著書に『ボッコちゃん』『マイ国家』『悪魔のいる天国』『ノックの音が』など。

して使えることがありますから。

片山　特別に意識しているわけじゃないんですよね。横に落ちていたり、うしろに転がってたりするものを、記憶の片隅に留めておく。

佐野　そうなんです。さっきも始まる前に武蔵美を探訪していたんですが、ベンチがすごくかっこよかったんですよね。たぶん、学生の方は注目していないと思うし、ぼくも学生だったら気に留めなかったと思うけれど。そういうふうに、おとなになって改めて美大に来たからこそ、見えてきたものっていうのもあります。

片山　美大って面白いデザインがいっぱいあるんですよね。毎日見ていると気づかないものなんだけど。みんな、きょうから少し身近なものをよく見るようにしてみるといいかもしれない。

佐野　意識するって大事ですよね。課題で煮詰まってたり、何か悩んでたりすると、その問題に関係するものが目に入ってくるじゃないですか。そういうときに書店や展覧会に行くと、情報の吸収率がものすごくいいと思うんです。本1冊を読むにしても、吸収率が違うでしょう。逆に問題意識がないと、何も心に残らず、何も得られないかもしれない。だから、常に自分のテーマや、問題意識を持っているといいと思いますね。

学生D　意識するようにしてみます。ありがとうございました。

片山　そろそろ時間かな。あとひとり、最後に。……じゃあ、いちばんうしろで大きく手を振ってる彼、お願いします。

学生E　きょうはありがとうございました。先ほど、意見を出し合って、みんなでどんどんアイディアを膨らませていくというお話がありましたが、途中で煮詰まってしまうこともあると思うんです。どうしても動かなくなってしまったときって、どうやって先に進むんでしょうか。

佐野　それもいろいろな方法がありますよね。例えばですけど、石膏デッサンしているとき、時々はうしろに下がって、距離をとって全体を見るじゃないですか。そうやって客観視することで、細かい服のシワばっかり描いてて、全体的なバランスがおかしくなってることに気づくこともありますよね。次にやるべきところが見えてくる。それと同じで、煮詰まってるときって、大筋とは関係ないところにこだわってることがほとんどなんですよ。だからデザインでも、全体を捉えるために小さいサイズで出力してみたり、自分のスマホに転送して小さな画面で確認してみたりはよくやりますね。場所も変えて、電車の中で見てみると、より冷静になります。意外と面白くないな、とか。あと看板やポスターのように風景の中に展示するものは、実際に似たようなシチュエーションの画像に当てはめて見てみるとか。

片山　俯瞰して見てみるということですね。

佐野　最初に話しましたが、デザインを考えるときにクライアントのモノマネをするのも、客観視する方法論のひとつなんですよ。第三者の視線で見るということなので。あと、これはかっこ悪いからあまり言いたくないんですけど、そのアイディアが広告賞か何かを受賞して、コメントを求められたときのことを想定するんです。受賞コメントの際に、コンセプトを30文字くらいの短いワードできちっと説明できるかどうか。それもけっこう重要な気がします。世界柔道のロゴは賞をいただいたんですけど、実際にパパっとさっきお話ししたようなことを言えます。言えないときは、言えない理由が煮詰まっている原因であることが多いので、そこからアプローチしていくと、もやもやしたものが晴れていきます。

学生E　どうしても晴れなくて、一からやりなおすということもありますか。

佐野　もちろんあります。ただ、これはいける、と思ったアイディアでも煮詰まるときはありますから。そういうときはとにかく視点を変えてみる。あるいは、こだわっている部分を捨ててみる。それはけっこう重要じゃないかな。

片山　たしかにそうですね。とくにぼくたちがやっていることは、ファインアートではなく、デザインという極めてパブリックなものです。だからこそ、客観的な目線が必要になってくる。すごくホットな自分と、すごく冷めた自分、どちらに偏ってもいけない。自分の中での闘いみたいなところが常にありますね。

ずっと、笑いながら仕事をしていたい

片山　まだ手が挙がっているけど……時間が押しちゃっているので、質問はここまでにしましょう。みんなごめんね。最後にぼくから、instigatorでみなさんにお伺いしている質問をさせていただきます。佐野さん、10年後には、何をしていると思いますか。予測でも、希望でもけっこうです。10年後のビジョンを聞かせてください。

佐野　わあ、なんか、急に照明が暗くなりましたよ？

片山　クライマックスですから、雰囲気を出してます（笑）。

佐野　10年後かあ。ジャスト50歳ですよね。いろいろやってみたい仕事はあるんですけど、大きな目標としては、笑って仕事をしていたいです。さっきも話したように、思い通りにいくことばかりじゃないです。怒ったり怒られたりもするし、苦しいこともけっこう多いんですけど。でも、根本的なところで楽しんでやれていれば、それでオッケーなんですよね。自分が楽しんでいれば、コミュニケーションも楽しくなるというのがぼくの基本の考え方なので。人生を楽しむことが、イコール、デザインを楽しむことでもあるのかなって思います。

片山　人生を楽しむことが、デザインを楽しむこと……。カッコイイです。

佐野　デザイナーは手先が器用でセンスがよくて、みたいな時代はとうに終わっています。いかに楽しいものをつくって、それを多くの人に見てもらうか。ぼく個人の目標としては、いかに幸せなコンテンツをつくれるかが勝負。実際にものをつくるとか、グラフィックをデザインするだけじゃなく、GREEN DA・KA・RAちゃんのように、アートディレクターとしてほかの人のクリエイションをより幸せな方向に導けたらそれもすごく楽しいと思います。

片山　お話を伺っていて、なんとなく、美大の授業で先生を怒らせようとしてマヨネーズとケチャップとオタフクソースで制作したときと、根っこの気持ちやテンションは変わらないのかなという気がしますね。

佐野　ぜんぜん変わってないですよ。あと学生のみんなに言っておきたいんですけど、気持ちだけじゃなく、集団の中でのポジショニングっていうのも、意外と学生時代から変わらないものです。例えばぼくはラグビー部でも部長ではなく、場を盛り上げるイベント部長みたいな立ち位置でした。そのときのテンションと、いまアートディレクターとして仕事しているときのテンション、変わらないです。当時の友人たちとは40歳になったいまでも仲良しだし、学生だから社会人だからっていう枠は、ものをつくるうえでは、そんなにないような気もするんですよね。

片山　10年後も、もしかしたら同じようにやっているかもしれないですね。

佐野　そう思います。あと、ずっと、「手」にこだわっていきたいです。この先、どんなふうに技術が進化していくかはわからないけれど、手を動かしながら考える、手で考えるということは、忘れてはいけないなと。何度も言うけれど、つくっていけることは、美大生の最大の武器だと思うので。

片山　ほんとうにきょうは、美大の先輩のリアルなアドバイスを聞けて、みんな良かったね。

佐野　ただ、学生の頃からずっと思っているんですが、美大生って、すごく器用だったり、いいものを見抜く目を持っているのに、口下手な人が多いんです。でも仕事をするうえでは、手と目が鍛えられているだけでは説得力がないんですよね。目と手と口がつながってないと。だから、饒舌である必要はないけれど、自分がつくったものをきちんと短いワードで説明する訓練は、しておいたほうが絶対にいいと思います。さっき話したように、言語化することで、問題点が明快になることも多いから。

片山　ありがとうございました。佐野さんは２０１４年度から、多摩美に新しく創設される、統合デザイン学科で教鞭をとられることが決まっています。深澤直人[※48]さん、永井一史さん、中村勇吾さん、佐野研二郎さんという、ほんとうにフレッシュなメンバーで新しい学科ができるんですね。他校の宣伝になるからあまり言いたくないんですけど（笑）。でも、すごく素敵なコンセプトですよね。

佐野　空間デザインとか、グラフィックとかの垣根を越えて学べるのはすごく画期的ですよね。自分ではまだ試行錯誤の段階ですけれど、片山さんがこうして、仕事もすごく大変なのに学生に対してフレンドリーに接して楽しんでやられているのを見て、そういうフェーズもいいなと思っています。

片山　ぼくは大学は出ていないんですけど、自分が学生だったら何してほしいかなと考えながらやっています。実際にきょう、佐野さんの話に影響を受けて、人生が変わる子も何人かいると思うんですよ。「合格マン」じゃないですけど。来年から、違う大学ではありますが、美大がもっと面白くなるようなコラボを考えていけたら嬉しいです。

佐野　そうですよね。学生もすごく面白い人が多いので、美大自体をデザインするというか、そういうつもりでみんなを巻き込んでやっていけたらすごくいいですよね。いまはほかの大学でもデザイン学科ができてきていますけど、やっぱり美術大学って面白いです。きょう久しぶりに武蔵美に来て探訪しましたけど、ほんと設備もいいし、図書館なんて世界に誇れる建築じゃないですか。学生のみなさんは、積極的に活用しなきゃもっ

※48　深澤直人（ふかさわ・なおと）　1956年山梨県生まれ。プロダクトデザイナー。多摩美術大学プロダクトデザイン科卒業。1989年に渡米しIDEO（サンフランシスコ）に8年間勤務する。帰国後、IDEO東京支社を設立し、2003年に独立。「MUJI」CDプレーヤー、「±0」加湿器、「au/KDDI INFOBAR」は、ニューヨーク近代美術館（MoMA）の永久収蔵品となっている。

たいないですよ。
片山　前回のゲストの名和晃平※49さんも、設備に関してものすごく褒めてくださいました。もちろん、多摩美も、ほかの大学も、それぞれ素晴らしいところがあって、でもその場で過ごしていると気づかないものなんですよね。
佐野　学生のときって、食堂でだらだらたむろしたり、好きな子のこととかばっかり考えたり、まあそういうのも楽しいんですけど。でも積極的に学校を利用して、どんどん仲間をつくったほうがいいとは思いますね。卒業してから、すごい財産になるので。
片山　ありがとうございました。佐野さん、じつはこのあと、また事務所に戻って仕事をされるそうです。そして、あしたはなんと、朝6時40分の飛行機で、ニューヨークへ。
佐野　2泊4日で行ってロケをして帰ってきて、週末を挟んで、来週もニューヨークで撮影です。
片山　かっこいいですね。
佐野　かっこよくないですよ（笑）。でも飛行機の中でもいろいろ考える時間が取れますし、それはそれで楽しくやろうと思っています。
片山　ほんとうに一貫してポジティブですよね。ぼくも、みんなもたくさんエネルギーをいただきました。お忙しい中、楽しい時間をありがとうございました！

※49　名和晃平（なわ・こうへい）　1975年大阪府生まれ。彫刻家。京都市立芸術大学大学院美術研究科博士（後期）課程彫刻専攻修了。「PixCell＝Pixel（画素）＋Cell（細胞・器）」という概念を機軸に、多様な表現を展開する。2009年より京都・伏見に創作のためのプラットフォーム「SANDWICH」を立ち上げる。2011年には、東京都現代美術館で男性アーティストとしては最年少で個展『名和晃平 ― シンセシス』を開催するなど、国内外で精力的に活動している。

佐野研二郎先輩が教えてくれた、
「遊ぶ」ように「仕事」をするためのヒント!

□頼まれていないことを、勝手にやるのが好きなんです。

□「徹夜して大変でした」とかいうのもクールじゃないので、「楽勝っす」って答えてました。

□打ち合わせしているときはいつも爆笑しながらやってます。文化祭で模擬店やったりする感覚とあまり違わないですね。

□実際は大変なことがいっぱいあるんです。
でも、どんな状況も前向きにとらえて、より良くしていくほうがデザインしていても楽しいという考え方を大事にしています。

□学生のうちは、頭で考えるより、どんどん作品をつくったほうがいい。手を動かしながら考えることを、繰り返しやっていくといい。つくっていけるということは、美大生の最大の武器だと思うので。

□自分がつくったものをきちんと短いワードで説明する訓練はしておいたほうが絶対にいいと思います。
言語化することで、問題点が明快になることも多いから。

Music for **instigator**
Selected by Shinichi Osawa

#006

1	Tooth Fairy Part 2	Peter Von Poehl
2	Walk On The Wild Side	Lou Reed
3	Angel Echoes	Four Tet
4	Hedron	BADBADNOTGOOD
5	The Show Has Begun	Marlena Shaw
6	Dark Thing	Material
7	Stay Away	Charles Bradley
8	若き日の望楼	Taeko Onuki
9	Alterism	Alter Ego
10	A Moor	Raleigh Ritchie
11	Youth	Daughter
12	Banks Of The Ohio	Snakefarm
13	Tonight	Here Is Why
14	This Charming Man	The Smiths
15	Shelter	The xx
16	La Wally (Instrumental)	“DIVA” Original Sound Track
17	Thatness and Thereness	Ryuichi Sakamoto

※上記トラックリストはinstigator official site(http://instigator.jp)でお楽しみいただけます。

#007

VERBAL

MC／音楽プロデューサー／デザイナー

1975年東京都生まれ。1998年、インターナショナルスクールの同級生☆Taku Takahashiと共にm-floを結成。以来、数々のヒット曲を世に送り出す。TERIYAKI BOYZ®、PKCZ®のメンバーとしても活動しており、ファレル·ウィリアムス、カニエ·ウェスト、アフロジャックなど、海外のアーティストとも親交が深い。近年はDJとしても飛躍を遂げ、そのスタイルはファッション界からも高い注目を集めている。プレイの際に身に付けているジュエリー「ANTONIO MURPHY & ASTRO®」「AMBUSH®」のデザインは自身の手による。また、新たに立ち上げた「WHATIF」の代表として3Dプロジェクションマッピングやモーションキャプチャースーツ等の最新技術の提供も始めるなど、その活動は多岐にわたる。

音楽活動を始めたばかりの頃は
迷ってばかりでした。
でも、今ここにきて、自分は人と何かをつくって、
人を楽しませることが好きだということが、
ようやくわかったような気がします。

小学校5年生のとき、ボストンで出会ったヒップホップ

片山　こんばんは。２０１３年度ラストのinstigatorです。４年生のみんなは最後だよね。でもそれにふさわしい、素晴らしいゲストに来ていただきました。m-flo[※1]、[※2]TERIYAKI BOYZ®のVERBALさん。じつはこうしてゆっくりお話しをするのは初めてなので、とても楽しみにしていたんです。今日はよろしくお願いします。

VERBAL　よろしくお願いします。大勢の学生さんの前でお話しするなんて、ライブより緊張します。

片山　そういうものですか。きょうは子ども時代から現在に至るまでを、根掘り葉掘り、お伺いしていきます。VERBALさんはあまりこういう場でお話しすることがないそうなので、すごく貴重な機会ですよ。写真[※3]もたくさん持ってきていただいています。まず、いまスクリーンに映っているのは、子どもの頃のVERBALさんと、お母さん。かわいらしいですね。どんなお子さんでしたか?

VERBAL　かなりのいたずらっ子だったそうです。家中を走りまわってモノを壊しては叱られる毎日で。母はこの写真では笑っていますけど、怒るとすっごく怖いんですよ。

片山　たしかにお母さん、素敵な笑顔ですけど、出で立ちはファンキーですね。

VERBAL　母はアジアを旅するバレエダンサーだったそうです。父も母も韓国人なんですけど、父は日本で生まれ育った2世で、母は日本に公演に来た際に父と出会ったとか。

※1　m-flo（エムフロウ）　VERBALと☆Takuからなるプロデュースユニット。1998年、インターナショナルスクールの同級生だった二人によって活動をスタートさせる。その後、ボーカルとしてLISAが加入し、1999年にファーストマキシシングル「the tripod e.p.」でメジャーデビュー。2002年、LISAがソロ活動に専念するため脱退するが、さまざまなアーティストとコラボレーションする「Loves」シリーズで再始動し、41組のアーティストとのコラボを実現。現在は、プロデュース活動や個々の活動に注力している。

※2　TERIYAKI BOYZ®（テリヤキ・ボーイズ）　MCのILMARI、RYO-Z、VERBAL、WISE、DJのN

もともとアーティストなので、ほんとファンキーというか、情熱的というか、感情表現が豊かというか。

片山　素敵じゃないですか。

VERBAL　でも、いろいろ厳しかったですよ。「これからは絶対に、英語が話せなきゃダメ」とか、「医者でも弁護士でもいいから、真面目で安定した職業に就きなさい」としつこく言われて育ちました。

片山　英語はともかく、真面目で安定した職業というのは、ミュージシャンのイメージとはかなり違いますよね。これも不思議な話なので、あとからゆっくり伺いましょう。音楽は子どもの頃から好きだったんですか？

VERBAL　どちらかというと、絵を描くのが好きでした。けっこう本気でマンガ家を目指していました。いまはIllustratorやPhotoshopがありますけど、昔はそんなものないですから、スクリーントーンを買ってきてコツコツ貼ったりして。自分なりにがんばっていたんですけど。それも「マンガなんて食べていけないから、やめなさい」と猛反対されて、いつの間にかやらなくなりました。

片山　では幼少期のVERBALさんは、夢を追うよりも、堅実な職業に就くために真面目に勉強をがんばっていたわけですか。

VERBAL　はい。あとでお話しすると思うんですけど、大学では経済学部と哲学部をダブルメジャーしながら通っていましたから。高校のときにバンド活動はしていたんですが、音楽でプロになるなんてことは、まったく考えていませんでした。

IGO®、4MC＋1DJで構成されるヒップホップグループ。カニエ・ウェスト、ザ・ネプチューンズなど、ビッグネームがプロデューサーに名を連ねる。

※3　子どもの頃

片山　みんな、意外そうな顔をして聞いていますよ。そうだよね、ぼくも初めて聞いたときはすごく意外でした。VERBALさん、こんな華やかな活動をされているけれど、じつはかなり硬い方なんですよ。硬いっていうとおかしいかな。すごくリスクヘッジをする方。徐々にそんなエピソードも聞いていきますが、まずは小学校時代から。VERBALさんは、世田谷区にある、小中高と一貫教育のインターナショナルスクール、セント・メリーズ・インターナショナルスクールに入学されます。これも、国際的な感覚を身につけさせたいという、お母さんの思いからですか？

VERBAL　そうですね。母はバレエダンサーとしてアジアをまわるだけでなく、ベトナムに行ってボランティアしたり、フランスに行ったりと、父を置いて1人であちこち旅している人だったんですよ。さっきも話したように、とにかく英語だ、インターナショナルだ、という考えが強かったようです。

片山　お父さんはどんな方なんですか。

VERBAL　マイペースな人ですね。「学校なんてべつに、どこでもいいんじゃないのかな」というわりと適当な感じでした（笑）。

片山　そうなんですね（笑）。VERBALさんご自身、小学校5年生の夏休みに、ボストンに旅行されていますよね。それもお母さんの影響で？

VERBAL　はい。母がハーバード大学の夏期講習プログラムに参加するというので、妹も一緒に、無理やり連れていかれました。ちなみに父は仕事で留守番です。

片山　無理矢理だったんですか（笑）。インターナショナルスクールに通っていたとはいえ、小学校5年生の夏休みにボストンに行くなんて、かっこよくてうらやましいですけど。いま、写真[※4]が映っていますね。ハーバード大学のTシャツを着てポーズをつけている、かわいらしいVERBALさんです。

VERBAL　でかでかと「Harvard」と書いてあるTシャツを着ている子どもなんて、ほかにいませんでしたけど（笑）。もう、いかにも観光客ですね、こうしてみると。

片山　お母さんが勉強している間は、何をして過ごしていたんですか？　妹さんとふたり、子どもだけで街をうろうろするわけにもいかないですよね。

VERBAL　妹と一緒に、市内の子どもキャンプに参加させられました。ヒップホップと出会ったのはこのときです。もう、ものすごいカルチャーショックを受けたのはよく覚えています。

片山　そのキャンプは、どんな子どもたちが来ていたんですか？

VERBAL　毎年夏休みに開催されるタイプのもので、ボストンに住む子どもたちが対象でした。集まっていたのはほとんどが黒人の子、ラテン系の子で、日本から来ていたのはぼくら兄妹だけでした。

片山　でもすぐに仲良くなれました？　インターナショナルスクールの5年生なら、英語はもうペラペラですもんね。

VERBAL　いえ、日本ではしゃべれても、現地ではあまり話せませんでした。なんというか、照れもあって。それはけっこう、大人で英会話をしている人もそうなんじゃないかなと思いますけど。ただ、しゃべれないなりに、スクールバスで一緒に遊ぶようになっ

※4　写真

て、彼らのあらゆることに影響を受けましたね。ヒップホップもそのひとつです。当時、すごく流行っていたRUN-D.M.C.[※5]の「I'm proud to be black」。これをみんな、普通に口ずさんでいて、スクールバスでもかかっていて。衝撃的でした。

片山　RUN-D.M.C.はヒップホップ黎明期をリードしたといわれるアメリカのヒップホップグループです。「I'm proud to be black」は、黒人であることに対しての誇りを歌った曲……ですよね。めちゃめちゃクールな。いま、会場でも流します。みなさん、聴いてください。

VERBAL　このとき、子どもながらに、黒人の人たちに対する人種差別の空気を、肌で感じていました。在日韓国人である自分の両親からも、かつてはけっこう大変な思いをしたと聞いたことがあったので、みんなでI'm proud to be blackと歌い、お互いにパワーを与え合っている感じが、すごくグッときて。ボストンでは、そういうことも含めて、小学5年生ながらにいろいろなことを考えさせられたように思います。

片山　早熟ですよね。小学校5年生でRUN-D.M.C.に衝撃を受けるというのは。

VERBAL　音楽だけではなく、全部パッケージで入ってきたんですよ。ファッション、ゲーム、ダンス、ヒップホップ、というふうに。スクールバスの中で流行りのおもちゃの話をするのと同列で、ビートボックスをやっていたり。同じ年齢の子がおしゃれなスポーツウェアやスニーカーを履いて、ブレイクダンスをしている。親に連れられて日本からやってきて、「Harvard」って書いてあるTシャツ着てるような小学5年生がそんなの見たら、びっくりするに決まっているじゃないですか。1か月ちょっと行ってたん

※5 RUN-D.M.C.（ラン・ディーエムシー）　ヒップホップシーンの黎明期より活躍したアメリカの3人組ヒップホップグループ。1984年のファーストアルバム『RUN-D.M.C.』は、ヒップホップのアルバムとして初のゴールドディスクを獲得。3枚目のアルバム『レイジング・ベル』では、200万枚の売り上げを記録した。彼らが愛用するアディダスのスニーカー「スーパースター」やカンゴールのハットは、ヒップホップ系ファッションの定番アイテムとなっている。

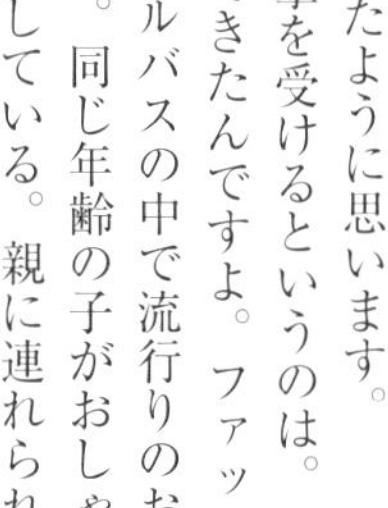

ですが、めちゃくちゃカルチャーショックでしたね。

片山　そうして夏休みの間にカルチャーショックをバーンと受けて日本に帰ってきて。後にm-floを一緒に始める☆Taku[※6]さんと出会うのも、たしかこの頃ですよね。なんと、小学校の同級生。

VERBAL　あ、いまスクリーンに小学校時代の写真[※7]が映っていますよね。聖歌隊か何かのときかな。この、ぼくのうしろに映っているのが☆Takuです。顔はほとんど変わってないからすぐわかりますね（笑）。彼は小学校5年生のときに転校してきて、以来、中学高校とずっと一緒でした。大学では一時的に離れるんですが。

片山　初対面の印象って覚えています？

VERBAL　よく覚えてますよ。☆Takuはすごくエキセントリックでしたから（笑）。転校してきてすぐ、父親が買ってくれたというでかいビデオカメラがあると言って、「おれ、『東京サミット』って映画をつくるから、おまえ出演してくれ」って言ってきたんですよ。なんだこいつは、すげえやつだなとびっくりしましたね。

片山　それを機に、仲良くなっていったんですか。

VERBAL　いえ（笑）。うちの学校は各学年70人程度の男子校なので、みんな顔見知りではありましたが。小学生時代は、☆Takuと同じグループで遊んだりはしていなかったです。

片山　でも、在学中から一緒にバンドを結成されていますよね？

VERBAL　エスカレーター式で中学に進学した頃から、本格的に音楽にハマりだして

※6　☆Taku Takahashi（タク・タカハシ）　1974年神奈川県生まれ。DJ、音楽プロデューサー。1998年、VERBALとm-floを結成し、トラックメイキングを担当。ソロとしても国内外のさまざまなアーティストのプロデュースやリミックスを積極的に行っている。2009年には、日本の若い才能を世界に広げるべく、自身のレーベル「TCY Recordings」を設立。

※7　写真

……初めて一緒にバンドを組んだのは、15、16歳のときですね。ぼくがラップ担当、☆Takuがドラムを叩きながらシーケンサーで音を出して、ほかにギタリスト、ベーシストもいるミクスチャーロックバンドでした。バンド名はN.M.D.という。

片山　ユニットではなく、バンドだったんですね。結成のきっかけを教えてもらえますか。

VERBAL　うちの学校は、ときどき学校公認のイベントとして、近所のインターナショナルスクールの女子校とダンスパーティーを開催するんです。ちょっとおしゃれして、音楽をかけて。そこで☆TakuがDJをしていたんですけど、あるとき、出演するはずだったラップ担当が、急に来れなくなったことがあったんですね。まあ、言葉はよくないですが、いわゆるバックレです。その頃、ぼくはけっこういっぱいラップを書いていて、それを知っていた☆Takuに、「ちょっとやってよ」と声を掛けられたのがきっかけですね。「いいよ」と答えて、本番に飛び入り参加したのがきっかけです。

片山　即興だったんですか?

VERBAL　はい。すでにたくさんの持ちネタがあったので、いくらでもできる自信がありました。

片山　すごいですね。そうしてスタートしたN.M.D.が、m-floの前身といってもいいと思うんですけれども。その後もバンドとして、本格的に活動していたんですよね?

VERBAL　そうですね。☆Takuの家に機材が揃っていたのでデモテープをつくって、いろいろな大会に出ました。高校2年生のときには、当時フジテレビでやっていた『ハ

※8　N.M.D.

ウスエナジー』というオーディション番組に出場して優勝することもできましたし。じつはそのとき、フォーライフというレコードメーカーの方からプロデビューのお話もいただいたんです。でもやはり母に反対されまして。自分でも、音楽で食べていくということを現実的に考えることができなかったので、大学進学と同時に、いったん音楽から離れることにしました。

ブレイク以降も、プロでやっていこうとは思わなかった

片山　これもVERBALさんのすごいところですよね。高校生のときにプロデビューなんて夢のような話が来たら、普通は、いくらお母さんの反対があっても進んじゃうと思うんですよ。でもそこで冷静に大学進学を選べる。かなり落ち着いて、自分のことを考えていたんですね。

VERBAL　スカウトの人にも同じことを言われました。ちょっと逆ギレに近い感じで、「君くらいの年齢だったら、ふたつ返事でオッケーでしょう⁉」って。91年頃ってまだ、テレビでもラップしている人はほとんどいなかったんですよ。幼少期から安定した職業に就けと言われ続けていたこともありますし、両親――さっきは冗談で「父は適当な感じ」なんて言いましたけど、そんなことはなくて、やはりすごくいろいろ考えて、ぼくのことを育ててくれました。その両親が将来についてアドバイスをしてくれるなら、それに従ったほうがいいと思ったんです。心配させたくなかったですし。

片山　ほんと潔いと思います。そうしてボストン大学に留学されます。学部がまた意外なんですよね。先ほど話に出てきましたが、経済学部と哲学部。これはまたどんないきさつがあったんですか？

VERBAL　まず経済学部に入学して、ビジネススクールにも通いました。専攻は決めていませんでしたが、大学2年生のときに集中してマーケティングを学び、同時に、サークル活動で哲学部にも入っていたので、ダブルメジャーして、マーケティングとフィロソフィー両方の単位をとって卒業した感じですね。

片山　入学した当初は、具体的に将来の職業は考えていなかったんですか？

VERBAL　そうなんです。マーケティングを集中して学んだのも、たまたま必修科目でマーケティングの授業をとって、宣伝や売り込み方を考えるのがとても面白いと思ったからです。でもその時点では、どの会社に入りたいとかどんな仕事をしたいとかは、具体的に考えていませんでしたね。

片山　哲学に興味を持ったきっかけは何ですか？

VERBAL　韓国人はキリスト教率が高くて、みんなよく教会に行くんです。ぼくも大学在学中によく誘われていて、最初は「おれはいいよ」って断っていたんですけど。大学1年生のとき、いまの奥さんと出会う前に大失恋を経験しまして、もう毎日のようにお酒を飲んで、荒れてしまった時期があったんですね。そのときにやっぱり教会に誘われて、やけっぱちな気分でついていったら、普通の礼拝じゃなくて、バイブルスタディー（聖書研究）みたいな、かなり学問的なことをしていたんです。「おい、マジかよ」みたいな感じだったんですけど、でも聞いていたらすごく面白かったんですよ。旧約聖書には箴言や詩篇といったとても哲学的な書があります。例えばソロモン王が民に向かって生き方を説いていく箇所とか、それがすごく刺さったんですね。何千年も前の人がこんなことを言ってるなんてすごいなと思ってそこからハマって、そのうちに自分もクリスチャンになるんですけど。哲学を学び始めたのはそんな理由からでした。

片山　マーケティングと哲学のダブルメジャーってすごいですよね。さらに大学在学中、アメリカの大手証券会社スミス・バーニーにインターンに行かれたとか。

VERBAL　ボストン大学には就職カウンセラーがいて、いろいろアドバイスをしてくれるんです。卒業後すぐに就職できるようにインターンに行ったほうがいいと言われたので、自分でいろいろ調べてみたらちょうどスミス・バーニーがインターンを募集していて、応募したら入れてくれたんですよ。大学３年生から４年生にかけて働きました。

片山　どんな仕事をしていたんですか。

VERBAL　あまりよく覚えていないのですが（笑）。上司のリクエストどおりに、ＮＡＳＤＡＱの情報を集めたり、分析に必要な資料を探してきたりしていました。上司には目をかけてもらって、ありがたかったことはよく覚えています。

片山　卒業後は、別の会社に就職されて、そこでもかなり好成績を残したと伺っています。

VERBAL　短い期間だったのですが、訪問販売の仕事に就きました。まさにビギナーズラックだったと思うんですけど、初日の営業でいきなり好成績をあげることができたので、かなり好調なスタートがきれました。でも、そこはわりとすぐに辞めてしまったんですよね。ゴードン・コンウェルという神学校の大学院に進学するために。

片山　改めて神学を学ぶため、会社を辞めて神学校に。

VERBAL　はい。正直、ビジネスの方向性がいまひとつ定まらず、何をしていいのかわからなくなってしまって。自分が信じているものを突き詰めたい気持ちもあったので、きちんと神学校で学び、もう1回いろいろ考え直そうと思ったんです。

片山　牧師さんになろうと思ったわけではないんですか。

VERBAL　牧師になるために必要な勉強はしていました。でも仕事としてやっていくつもりはなかったですね。当時、ホームレスシェルターや少年院でボランティア活動をしていたので、いずれアーバンカウンセラーみたいなことをやってみたいとは思っていましたが。

片山　当時、音楽活動はしていなかったんですか。

VERBAL　ラップはずっと書いていました。自宅にターンテーブルもありましたよ。でもプロになってやっていくというつもりはありませんでしたね。

片山　でもm-floは、たしかVERBALさんが大学院在学中に結成されるんですよね？『情熱大陸』※9でもけっこう追っかけられていたような。

VERBAL　ええ。大学院に入って1年目の冬休み、日本に帰省しているときに、なんだか☆Takuに会っちゃったんですよ。彼は西海岸にあるオクシデンタルカレッジという学校を出て、一足先に音楽の道に進み始めていました。偶然再会して近況報告をしてい

※9 情熱大陸　TBS系列局で毎週日曜日に放送されている人間密着ドキュメンタリー番組。スポーツ、演劇、音楽、学術など、第一線で活躍する人物に密着し、その魅力や素顔に迫る。m-floは2001年に出演。

るうちに、「久しぶりに曲つくろうよ」という話になって。というのも、彼がちょうど[※10]バーブラ・ストライサンドの「[※11]追憶（The Way We Were)」のリミックスの仕事をもらっていて、うまく行ったらアナログ盤を５００枚出せると言うんです。「久しぶりにラップ乗っけてくれよ」と言われて、ノリで始めることになったんですよね。

片山　ちょっとやってみようかなという感じですか。

VERBAL　そうですね。「５００枚アナログを刷れる」ことがすごく魅力でした。お金とか名声よりも、自分の作品を世に出したいという気持ちが強かったんだと思います。高校生のときお断りしたにもかかわらず、やっぱり自分の中であきらめきれない何かがあったんでしょうね。

片山　そのときの1曲が、m-flo名義の初の音源「The Way We Were」になるわけですが。ここでユニット名の由来を改めて教えていただけますか。

VERBAL　「mediarite-flow」という、隕石や流星の流れ方、という意味の言葉が最初に考えた名称です。それを略してm-flo。隕石のように、当たったものにインパクトを与えるユニットになろうと。「日本の音楽業界を変えてやる！」という若気の至りみたいな気持ちもありました。

片山　VERBALという名前も、そのときに考えられたんですよね？

VERBAL　はい。言葉で人の心に刺さるようなプロダクトをつくる、という意味を込めています。☆Takuとふたりでいろいろな候補を挙げていって、ああだこうだと相談しながら、最終的に落ち着いた名前ですね。

※10 バーブラ・ストライサンド　1942年アメリカ・ニューヨーク生まれ。歌手、女優。ナイトクラブやブロードウェイなどの出演を経て、1962年に歌手デビュー。するとデビューアルバムでいきなりグラミー賞を受賞し、初出演した映画『ファニー・ガール』でも1968年のアカデミー主演女優賞を受賞。これまでに2度のアカデミー賞、10度のグラミー賞を獲得している。

※11「追憶」　1973年に公開されたバーブラ・ストライサンド主演の映画『追憶』の主題歌としてリリースされた、バーブラ・ストライサンドのシングル曲。1973年のアカデミー主題歌賞を受賞し、ビルボードチャートでも1位を獲得するなど大ヒットを記録した。

片山　そして、「The Way We Were」でそのままインディーズレーベルからデビューしてしまうという急展開。

VERBAL　曲をつくったあと、大学院に戻ったら☆Takuから国際電話がかかってきたんです。「あのアナログ、すごい人気なんだよ。もっと曲つくってくれってうちの社長から言われてるんだ」って。そのときは、また適当なこと言ってるなあ、って笑って聞いてたんですけど、「まあ、また夏休みに戻ったときにつくろうぜ」と約束して、翌年の夏に戻ってつくって。そのうち、ＬＩＳＡ[※12]にも声をかけて。

片山　ＬＩＳＡさんは、高校時代から友だちだったんですか？

VERBAL　ＬＩＳＡはうちらの学校と仲の良い、清泉インターナショナルの１学年上だったんです。高校在学中からＣＤを出していて「歌がうまくて有名人の怖い先輩」みたいな存在でした（笑）。最初はふたりで曲をつくって楽しんでいたんですが、「なんか華がないなあ」ということで彼女のことを思い出し、「サビの部分を歌ってもらえないですか」と恐る恐るお願いして参加してもらった感じです。で、「面白そうじゃん」ってノッてくれて、まず１曲録音して。いい感じだったので、２曲、３曲と一緒につくって、すごくグルーヴ感が出たので、いっそメンバーになってよ、という流れになりました。

片山　そうだったんですか。ぼくはてっきり、同じ学校の同級生でずっと一緒だったのかと思ってました。男子校だったんだからそれはないですよね。そうして99年には、ＬＩＳＡさんが加わって３人のメンバーで制作したシングル「the tripod e.p.」[※13]でメジャーデビュー。いきなりオリコン９位。さらに２０００年２月リリースのファーストアルバ

※12　ＬＩＳＡ（りさ）　１９７４年東京都生まれ。歌手。１９９３年に歌手デビュー後、１９９８年、m-floに加入し、２枚のアルバムをリリースする。２００２年、ソロ活動への専念を理由にm-floを脱退。その後、ソロとして5枚のオリジナルアルバムをリリースしている。

※13　「the tripod e.p.」

ム『Planet Shining』[※14]はオリコン6位。そして翌2001年1月にリリースのシングル「come again」[※15]は13週にわたってチャートインするロングヒット。冷静なVERBALさんもさすがにびっくりされたのでは？

VERBAL　そうですね、でも、「学費払えてラッキーだな」くらいにしか思っていなかったかもしれないです。このときもじつはまだボストンと日本を行き来していて、アメリカに戻ったときに☆Takuから国際電話で聞いたんですよ。「あのアルバムすごく売れてるからさ、日本に戻ってきてよ」って。でもそのときも「またまた〜。ぼくは学校あるからさ」という程度のやりとりでした。音楽をずっと続けていこうというモードには、まったくなっていませんでしたね。

片山　やっぱり不思議です。だって、とんでもない大ヒットですよ。勢いで行っちゃうところじゃないですか。なのにどこか冷めているというか、やっぱり、ものすごく客観的ですよね。

VERBAL　たしかに、この頃のぼくは特別にストイックでした。神学を学んでいた影響も大きいと思うのですが、音楽業界とは誘惑が多い場所であり、決してそういうものに流されてはならない、と勝手に警戒していて（笑）。ラップするときや曲をつくるときは音楽に真剣に向き合いましたけれど、神学校ではまったく別の、完全にストイックなモードに切り替えていましたね。

片山　そういう状況にあって、☆Takuさんとは、どういうふうに曲をつくっていたんですか。

※14『Planet Shining』

※15「come again」

VERBAL　ぼくたちの楽曲制作のスタイルは、ちょっと特殊かもしれません。「come again」なんてひどいもので、最初☆Takuに聞かされたのは、ドラムのリズムだけなんですよ。「タットゥトゥトゥットゥッタみたいな感じにしようと思う。先にラップ書いて」って。当然、「それじゃわかんねえよ」と返すわけですが（笑）。ＬＩＳＡも「わからないわ」って怒りながら、でも一緒にスタジオに入って、ＬＩＳＡの歌いやすいメロディーに合わせてコードを乗せたり、いろいろ楽器隊を入れたりと肉付けしていくうちに、なぜかできていっちゃう。この憎めない感じとか、独特の曲づくりの感覚は、☆Takuの天才的なところですね。いまでもそのやり方は変わらないです。

片山　これから「come again」のプロモーションビデオを会場に流しますね。学生のみんなが多分、小学生だった頃の大ヒット曲。ちなみにVERBALさん、曲ができあがるまでに時間ってどのくらいかかるものですか？

VERBAL　すごくスムーズな例では、スタジオに入って20分ぐらいで、歌詞もメロディーもだいたいできちゃう曲もありました。わりと歌詞を書くのは早いほうなんです。でも何か月経っても完成しない曲もありますね。かなりバラつきがあります。

片山　歌詞というか、ラップのパートは、どうやってかぶせていくんですか。

VERBAL　２００１年ぐらいまでは、ノートに何冊もラップを書きためていたので、それを曲に当てていました。最近は、☆Takuと2人でメロディーや歌詞の世界観をまず決めて、ラップはいちばん最後ですね。レコーディングの当日にできあがった曲を聴いて、その場でラップを書いてレコーディングまで持っていきます。ラップの部分だけ、最後までとっておく感じです。

片山　歌詞カードを見ると、ラップの文字数ってめちゃくちゃ多いですよね。あれだけの言葉をどういうふうにつくっているのか、いつも不思議に思っているんですけど。

VERBAL　その場で、頭に浮かんでくるんですよ。

片山　歌いながらですか？　それとも、書きながら？

VERBAL　ぼくのやり方は、陸上競技でいうと、中距離ランナー型だと思っています。短距離ランナー型って、その場の即興がいちばん得意だと思うんですね。でも長距離ランナー型は、じっくりと時間をかけて練っていく。ぼくはその中間で、即興はできないけれど、5時間くらいあれば1曲書ける。

片山　言葉が浮かんでくるのはどういうときですか？

VERBAL　トイレです、ほとんど（笑）。煮詰まったとき、トイレに行くと絶対に浮かびます。

片山　わりとオーガニックな成り立ちで、ヒット曲が生まれているわけですね（笑）。そうして2001年3月にリリースされたセカンド・アルバム『EXPO EXPO』[※16]は、なんとオリコン3位、セールス80万枚を記録します。でもこのあと、なんとアメリカの大学院に帰っちゃう。そのお話しを伺ったとき、正直、ありえないと思いましたよ。ここはもう、ノンストップで音楽活動に行くところでしょう。

VERBAL　『EXPO EXPO』のおかげで学費を払う目処がたちましたし、なんとか卒業できそうだったので。

※16　『EXPO EXPO』

片山　ここまで来てもまだ、音楽でやっていこうとは思わなかったんですか？

VERBAL　当時はJ-WAVEのラジオ番組でレギュラーもやっていたので、卒業なんかしなくてもいいだろうと、引き止めてくれる人も多かったです。でも「☆Takuがやればいいじゃん」みたいな感じでけっこうフラットにアメリカに戻ったんですよ。

片山　このとき、卒業したらまた戻ってこようと考えていましたか？　それとも、音楽はもういいと思ったりもしたんでしょうか？

VERBAL　いまデビューして14、15年経って振り返るとですけど、当時もかなりいい成績を残せたものの、まだ自分の中でリアリティがなかったんです。いちばん好きなのは音楽で、それはかなりはっきりしていましたが、ここまで、仕事として音楽を続けているイメージはなかったですね。

片山　大学に戻って、実際に1年間くらいは学業に集中されていたんですよね。その間に、ＬＩＳＡさんがソロ活動に専念するため脱退されるという大きな出来事もありました。

VERBAL　もともとＬＩＳＡは、それこそかっこいいソロアーティストの先輩として参加してくれていたんです。m-floとして活動を始めるときから、「私はいつかソロに戻るからよろしく」と言われていて。ただ、このタイミングとは思っていなかったですね。ぼくもアメリカに行っちゃうし、ＬＩＳＡもやめちゃうし、どんなグループだと思われていたんでしょうね（笑）。

「m-flo loves Who?」プロジェクト発足

片山　ここまで、頑ななくらいにプロとしての活動を避けていたようにも思えるのですが、実際に日本で音楽活動を続けていこうと決意されたタイミングというのは、いつ頃だったんですか？

VERBAL　きっかけとしては、当時あったASAYAN[※17]という音楽番組で、オーディションの審査員を頼まれたことですね。CHEMISTRYやEXILEを発掘したオーディションなんですけど、アメリカまで来てくれるというので引き受けたら、カセットテープとかＭＤとかＣＤが１３００本くらい届いたんですね。その流れで優勝者をプロデュースするという話にもなって、打ち合わせや収録で日本に滞在する時間がだんだん長くなっていきました。そのくらいからかな、自分でもだんだん、音楽が向いているように思えてきて。大学の講義は日本にいながら、通信教育で受けるようになりました。

片山　m-floの活動はどうされていたんですか。

VERBAL　日本に帰ってきてからも、しばらくは☆Takuとぼくとでそれぞれ活動していました。なんとなくそのまま過ぎていて、1年くらいしてから、「m-floどうするか」と話し合いをしたんですよね。そのとき、ＬＩＳＡが抜けちゃったことを逆手に取ってリブランディングしようという話になって、ミュージシャンを次々にフィーチャリング

※17　ASAYAN（あさやん）　テレビ東京のバラエティ番組。1995年から2002年まで放映。「夢のオーディションバラエティー」と銘打ち、小室哲哉やつんく♂などのプロデュースによって、鈴木あみ、モーニング娘。、CHEMISTRYなど数多くのアーティストを輩出した。その中でVERBALはラッパーオーディションの審査員を担当し、女性ヒップホップユニットのHeartsdalesをデビューさせた。

していくという、「m-flo loves Who?」の企画が始まるんですけれど。

片山　「m-flo loves Who?」は、みなさんご存知のとおり、「Who?」部分に毎回異なるアーティストを迎えて、曲を制作していくプロジェクトですね。ファンの間では「loves」シリーズとも呼ばれています。危機的な状況を、むしろ新しいことを始めるチャンスとしてとらえたわけですよね。

VERBAL　格好良く言うとそうですけど、苦肉の策でもありましたよ。それにいまだと、フィーチャリング誰々とかよくありますが、当時はフィーチャリングのものでチャートインする曲はほとんどなかったんです。だからぼくたちが、1曲1曲違うアーティストを迎えてやりたいと提案しても、すごく反対されました。それはm-floとは言えないんじゃないか、と。口頭で説明してもわかってもらえないので、ざっくり企画書をつくって、レコードメーカーや事務所の社長にプレゼンテーションしました。「最初は[※18]Crystal Kay、次に新人アーティストとコラボして、その次は[※19]BoAとできたら、とんとんとんと行くと思います」というふうな、かなりざっくりした企画書でしたけど（笑）。でもそれでやっと興味を持ってもらえて、ゴーサインが出たんですよね。

片山　フィーチャリングって当時、日本の音楽市場ではかなり新しい概念でしたよね。ボーカルがどんどん変わっていくという。

VERBAL　当時海外ではそんなに珍しいものではありませんでしたし、いずれ日本でも当たり前になるだろうと思っていたんですよね。むしろ、ここは自分たちが一石を投じる機会なのかなと思いまして。

※18 Crystal Kay（クリスタル・ケイ）1986年神奈川県生まれ。歌手。1999年、13歳でデビュー。2002年、☆Taku Takahashiらをプロデューサーに迎え、数々のシングルヒットを記録する。その後、サードアルバム『almost seventeen』は、オリコンチャート初登場2位を獲得。2009年の『ALL YOURS』では8枚目のアルバムにして初のオリコン1位に輝く。2014年までに29枚のシングル、10枚のオリジナルアルバムをリリースしている。

片山　そして「m-flo loves Who?」の体制で2003年から約4年間、「loves」シリーズを生み出されることになります。このプロジェクト名にも、VERBALさんと☆Takuさんの深い思いが込められているとか。

VERBAL　「loves」のフィーチャリングは、ただトラックに歌を乗せるようなものではなく、考案の段階から、アーティストとぼくらで一緒に曲をつくっていくものなんです。最初にCrystal Kayと組んだ[※20]「REEEWIND!」は、なにしろ一発目なので、ある程度はこちらで構想を練ってからCrystalにスタジオへ来てもらいましたが、そこからは彼女にもメロディを書いてもらいながらつくっていきました。ちょっと大げさと思われるかもしれませんが、一緒に、愛を育んでいくレベルで曲をつくっていきたいと、そういう気持ちで、「m-flo loves Who?」というプロジェクト名にしたんですよね。まあ単純に、響きがかわいらしいよね、ということも大きいんですけど（笑）。

片山　結果として、全41組のアーティストとフィーチャリングされたんですよね。無名だった新人アーティストから、大御所といわれるような和田アキ子[※21]さんや坂本龍一[※22]さんまで、フィーチャリングの相手は非常に幅広い。これはどういう基準で選ばれたんですか。

VERBAL　「loves」の企画が始まったとき、ぼくら、初めておもちゃ屋に入った子どもみたいでした。まず、一緒に仕事をしてみたい人をとにかく全員、リストアップしたんですよね。その中で、アルバムのコンセプトや曲のイメージに合う方に、そのときどきでお声がけしていった感じです。

※19　BoA（ボア）1986年韓国ソウル生まれ。歌手。2001年「ID; Peace B」で日本デビュー。その後、コンスタントにリリースを重ね、ファーストアルバム『LISTEN TO MY HEART』はオリコンアルバムチャート初登場1位を獲得。同時にミリオンセールスを達成する。その後、アメリカ進出を果たすなど精力的に活動を続け、2014年までに日本版シングル38枚、日本版オリジナルアルバム8枚をリリース。

※20　「REEEWIND!」

※21　和田アキ子（わだ・あきこ）1950年大阪府生まれ。歌手、タレント。1968年、「星空の孤独」

片山　毎回違うアーティストとの曲づくりって、想像しただけでも大変そうですけれども。しかもみなさん、個性の強い方ばかりです。意見のすり合わせなどで大変な思いもあったのでは？

VERBAL　ぼくはけっこう受け身なタイプなので、衝突することはなかったですね。強い意見をぶつけられたとしても、言い返したりせず、君はそう思うんだ、それもいいんじゃない、って寄り添ってつくっていくタイプ。そこは今も昔も変わっていないですね。ですから「loves」シリーズは、1曲1曲が違うつくり方をしています。

片山　じつはVERBALさんは2013年2月、幻冬舎から※23『フィーチャリング力　あなたの価値を最大化する奇跡の仕事術』というビジネス書を出版されています。これがすごく面白いんですよ。フィーチャリングって音楽のコラボレーションに関してだけではなく、生き方すべてに通じる概念なんだなということがよくわかります。

VERBAL　ぼくらは「loves」の41組のアーティストだけでなく、ふだんからスタジオワークをご一緒させていただいている方、全員とフィーチャリングしているつもりでいます。マーケティングの意味でも、メーカーが変われば社風に合わせていくことが必要になってきますし、曲のつくり方からアーティストのハンドリングまでぜんぜん変わってくるんですね。そういうなかで臨機応変に対応しながら、いかにいい曲をつくるか、いいセールスを残すかについての考えをまとめた本になりました。

片山　きょう集まっているみんなは美大生で、日頃からクリエイションについて考えていると思うんですが、実際にクリエイターやデザイナーとして働くとしても、そうでは

でレコードデビュー。代表曲は「あの鐘を鳴らすのはあなた」「笑って許して」「古い日記」など。紅白歌合戦出場回数は38回を数え、女性歌手歴代最多を誇る。

※22 坂本龍一（さかもと・りゅういち）　1952年東京都生まれ。ミュージシャン、作曲家。東京芸術大学大学院修士課程修了。78年『千のナイフ』でソロデビューし、同年、細野晴臣、高橋幸宏とYMOを結成。散解後も、音楽・映画・出版・広告などメディアの枠を越えて活動を続ける。1984年、劇中音楽を担当し、自らも出演した映画『戦場のメリークリスマス』で英国アカデミー賞を受賞。また、映画『ラストエンペラー』でアカデミー作曲賞、グラミー賞を受賞した。そのほかにも反戦・反核・反原発といった運動を繰り広げるなど、その活動は多岐にわたる。

ないにしても、生きていくうえでクリエイションの力って絶対に必要なんですよね。そういう観点からもフィーチャリング力ってとても実用的な考え方だと思いました。特に、ぼくの中で印象的だったキーワードが5つあります。「プレゼンは、相手への『プレゼント』」「行動のない思想はむなしくて、考えのない行動は行き当たりばったり」「すぐれた企画書は夢と現実の両方でできている」「チャンスは貯金できない」「セルフブランディングこそ成功の鍵」。どれも素敵な経験から得られたお考えなので、ここで、学生たちにお話ししてもらえませんか。例えばひとつ目の、「プレゼンは、相手への『プレゼント』」、これはlovesでアーティストへオファーしてきた経験が元になっています。VERBALさんが坂本龍一さんや和田アキ子さんにオファーしたときのエピソードは、これから社会に出る若い子たちにも、とても参考になると思いました。

VERBAL　そうですね、坂本龍一さんは「教授」と呼ばれていることからもわかるとおり、音楽の枠を超えてありとあらゆることを極めているすごい方です。そんな、雲の上にいるすごい大先輩に対して「ぼくたち、m-floです。一緒に曲をつくりましょう」なんて言っても、まず興味を持ってもらえるわけないじゃないですか。ではどうしたら引き受けてもらえるか。一生懸命考えたんですね。教授が経験したことがないことで、さらに「こいつらアホか」と面白がってくれることは何なんだろうと。そこで思いついたのが、教授にラップしてもらうことでした。

片山　ラップのイメージはさすがにありませんでしたからね。

VERBAL　ただのラップじゃないんです。例えば、「プレゼント」という歌詞があった

※23『フィーチャリング力 あなたの価値を最大化する奇跡の仕事術』

ら「プ」「レ」「ゼ」「ン」「ト」みたいに一音一音を録音してエディットしてつくるという、ものすごく緻密な作業を通してラップの曲に仕立てていくというアイディアを提案したんですね。そうしたら、面白そうだね、と興味を持っていただけた感じです。

片山　一方で、和田アキ子さんへのオファーというのはぜんぜん違うアプローチだったと。面識はあったんですか？

VERBAL　いえ、テレビ局内でお見かけしたことはありましたが、事務所同士でお付き合いがあるわけでもなく、飛び込みで、ダメモトでお願いしました。当時、Junkie XL※24というアーティストがつくるビッグビートな音楽が流行っていたんです。☆Takuとふたりで、「俺らもビッグビートな曲つくって、ジェームス・ブラウン※25みたいなソウルフルな歌手に歌を乗っけてもらおうぜ」って話をしていて、「それはもう、和田アキ子さんしかいない！」って勝手に盛り上がっていたんですね。絶対にオッケーしてくれないだろうけど、頼むだけならタダだからと勇気を出してお願いしました。和田アキ子さんはもともとR&Bがお好きと聞いています。だから、ぼくらのつくりたいこの曲のイメージにぴったりなんです」というふうに説明をしつつ、サンプルの曲も聴いていただいて。

片山　正攻法ですよね。

VERBAL　はい。アキ子さんはやはり、歌に対してものすごくストイックで、ストレートな方ですから。レコーディングするときもライブ前もすごく緊張されて。紅白に出させていただいたときも、舞台裏でずっと「どうしよう、どうしよう」って手に汗をびっしょりかかれていて。ぼくたちなんかよりもずっと慣れた場所でしょうに、まるで初出場

※24　Junkie XL　オランダ出身のミュージシャン、トム・ホーケンバーグによるソロプロジェクト。1990年代のビッグビート・ムーブメントの火付け役として知られる。2002年には、エルヴィス・プレスリーの楽曲「ア・リトル・レス・カンヴァセーション」をリミックスし、24か国のチャートで1位を獲得するという大ヒットを記録。以降、自身の作品制作と並行して、人気アーティストたちのリミックスを数多く手がけている。

※25　ジェームス・ブラウン　1933年アメリカ生まれ。ソウルミュージックシンガー。通称「JB」。「ファンクの帝王」と呼ばれ、強烈なキャラクターと破天荒なライフスタイルで知られる。代表曲は「リヴィング・イン・アメリカ」「セックス・マシーン」など。

みたいに真っ青になられるくらい。

片山　そのお話は聞いたことがあります。和田アキ子さんは、すごく緊張される方だと。

VERBAL　でも、バーンと照明がついて本番に入ると、まったくそんなことはなかったかのように、いつもの堂々とした、素晴らしい歌が始まるんですよ。

片山　常に、緊張感を失わずに音楽に取り組んでいるということですよね。慣れてしまうのではなく。

VERBAL　すごくピュアなんですよね、音楽に対[※26]して。ご自宅にお招きいただいたこともあるんですが、ずっとリスペクトされているレイ・チャールズからもらったというサングラスが廊下に飾ってあって、「これはレイちゃんがくれたのよ」「今度歌うとき、レイちゃん見ててくれるかな」ってお話しをされていました。とてもピュアで、まっすぐな方ですね。ですから、こちらもまっすぐにオファーして、オッケーをいただけたんだと思います。

片山　オファーするとき、そうやって常に相手の気持ち、どうしたら喜んでもらえるか楽しんでもらえるかを考えているから、「プレゼンは、相手への『プレゼント』」というタイトルになるわけですね。

VERBAL　学生のみなさんも、大学を卒業したら、どんなお仕事に就いたとしても企画を出したりプレゼンしたりする機会がきっとあるでしょう。そのときに、「これ、面白いでしょう」って自分たちだけで盛り上がっていたら絶対通らないと思うんです。相手がどんなメリットを感じるか、相手にどう面白いと思ってもらえるか、あとは、相手と

※26　レイ・チャールズ　1930年アメリカ生まれ。歌手、ピアニスト。通称「ソウルの神様」。盲目というハンディを背負いながらも、R&Bやジャズ、ゴスペルといったブラックミュージックを融合させた独自のスタイルを確立する。全世界のR&Bシーンにおいて、長年にわたりトップの座に君臨した。

自分の差だったり、自分の立ち位置をすごく冷静に分析して、お互いにいちばんの相乗効果が得られるものは何かと考えてプレゼンすると、通る確率が高くなるのかなという、自分なりの見解です。

「フィーチャリング力」は、あらゆる生き方に通じる

片山　2番目のキーワード「行動のない思想はむなしくて、考えのない行動は行き当たりばったり」は、哲学者カントの言葉を、VERBALさんがわかりやすい言葉に言い換えているのだと書かれていました。こちらも意味を教えていただけますか。

VERBAL　すごくいいものを持っているのに、自分の売り込み方がわからなかったり、行動できなかったりして埋もれちゃう人をたくさん見てきました。アーティスト、ミュージシャン、デザイナー、プロデューサー、なんでもそうですけど。自分で積極的にいかなければ、何も始まらないことが多いと思うんです。それが前半の「行動のない思想はむなしく」ですね。後半の「考えのない行動は行き当たりばったり」は、逆に大きなことばっかり言っていて、実体のない人。学生のみなさんのまわりでも、口だけの人っていると思うんですよ。こんなことしようと思っているとか、すごい友だちがいるとか言うけど、何もしない人。プロフェッショナルになってもそういう人ってたくさんいます。大きいことを言うからその場ではなんとなくモテたりするけど、けっきょく実力がないのってすぐにバレますから、出会いが多くても活かせないんですよね。どちらも良い結

果にはつながりにくいという意味で、書きました。

片山　良いアイディアでも受け身では伝わらないし、営業ばかりうまくても長続きしないと。実力と自己プレゼン能力と、どちらも必要ということですよね。3つ目の「すぐれた企画書は夢と現実の両方でできている」。「loves」プロジェクトスタートのときにも、企画書のお話しがありましたね。

VERBAL　「loves」の企画書は良い見本にはなりません（笑）。幸い通ったからラッキーでしたけれど、夢だけで、現実性に欠けた内容でした。でもその後、たくさんの方と多様なプロジェクトをご一緒していくにあたって、実際にオペレーティングに落とし込めるくらいの現実性がないとダメだって思い知ったんです。例えばこのinstigatorだって、とてもユニークな講義で毎回すごく盛り上がっていますよね。それは片山さんの理想、夢が形になっているからだと思うんですが、ただ「やりたい」というだけでは形になりませんよね。どれだけの人員が必要で、どんな機材を用意する必要があるか。それには時間とお金のコストがどれだけかかるのか。いろんな要素を具体的にしていかなければ実現できません。逆に言うと、そういう現実的な部分を押さえておくことが、夢を形にする第一歩になると思うんです。

片山　アートフェスティバルでも、ビジネスのプロジェクトでも、なんでもそうですね。

VERBAL　もちろん現実的なことばっかりじゃ面白くないですし、夢や情熱がないとモチベーションが続きませんから、どちらも大事なんですよ。

片山　学生のみんな、大事なことだからよく聞いておいてね。続いて、「チャンスは貯金できない」。これは、どういう意味でしょうか。

VERBAL　チャンスって、たいていはいちばん都合の悪いときにやってくるんです。例えば、徹夜明けで体調が最悪のときに会いたい人に会える機会が訪れるとか。観たいテレビがあるときに飲みに誘われるとか。

片山　そうですよね、わかります（笑）。

VERBAL　ぼくはインドア派なので、わりと外に出ること自体を面倒くさく思っちゃうんです。でもがんばって出かけていくと、絶対にいいことがあるんですよね。新しい出会いや、仕事につながるきっかけが生まれて、いろんなことが実るという経験をしてきました。そういう機会って、また来るかもしれないけれど、二度と来ないかもしれないじゃないですか。だから、チャンスは貯金できないと思って、どんどん積極的に行動するようにしています。

片山　突然呼び出されたエピソードってありますか。

VERBAL　みんながそうかわからないですけど、ぼくの知り合いの海外アーティストって、当日に突然連絡をしてくる人が多いんですよ。ブラック・アイド・ピーズのウィル・アイ・アム[※27]が「おれ、今、成田空港にいるんだけど、きょう会おうよ」っていきなり電話をかけてきたりするんです。「いやいや、きょう無理だよ」「そんなこと言うなよ」みたいなやりとりになります。ほんとうに無理なときは無理ですから（笑）。それで、「きょうダメなのはわかった、3日後にライブがあるからそれは来てくれよ」というので、OKと返事をしたら「アフターパーティーしたいから、VERBALセッティングよろしく」

※27　ウィル・アイ・アム　1975年アメリカ・ロサンゼルス生まれ。ミュージシャン、音楽プロデューサー。ヒップホップグループ「ブラック・アイド・ピーズ」のブレイン的存在として、ほとんどの楽曲を制作している。これまでにグループとしてグラミー賞を6度受賞。

とリクエストされることになったり（笑）。

片山　そんな、突然のリクエストに応えられるんですか。VERBALさん忙しいのに。

VERBAL　どうしても無理なとき以外は、やってみます。まあ、たいていはちょっとがんばれば、なんとかなるものなんですよね。似た話だと、カニエ・ウェスト[※28]が新しいアルバムのミュージックビデオを世界中で上映するツアーをしていたとき、これまた突然「来週日本に行くから、映像を上映する映画館を押さえておいてよ」って連絡が来たこともあります。パリあたりならけっこう簡単に映画館を借りられるみたいなんですけど、日本ではそうはいかないじゃないですか。でもほかに頼める人もいないだろうしということで、カニエのアルバムをリリースするレコードメーカー、ユニバーサルの方といろいろ相談して、最終的になんとか無事に上映できたんですけど。そんなきっかけから、ウィルともカニエとも、その後いろんな仕事を一緒にやらせていただくことになりました。

片山　ほんとうに、チャンスは突然やってくるし、フットワークを軽くしておくって大切なんですよね。それから、ぼくが気になったVERBAL哲学の5つ目、「セルフブランディングこそ成功の鍵」。これは先ほどＬＩＳＡさんが脱退されたあと、m-floのセルフブランディングを考え抜かれた経験からの言葉ですよね。

VERBAL　ＬＩＳＡの脱退でまず困ったのは、ビジュアル的な問題でした。ＬＩＳＡはコロンビアと日本のハーフで、顔立ちがはっきりしていてきれいじゃないですか。「ＬＩＳＡが抜けたら、うちらはアクセル・ローズが抜けたガンズ・アンド・ローゼズ[※29]みた

※28　カニエ・ウェスト　1977年アメリカ・シカゴ生まれ。ミュージシャン、音楽プロデューサー。2004年にリリースしたデビューアルバム『ザ・カレッジ・ドロップアウト』が全世界で450万枚の大ヒットを記録。2005年に発表したセカンドアルバム『レイト・レジストレーション』は、デビューアルバムを上回る500万枚を売り上げた。2014年時点でグラミー賞を21度受賞するなど、ヒップホップシーンにおいて不動の地位を確立している。

※29　ガンズ・アンド・ローゼズ　アメリカのハードロック・バンド。ボーカルのアクセル・ローズは、度々スキャンダラスな行動を起こすことでも知られている。ロック史上最もクレイジーなバンドとの異名も。

いに、華ねえぞ」って☆Takuに言ったんですよ。ふたりで普通の格好して「どうもm-floです」と言っても、ぜんぜん引っかからないし、面白くないんじゃないかと。☆Takuは「そんなことないよ」とか言ってましたけど。ダフト・パンク[※30]はヘルメットがアイデンティティーになっているし、アイアン・メイデン[※31]もエディ[※32]というキャラクターがいてこそ。音楽の内容はもちろん大事なんだけど、そういうアイコンがあると強いんですよ。だからぼくらもサングラスをしているふたり組のプロデューサーユニットというキャラ設定にしました。その印象を定着させるため、LISAが抜けたあとの、３枚目のアルバム『ASTROMANTIC』[※33]のジャケットからは、ふたりの顔面アップで統一しています。

片山 そこからサングラスの男性ふたり組、イコールm-floという図式になったんですね。

VERBAL そうなったらいいなと思って。ぼくは1枚目のジャケットからサングラスをしていましたが、☆Takuもここから、サングラス必須になりました。

片山 そんなブランディングが効をなして、２００４年5月、３年ぶりに発売となった『ASTROMANTIC』はオリコン2位、２００５年8月リリースの4枚目の『BEAT SPACE NINE』[※34]はオリコン初登場1位をマークされています。

VERBAL はい、二人でサングラスをかけているのが定着したことで、イメージが浸透して、まさに音とビジュアルがマッチした結果だと思います。

片山 この同時期にあたる２００５年、以前instigatorにも来ていただいたＮＩＧＯ®[※35]

※30 ダフト・パンク フランスのエレクトロ・ミュージック・デュオ。ロボットの仮面がトレードマークの、ダンス・ミュージック界最高峰に君臨するアーティスト。シングル曲「ゲット・ラッキー」が世界的に大ヒットした２０１４年のグラミー賞では、主要「最優秀レコード」「最優秀アルバム」部門を含む、最多５部門を受賞した。

※31 アイアン・メイデン イギリスのヘヴィメタル・バンド。現在までのレコードセールスは８５００万枚を超え、世界で最も成功しているヘヴィメタル・バンドのひとつ。

※32 エディ 正式にはエディ・ザ・ヘッド。アイアン・メイデンのデビュー当時から使用されているゾンビのバンド・キャラクター。アルバムやシングル盤のジャケットはもちろん、ライブのステージ上に出現することも。

さん、RIP SLYMEのILMARIさんらと、新しいユニットTERIYAKI BOYZ®を結成されますね。これはどんないきさつですか?

VERBAL　RIP SLYMEのILMARIくんとはかなり前から仲が良くて「一緒に曲つくったりしたいよね」ってよく話していたんです。でもRIP SLYMEがかなり売れっ子になってしまって、なかなかお互い一緒にやる機会がなかったんですね。そんなある日、NIGO®さんからILMARIくんに、オムニバスアルバムの出演オファーが来て。そのときILMARIくんが一緒にやろうって声をかけてくれて、何ならRIP SLYMEのRYO-Zや、当時新人だったWISEも呼んで、みんなでわいわいやろうというノリで始めたのがきっかけです。

片山　オリコン1位同士のグループと、ファッション界のカリスマNIGO®の組み合わせ。スーパーグループですよね。ライブにはぼくもお邪魔しましたけれど、ほんとうに飛ぶ鳥を落とす勢いでした。

VERBAL　まさか2枚もアルバムを出すことになるとは思ってもみませんでした。そのときNIGO®さんからオファーのあった、1曲だけで終わるはずだったんですよ。海外ミュージシャンの曲にラップを乗せていくというコンセプトアルバムで、たくさんのアーティストが参加されていました。いろんな方たちが参加されているなかで、フィーチャリングILMARI、VERBAL、RYO-Z、WISEというのもなんだから、適当につけたんですよね、TERIYAKI BOYZ®って。

片山　そうだったんですか(笑)。ここで、デビューアルバム※36『BEEF or CHICKEN』

※33『ASTROMANTIC』

※34『BEAT SPACE NINE』

※35 NIGO®(ニゴー)
1970年群馬県生まれ。クリエイティブディレクター、ファッションデザイナー。1993年にファッションブランド「A BATHING APE®」を立ち上げ、「裏原ブーム」を牽引する存在に。現在はフリーランスとして活動。自

から「HeartBreaker」のプロモーションビデオを上映しますね。……格好いいよね。ほんとスーパーユニットです。プロデューサーもすごい方たちなんですよ。先ほどお名前の挙がったカニエ・ウェストさんはじめ、「ZOCK ON!」はネプチューンズの※37ファレル・ウィリアムスさんによるプロデュース。いわゆる海外の大物アーティストとの共演ですが、VERBALさんのなかでは、どんな印象が残っていますか。

VERBAL これはそうとう無理に近いことをＮＩＧＯ®さんが実現されましたよね。TERIYAKI BOYZ®の2枚のアルバムは、ほんとうにどこのレコード会社も実現できなかったことをやってしまった、日本の音楽シーンで歴史に残るものだと思っています。

片山 普通に考えたら、ありえない豪華なメンバーということですか。

VERBAL 有名だからというところももちろんあるんですが、それよりも壁があったのは、日本と海外の音楽ビジネスのあり方がまったく違うことです。ギャランティーとか以前の問題で、ビジネススタイルが違いすぎて、なかなかプロジェクトが成立しないんですよ。ＮＩＧＯ®さんはそういう垣根をぜんぶ越えて、1枚のアルバムにまとめてしまった。カニエ・ウェスト、ファレル・ウィリアムス、※38ダフト・パンク、ビースティ・ボーイズ……アメリカでも、その人同士でもやれないようなものすごい共演なんです。かなり至難の業だったはずで、ＮＩＧＯ®さん、ほんとうにすごいなと思いましたね。

片山 そのご縁から、カニエさんに映画館のセッティングを頼まれるまでの仲になられたと。

VERBAL そうですね（笑）。ＮＩＧＯ®さんとTERIYAKI BOYZ®をやらせていただ

身のブランド「HUMAN MADE」のディレクターを務めるほか、国内外の有名ミュージシャンと交流するなど、音楽シーンにも活動の場を広げている。

※36『BEEF or CHICKEN』

※37 ファレル・ウィリアムス 1973年アメリカ・バージニア生まれ。音楽プロデューサー、歌手、ファッションデザイナー。音楽プロデュースグループの「The Neptunes」やヒップホップグループ「N*E*R*D」のメンバーとして知られる。自身のソロ活動のほか、さまざまなアーティストとのコラボレーションにより、数々のヒット曲を生み出している。20

いたおかげで、カニエやファレルとも仲良くしてもらうきっかけにつながりました。いまでも、うちの奥さんがファレルのファッションブランド「Billionaire Boys Club」のデザインをやらせてもらったりしているんですよ。

ファッション、マネジメント、テクノロジーへ広がるクリエイティブ

片山　いま、奥さんの話が出ましたが、じつは奥さんYOONさんとの出会いも、とても素敵な活動へと広がっています。VERBALさんは2004年にファッションブランドANTONIO MURPHY & ASTRO®を立ち上げられました。そのセカンドラインとしてスタートしたジュエリーブランドAMBUSH®[※39]は、まさにYOONさんのために考えられたのだとか。YOONさんとは、ボストンで知り合ったんですよね。

VERBAL　はい。彼女はボストン大学でグラフィックデザインをやっていて、大学卒業後、ぼくが日本で活動している間もボストンでグラフィックデザイナーとして仕事をしていました。ただぼくの日本滞在が長くなると、なかなか会えないじゃないですか。だから日本に来てほしいとお願いしたんですけど、仕事もないし嫌だと断られてしまって。だったら、じゃあ、日本で会社を立ち上げて、君のグラフィックデザインの営業をするよ、と言ったら、やっとOKしてくれたんです。それがAMBUSH®の始まりでした。

片山　奥さんを日本に呼ぶためのプロジェクトだったんですか。

VERBAL　そうです、おびき寄せるための（笑）。とはいえ、当時はまだAMBUSH®と

14年時点でグラミー賞に24回ノミネートされ、7回受賞。

※38 ビースティ・ボーイズ　アメリカのヒップホップ・ユニット。80年代当時、黒人のものというイメージの強かったヒップホップシーンにおいて、ファーストアルバム『ライセンス・トゥ・イル』を発表。ヒップホップ・アルバムとして初めてビルボード1位を獲得する。その後もヒット作を連発し、白人ヒップホップの草分け的存在としての地位を確立した。

※39 AMBUSH®

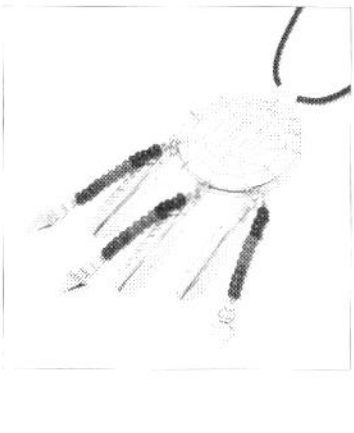

いう名前ではなかったです。AMBUSH® DESIGNというチーム名でスタートして、ジュエリーを始めたのはずいぶん経ってからですね。

片山　毎回、展示会にお邪魔していますけど、すごいボリューム感のアクセサリーなど、日本人ばなれしたほんとファンキーなコレクションですよね。

VERBAL　ラッパーって、かなりでかい、ブリンブリンなアクセサリーをつけてるじゃないですか。ぼくもそういうのが欲しいなと思ったとき、けっこう奮発して、アメリカでカスタムメイドのネックレスをオーダーしたことがあります。ところがものすごく出来がひどくて、がっかりしてしまって。その後、日本であるジュエラーの方に相談したらイメージどおりのリングが実現したんですよね。うれしくて、その方と一緒に、いままでになかったようなデザインをジュエリーに落とし込んでいったら楽しくなっちゃったんです。その作品を身につけたり、人に見せたりしていたら、次第に取引を希望していただく機会が増えていって、今のAMBUSH®に至るわけなんですけど。

片山　いまや、レディー・ガガ、アリシア・キーズ、リアナ、ジェイ・Zと、世界中のセレブが身につけるブランドですからね。メゾンキツネや、BIGBANGのG-DRAGON、ルイ・ヴィトンのキム・ジョーンズさんともコラボレーションをされました。いま、スクリーンに画像[※40]が映っていますね。これがキムさんとのコラボ、バッジ型の音楽プレイヤーです。限定50個の非売品という非常に貴重なもので、ぼくは日本支社長のフレデリックさんにお願いしていただけて、宝物にしているんですが。

VERBAL　これはすごく良かったですよね。当時ルイ・ヴィトンは音楽関係のコレクショ

※40 画像

ンがなかったので、エイベックスの「プレイボタン」という既存商品とコラボレーションを企画してみたんです。プレイボタンはこのバッジのようなボタンの中に好きな曲を入れて持ち歩ける音楽プレイヤーなんですよ。キムがもともとアフリカに住んでいたこともあって、マサイ族の伝統的な柄をモチーフにしています。形がダミエとちょっと似ていますよね。アトミックフロイドという新しいブランドを始めた友だちにも協力してもらい、キムとぼくで選んだ曲が入ったプレイボタンと、ヘッドフォンをボックスセットにして入れたらかわいいんじゃないかと話していたことが、実現に至った感じです。

片山　どんなプロセスでデザインされるんですか？　最初のリングのように、自分が身につけたいものを実現する感じでしょうか。

VERBAL　基本的にはそうですね。自分が着たいもの、身につけたいものを考えるところから始めています。あとは毎回テーマを決めて考えていますが、ステージで目立つとか、Tシャツに短パンでもチェーンひとつつけたら装いが向上するような、ライフスタイルエンハンスメントとしてのアクセサリーであることはつねに意識しています。

片山　他ブランドとのコラボレーションの方法も印象的なものが多いですよね。そこまで大きなプロジェクトではなくても、インパクトがすごく強い。例えばすごくシックなキツネのスーツとAMBUSH※の組み合わせって、イメージとしてはすごく意外だったんですけど、実際に見てみると絶妙に合っていました。

VERBAL　片山さんもご存じと思いますが、キツネのデザイナーの黒木理也※41はフランス在住です。たまたま会ったときにぼくらのつけていたアクセサリーを見て、興味を持っ

※41　黒木理也（くろき・まさや）　1975年東京都生まれ。12歳で日本からフランスへ渡り、1999年に建築の国家資格を取得。その後、2002年にジルダ・ロアエックと共にメゾンキツネを設立する。メゾンキツネは、フランスを拠点に音楽レーベル、ファッションブランド、アートプロジェクトなど、多彩な活動を展開している。

てくれたんですよ。そして2013年1月にイタリアで開催されたピッティというファッションショーで、キツネのスタイリングとジュエリーのコーディネート、それとMCを頼まれました。ファッションと音楽の交わった、すごく面白いコラボレーションができて楽しかったです。

片山　お話しを伺っていると、VERBALさんのなかでは音楽もファッションも、クリエイションという意味では同じように情熱を掛けられているように感じます。

VERBAL　そうですね。音楽でもジュエリーでも軸は変わらないです。誰かが楽しんでくれるかどうか。エンターテイメントとして人の心に刺さればいいなと思いながらやっている感じです。片山さんともぜひ何かご一緒したいですよね。

片山　ぜひ。実現したらほんとうれしいです。そんなふうに多面的な活躍をされているVERBALさんですが、さらに2009年には、KOZM AGENCYというマネジメント会社を設立されています。マドモアゼル・ユリア[※42]さんをはじめとするアーティストやプロデューサーのエージェントをされているわけですが、これはどういういきさつで立ち上げられたんですか？

VERBAL　マドモアゼル・ユリアを初めて知ったのは2008年頃ですね。ダフト・パンクのライブで見かけて、えらく派手な子がいるなと思って目に留まって。当時彼女はまだ20歳前後だったんですけど、すごい勢いを感じて、これは新しいジェネレーションが来たぞと思いました。ただ、彼女たちのような若い世代のアーティストは、既存の日本の音楽業界のシステムでは埋もれてしまうと思ったんです。もっと新しいシステム、

※42　マドモアゼル・ユリア

新しいプレゼンテーションで世の中に売り出していかなければということで、彼女を筆頭に、いろいろなプロデューサーを引き連れて、イベントの企画やエージェント業務を行うための会社として立ち上げました。

片山　若い世代のアーティストをプッシュして、もっと日本の音楽シーンを盛り上げていきたいということでしょうか。

VERBAL　はい。KOZMに関しては、ぼくが今までの経験を活かして、次世代の人たちを世の中に押し出していきたくて始めたプロジェクトです。

片山　２０１１年には、WHATIFというクリエイティブエージェンシーも立ち上げられています。モーションキャプチャースーツや、プロジェクションマッピングのテクノロジーを扱う代理店です。

VERBAL　このなかに、m-floのライブに来てくれたことのある方、いますか？　ああ、ありがとうございます。見てくれた方はご存じだと思うんですけど、ライブとか、クラブでＤＪするとき、結構レーザーを使ったり、ＶＪのようなこともするんですね。でも日本はヨーロッパやアメリカに比べると、そういった新しい技術がまだ浸透していなくて、ちょっと面白い仕掛けをやりたいと思うと、ものすごくお金がかかってしまうんです。どうしたものかと考えているときに、フランスで３Ｄマッピングやデジタルグラフィティといったテクノロジーで表現している人たちと話す機会があったんです。そのとき彼らに「需要があって供給がないなら、日本で代理店業務をやったらいいんじゃないか」と提案されたんですね。「企画もしたら面白いんじゃないか」と。たしかにぼくらもライブで必要だし、新しいことを日本で提案できるんじゃないかなと思って立ち上げたのが、WHATIFです。

片山　どんどんどんどん、VERBALさんのクリエイティビティーの輪が広がっていっています。いままでになかったようなコンテンツもこれからさらに増えていくんでしょうね。

VERBAL　ありがとうございます。そうなったらいいなと思っています。

片山　２０１１年、そうしてWHATIFを設立される同時期に、３・11の東日本大震災が起こります。このとき、VERBALさんはＡＣジャパンのＣＭに出演。サングラスを外して、メッセージを語る姿に驚きました。さらに4月には、カイリー・ミノーグ[※43]さんとのコラボレーションでチャリティーソング「We Are One」を制作、YouTubeを通じて全世界から義援金を募り、曲の全売上とともに被災地に寄付されました。いま、会場にかかっているのが「We Are One」です。みんな聞いたことあるでしょう。VERBALさんは、いつからカイリー・ミノーグさんと親交があったんですか？

VERBAL　カイリー・ミノーグとの出会いは、ほんとうに偶然でした。パリのホテルのロビーで「Monocle Magazine」の編集長、タイラー・ブリュレとお茶を飲んでいたら、カイリー・ミノーグが店に入ってきました。「うわあ、本物だ、ヤバイ」ってドキドキしていたら、タイラーが「ちょっと声かけてみよう」ってそばに寄っていったんです。ぼくは、プライベートだからやめておこうよ、なんてそわそわしていたんですけど、カイリーはとってもいい人でフレンドリーに対応してくれたんですね。ぼくにも声をかけ

※43 カイリー・ミノーグ　1968年オーストラリア生まれ。シンガーソングライター、女優。1987年、世界デビュー・シングル「ラッキー・ラヴ」が全英1位を記録し、同名デビューアルバムも大ヒットする。その後、一時期低迷するも、2000年のシングル「スピニング・アラウンド」が10年ぶりに全英1位を獲得。以降、楽曲制作やライブのほか、映画、ファッション、美容といった音楽以外の分野でも精力的に活動している。

てくれて、日本で音楽やっていますと自己紹介したら、「私、日本大好き。近々行こうと思っているから、日本でまた会いましょう」って紙切れに電話番号を書いて渡してくれたんです。

片山　ものすごいフレンドリーですね。衝撃的なレベルです。

VERBAL　ぼくもかなりびっくりしました。それで、いくらなんでも連絡は来ないだろうと思っていたら、普通に「日本に来たよ」って連絡が来て、みんなでカラオケ行ってわいわい遊んで。よく考えるとめちゃくちゃシュールなんですけど。

片山　それはいつ頃のお話しですか。

VERBAL　初めて会ったのは２００９年頃で、日本で会ってしばらく経った頃に震災が起きました。カイリーはもともと２０１１年4月にツアーで来日することが決まっていたんです。みなさんも覚えていると思うけれど、当時は海外のアーティストが次々と来日ツアーをキャンセルしました。

片山　あの頃は、しょうがない感じではありましたよね。

VERBAL　でもカイリーは「私は日本が大好き。みんなを勇気づけたいから、何が何でも行くから」と言って、やってきたんです。じつは、スタッフも予定の半数以下しか来なかったというのに。「日本でチャリティーライブやりたい。VERBAL、一緒に曲をつくりましょう」って言ってくれて、来日までの間にメールでやりとりして曲を仕上げて、4月にライブのタイミングでリリースしました。

片山　1か月ないくらいですよね。ものすごいタイトなスケジュール。

VERBAL　時間はまったくなかったです。ただ、普通は曲をつくったらメーカーを通してとか、いろいろ問題があるんですけど、カイリー・ミノーグがやると言ったら、誰もノーとは言えないんですね。彼女の指揮でなければリリースには至らなかったと思います。カイリーはほんとうに素晴らしいなと思いましたね。

片山　その時期、初めてのソロアルバム『VISIONAIR』[※44]をリリースされたのは、そのような経験が影響しているのでしょうか。

VERBAL　いまだから言えますけど、正直、あまりソロアルバムはつくりたくなかったんです。ぼくはグループが好きだから、m-floやTERIYAKI BOYZをやってきたんですよね。人に曲を書いたり、歌詞を提供したりというのはすぐにイメージが浮かんでくるんですけど、ソロとなると、言いたいことが何も思い浮かばないんです。

片山　不思議ですね。

VERBAL　不思議なんです。何回かやってみようと思いつつ全然できなくて。でもこのときは、まわりのみんなが「やってみれば」とけっこうプッシュしてくれて、なんとかつくりました。でも難産でしたね。さっき、曲を書くのは速いほうだと言いましたが、このときは同じ曲を4、5回書き直したりもして。ぼくの中では初めてのベビーのような、思い出深い1枚です。

片山　ソロアルバム2枚目の予定はないんですか?

VERBAL　いまのところはないですね（笑）。やはり、人のために何かをするほうが好きだしやりやすいです。

※44『VISIONAIR』

片山　そして、翌年の２０１２年、m-floの6枚目のアルバム『SQUARE ONE』[※45]がリリースされます。なんと、m-floとしては5年ぶりのアルバムですね。

VERBAL　２００７年にlovesプロジェクトを卒業して、２００８年に集大成の意味でアルバムをリリースしてから、☆Takuもぼくも、それぞれ勝手に好きなことをしていました。☆TakuはDJをしていましたし、ぼくはお話ししたように、ブランドや会社を立ち上げたり、ソロ活動をしていたり。そうして5年経つあいだに、音楽の方向性も、ステージのビジュアルも、気づけばかなり変わっていたんですね。ここからはlovesとの差別化の意味もあって、フィーチャリングするアーティストの名前は明かさない方針にしました。「m-flo loves Who」のWhoを表に出さないことで、むしろ音楽を純粋に楽しんでいけたら、という思いもあって。はやりのＥＤＭ（Electronic Dance Music）ですね。バキバキに歌メロに乗っかる感じの。

片山　２０１３年3月にリリースされた7枚目のアルバム『NEVEN』[※46]は、最近までツアーが行われていて、代々木第一にはぼくもお邪魔させていただきましたが、非常にパワフルで、コミカルで、エンターテイメントの要素もたっぷりのライブでした。いまからダイジェスト映像を流しますね。……すごい迫力、かっこいいでしょう。代々木第一体育館で、１万５０００人が踊り明かしたライブです。

VERBAL　ああ、これです。いまのが、先ほどお話しした、モーションキャプチャースーツですね。

片山　空間としてのライブの仕掛けもすごいですし、VERBALさんは全身をめいっぱ

※45『SQUARE ONE』

※46『NEVEN』

い使って、1万人を煽って、煽り続けています。いまこうしてお話しされている礼儀正しく穏やかなVERBALさんと、良い意味ですごくギャップがあるんですよね。スイッチが切り替わるものなんですか？

VERBAL　よく聞かれるんですけど、あまり意識はしていないんです。本番直前まですごく緊張するんですよ。先ほど和田アキ子さんと共演したときの話をしましたが、ぼくもいろいろ考えちゃって、すごく緊張するほうなんです。でも本番が始まると、みんなと楽しくワイワイやりたいなっていう気持ちだけになって、あっという間に2時間くらいたっちゃうんですよね。無心になっているというか。

片山　きょうもじつは、すでに2時間経っているんですよ。

VERBAL　え？　あ、ほんとですか（笑）。

ライフエンハンスメント的なエンターテイメントを提供し続けたい

片山　ものすごい密度のこれまでの経験を、一気に伺ってしまったわけですけれども。学生のみんな、まだまだ聞きたいことがあるよね？　ここでいったん、質疑応答コーナーを設けます。もう手を挙げてるひとがいますね。じゃあ、ボーダーのTシャツを着ている彼、行きましょうか。

学生A　貴重なお話をありがとうございました。VERBALさんが毎日ルーティンでやっていることと、大一番前にやっているルールのようなものがあれば、教えていただければと思います。

VERBAL　えー、めちゃくちゃ普通ですよ、ぼく。しいて言うと、潔癖症なのか1日3回ぐらいフロスしてます。ライブ前もフロスして歯磨きして、ライブが終わったあともフロスして歯磨きして（笑）。大一番の前は、そうですね、真っ赤なパンツ履いてます。絶対がんばらなきゃっていうときは、赤のパンツで自分を奮い立たせるというか。

片山　きょうも赤ですか。

VERBAL　あ、きょうは……。

片山　赤ですよね？

VERBAL　あ、はい（笑）。

片山　無理やり言わせてしまいました（笑）。VERBALさん、ほんとうに普通に街を歩いているんですよ。サングラスをかけていないから、きっとみんな、すれ違ってもわからないんだよね。東急ハンズの前でばったり会ったこともありますからね。

VERBAL　ああ、ありましたね（笑）。片山さんご家族といらしていて。

片山　「そんなに普通に歩いていて大丈夫なんですか!?」って思わず言ってしまいましたから（笑）。でもさっき見たライブ映像のVERBALさんと、ほんとうに同じ人なのかと思うくらい印象違うでしょ？　でもきょうお話聞いていてもわかったように、プロデビューの話が来ても、オリコン2位になっても平常心で大学に戻っちゃう方ですから。ほんとうに浮ついていないというか、「普通です」とおっしゃる説得力が違います。特別なことは、赤いパンツくらいですか？

VERBAL　そうですねえ……えーなんだろう。片山さんは、特別なジンクスみたいなものって何かありますか？

片山　そう言われてみると、ぼくもあまりないかもしれないです。

VERBAL　新しく買ったシャツを着たら気分がノるとか、そういうのはありますけどね。毎日のルーティンとか、欠かさないジンクスみたいなものは特にないかな。

片山　やりすぎると、それがないとできなくなっちゃう気がするんですよね。

VERBAL　そうそう、自分のつくったルールに縛られるのは好ましくないですよね。すみません、あまり答えになっていなくて。

学生A　いえ、参考になりました。ありがとうございました。

片山　じゃあ次は、うしろのほうの、彼女にマイクをまわしてください。

学生B　VERBALさんは、音楽とかファッションとか、ほんとうにいろんなクリエイションをされていますが、どういうところからインスピレーションを受けてつくられているのかをお尋ねしたいです。

片山　音楽の話ですか？　それともファッションの話？

学生B　両方ともお願いします。

VERBAL　デザインソースやインスパイアの対象に、特に決まりはないですね。ルーツとしては、いちばん最初にお話しした、子どものときに出会ったヒップホップの影響はどこかにいつもあると思います。ストリートっぽさというか、スケートカルチャーが根本にあって、そこから発展して、そのときどきで引っかかるものを全部取り入れていくという感じですね。具体的に言うと、いつも誰かに会って会話して、アイディアを出し合って、ブレストを繰り返していくことによって形になっていくことが多いです。それはコラボレーションを積極的にやっている理由のひとつでもあります。

片山　VERBALさんのまわりには、いつも風通しのいいムードがあるんですよね。どんな意見でも受け入れてくれそうな感じがするんです。さらに面白いものに変えてくれそうな予感もあって、あまり身構えずにバーンと行っちゃっていいのかなと。ぼくはそんなふうに感じながら、ご一緒させてもらいました。

VERBAL　「チャンスは貯金できない」にも通じるんですけど、自分の固定概念に縛られていると動きが鈍くなります。よっぽど生理的に無理というものでなければ、拒絶しません。そうして受け入れていくことで、知らなかった自分の好みや新しい発見がありますし。それがインスパイアされるソースにもなりますから。

片山　あまり自分の固定概念を守りすぎず、受け入れる余裕を持っておくということですね。

VERBAL　基本的にぼく、Mなんです（笑）。がつがつと積極的に来る人の話も聞くし、話しにくそうにしている人がいたら、話しやすい雰囲気をつくって引き出そうとする。相手に対して好奇心を持つことが、自分の引き出しを増やすうえで大事なことなのかなと思っています。

片山　ありがとうございます。質問者の方、どうでしたか。

学生B　わかりました。できるところから真似していきたいです。

片山　さて、では次の質問行きましょうか。留学生の人がいるね。どうぞ。

学生C　（二重山括弧内、英語。以下同）《今、特にビジネスに関しての質問はないんですが……》

片山　おお、英語ですね。

学生C　《サングラスはどこで買っているんですか？》

VERBAL　《むしろあなたのしているサングラスかっこいいね。どこで買っているの？》

学生C　《SOLAKZADE》

VERBAL　《ああ、SOLAKZADEはぼくもずっと探し続けて、やっと見つけたいい店だよ。最高だから、そこに行き続けたほうがいいよ》

学生C　《わかりました。あと、何かあったら仕事ください》

VERBAL　《OK、あとで連絡先教えてください（笑）》

片山　ざっくり通訳してもらってもいいですか。

VERBAL　どこでサングラスを買っているかと聞かれました（笑）。彼もとてもかっこいいサングラスをかけているから気になって、逆に「あなたはどこで買ってるの？」と尋ねたら、SOLAKZADEだと。SOLAKZADEはもともと大阪にあった、ヴィンテージフレームとか、変わったサングラスばかりを置いているとてもいい店なんです。ぼくも何年も探し続けてやっと見つけたようないい店なので、「この上ない店だから、そこに行き続けたほうがいいよ」と答えました。あと、何かあったら仕事をくださいと営業されました（笑）。

片山　いままでにないパターンの質問でしたね(笑)。サンキュー。では次に行きましょう。黒い帽子をかぶっている、うしろの彼！

学生E　ありがとうございます。ぼくはデザイン情報学科で勉強しています。m-floさんの「All I Want Is You」のPVをつくったのは、同じ科の先輩の田辺秀伸[※47]さんなのでお尋ねしたいんですが、そうやって美大出身の人と一緒に仕事をするって、どういう感覚なのでしょうか。あともうひとつ、VERBALさんのデザインって宇宙をモチーフにしている印象が強いんですが、どういう理由があるのか、どこからインスピレーションを得ているのかを、教えてほしいです。

VERBAL　まずひとつ目の質問でいうと、ぼくは一緒にお仕事する方のバックグラウンドって気にしていません。音楽でもデザインでもそうなんですけど。美大を卒業したばかりの方から、ここまでにお話したような、世界的に有名な方ともやっています。有名無名を問わず、作品が面白いとか、とてもいいアイディアを持っている方と積極的にお仕事しようと思っているんですね。ふたつ目、宇宙のモチーフについてですが、これはぼくも☆Takuも、『スタートレック』[※48]とか『スター・ウォーズ』[※49]とかをリアルタイムで観て育った世代なんですよ。80年代って、そういう宇宙とか未来を描いた映画が多かったんですよね。『バック・トゥ・ザ・フューチャー』[※50]で出てきたデロリアンっていう自動車がすごく流行ったりして。宇宙や未来にロマンを感じた少年時代を過ごしたので、必然的に自分のルーツになっているのかもしれないですね。

学生E　ありがとうございました。以前、『フィーチャリング力』の出版記念イベント

※47 田辺秀伸（たなべ・ひでのぶ）　1981年東京都生まれ。映像ディレクター。武蔵野美術大学デザイン情報学科卒業。2005年よりteevee graphicsに参加。以降、小島淳二、谷篤といった監督のアシスタントを経て、2008年に監督デビュー。現在はフリーランスのディレクターとして、主にミュージックビデオを手がけている。

※48「スタートレック」　アメリカのSFドラマシリーズ。1966年にスタートしたドラマ「宇宙大作戦」を皮切りに、現在までテレビシリーズ5シリーズ、劇場用映画12作品が生まれ、世界中に熱狂的なファンを持つ。スペースオペラの金字塔として、以降のSF作品に多大な影響を与えている。

にも参加したんですけど、そのとき時間切れで質問できなかったので、きょうお伺いできて、すごくうれしかったです。

VERBAL　いつのイベント？

学生E　ゲンロンカフェの。

VERBAL　ああ、あのとき来てくれたんだ。ありがとうね。

片山　では、時間が押してしまっているので、名残惜しいけれどぼくから最後の質問です。改めてVERBALさん、いまお幾つですか。

VERBAL　38歳です。

片山　10年後は、48歳。２０２０年の東京オリンピックも終わって数年経っている時期ですが、どんなことをしていると思いますか？

VERBAL　10年後は、そうですね……いまやっているレーベルやテクノロジーの会社をぎゅっとひとつにまとめて、ライフエンハンスメント的な、人生を良くしていくエンターテイメントを提供していたいです。そして、たくさんの人と、いろいろ楽しいことをしていたいですね。音楽活動を始めてしばらくは、お話ししたとおり、ずっと迷いがありました。でも今ここにきて、自分は人と一緒に何かをつくって、人を楽しませることが大好きなんだなということがやっとわかったので。

片山　もしかしたら、ここにいるみんなとのコラボレーションも生まれているかもしれないですよね。

VERBAL　ええ、ぜひお願いします。

※49『スター・ウォーズ』　映画監督であるジョージ・ルーカスの構想を基に映画化されたスペースオペラ作品。シリーズ第1作目の『スター・ウォーズ 新たなる希望』は1977年に公開され、世界的なSFブームを巻き起こした。2014年までに全9部作のうちエピソード6までが公開されている。

※50『バック・トゥ・ザ・フューチャー』　1985年に公開されたアメリカのSF映画。マイケル・J・フォックス演じる高校生が30年前にタイムスリップし、自分の両親となるはずの男女と出会う。しかし、彼らと関わりを持ったことで、未来に大きな変化が生じてしまう――。公開当時、全米で「フューチャー現象」と呼ばれるほどの大ブームとなった。

片山　m-floの活動はどうなっているでしょうね？

VERBAL　☆Takuとは切っても切れない腐れ縁なので、なんだかんだいいつつ、10年後もやってる気はします（笑）。

片山　小学生のときからのお付き合いですもんね。それもほんとすごいですよね。ぼく個人としても、48歳のVERBALさんの活動を楽しみにしています。本当に、きょうは貴重なお話をありがとうございました。みんな、大きな拍手を！

VERBAL先輩が教えてくれた、「遊ぶ」ように「仕事」をするためのヒント!

□ライブに飛び入りしたのがバンド結成のきっかけです。すでにたくさんの持ちネタがあったので、いくらでもラップできる自信がありました。

□初めておもちゃ屋に入った子どもみたいに、一緒に仕事したい人をとにかく全員リストアップしました。

□プレゼンは、相手への「プレゼント」。
常に相手の気持ち、どうしたら喜んでもらえるかを考えています。

□すぐれた企画書は夢と現実の両方でできている。

□チャンスは貯金できない。面倒くさくてもがんばって出かけると、新しい出会いや、仕事につながるきっかけが必ず生まれます。

□奥さんを日本に呼び寄せるために、日本で会社を立ち上げました。

□音楽でもジュエリーでも軸は変わりません。誰かが楽しんでくれるかどうか。人の心に刺さればいいなと思ってやっています。

Music for **instigator**
Selected by Shinichi Osawa

#007

1	Melody A.M.	Röyksopp
2	This Is How We Walk On The Moon	Geographer
3	Indian Rope Man	Julie Driscoll, Brian Auger & The Trinity
4	Campo	Toro Y moi
5	Hot On The Heels Of Love	Throbbing Gristle
6	Girl On Me (Instrumental Edit)	Amin Peck
7	Tomorrow Never Knows	The Beatles
8	Poetry Man	Phoebe Snow
9	Alternate State	Hot Natured feat. Róisín Murphy
10	Underwater Boy	Virna Lindt
11	In a Sentimental Mood	Duke Ellington & John Coltrane
12	Night After Night	Ike Yard
13	Par Hasard	MIKADO
14	Your Footprints (Tevo Howard Remix)	Ben Sun
15	Not Made For Love	Metronomy
16	Turn On The Radio	Nina Kraviz
17	Fortune	Little Dragon

※上記トラックリストはinstigator official site（http://instigator.jp）でお楽しみいただけます。

#008

蜷川実花

写真家／映画監督

1972年東京都生まれ。多摩美術大学美術学部グラフィックデザイン学科卒業。大学在学中より数々の公募展に応募し、ひとつぼ展グランプリ、写真新世紀優秀賞などを受賞する。2001年には写真界の芥川賞とも称される木村伊兵衛写真賞を受賞し、ガーリーフォトブームの火付け役に。万華鏡を覗いたようなビビッドな色彩を用いた独特の世界観を確立する。そして2007年には『さくらん』で映画監督デビュー。2作目の『ヘルタースケルター』は興行収入22億円のヒットを記録し、映像分野にも活躍の場を広げる。また、2020年に開催予定の東京オリンピック・パラリンピック組織委員会理事に就任し話題を集めた。

格好いいと思ってシャッターを切れば、
そこで完結する。
それがやっぱり自分にとって
いちばん気持ちがいいし、原点なんです。

根っこはアングラ、コーティングはギャル

片山　こんばんは。特別講義instigator、きょうは初の女性ゲストです。写真家、映画監督の蜷川実花さん。拍手でお迎えしましょう！

蜷川　どうもこんにちは。蜷川です。人がすごくいっぱい！　ありがとうございます。

片山　ねえみんな、蜷川さんかっこいいでしょう。きょうは蜷川さんワールドなので、これまた初の試み、途中でお菓子を食べたりお茶を飲んだりしますよ（笑）。ぼくが蜷川さんに初めてお会いしたのは、青海のオフィスビル「the SOHO」のプロジェクトでしたね。ロビーに飾るための、すごくシンボリックな花の写真を提供していただきました。もう4、5年経つのかな。

蜷川　けっこう前ですよね。

片山　このイベントを始めてから、蜷川さんにゲストに来てほしいという要望がとっても多かったんですよ。教室を見ていただいてわかるように、武蔵美は女生徒の割合がとても多いので、きっと憧れの存在なんだろうと思うんですね。待望のきょうは、女性として、作家として、母としてマルチに活躍されている蜷川さんについて、根掘り葉掘り聞いていきたいなと思っています。

蜷川　ふふ。よろしくお願いします。

片山　まず少女時代から伺っていきましょう。蜷川さんのお父さんは、みんな知ってい

ると思うけど、演劇界の巨匠・蜷川幸雄[※1]さんです。お母さんが、女優でキルト作家でもある真山知子[※2]さん。一般的とは言いがたい環境だったと思うのですが、子どもの頃に、特に印象に残っていることはありますか。

蜷川　小さいときって、自分の家庭が世界のすべてじゃないですか。だから当時はなんとも思っていなかったけれど、いま思うと、リカちゃん人形[※3]と四谷シモン[※4]さんの裸の幼女の人形が一緒に置いてあるようなフラットな家だったと思います。何が珍しくて、何が一般的かという垣根がなかったですね。ただ父の書斎にあった地獄絵図の画集がすごく好きで、5歳ぐらいのときに恍惚の表情で読んでいたらしく。そのときはさすがに「この子、大丈夫かな」という話になったらしいです。

片山　普通だったら、あまり子どもに見せたい本ではないかもしれませんね（笑）。

蜷川　『エル・トポ』[※5]って映画、ご存じですか？

片山　南米の伝説的なカルトムービーですね。残酷な描写や衝撃的なシーンの連続という……。

蜷川　殺人以外にも、ありとあらゆるヤバイことが出てくる映画なんですけど。小学校6年生のとき、父が「面白い映画があるからみんなで観よう」と言ってビデオを持ってきて、家族全員で観たんですよ。

片山　さすがに、ちょっと嫌でしたか。

蜷川　いえ、嫌じゃなかったです。すごい楽しかった……というか、印象的でしたね。ちょうどこの前、友だちが「子ども時代に観た絵がトラウマで〜」という話をしていたので

※1　蜷川幸雄（にながわ・ゆきお）　1935年埼玉県生まれ。演出家、映画監督。1955年、劇団青俳に入団。1968年、劇団現代人劇場を創立する。1969年に演出家デビューすると、1972年に演劇集団「櫻社」を結成。1974年に同劇団を解散後、『ロミオとジュリエット』で大劇場演出を手がけるようになる。以降、日本を代表する演出家として、世界各国で次々と作品を発表し続けている。

※2　真山知子（まやま・ともこ）　1941年東京都生まれ。女優、キルト作家。女優として数々の映画やテレビドラマに出演した後、演出家の蜷川幸雄と結婚。次女出産後に家事・育児に専念するようになる。その後パッチワークキルトと出会い、鷲沢玲子に師事。現在は自らも教室で講師を務め、グループ展や長女・蜷川実花との作品展なども行っている。

自分もいろいろ振り返ってみたんですけど、父の影響で『エル・トポ』みたいなことはほかにもいっぱいあったんですが、でもショックで嫌になっちゃうような体験はなかったですね。

片山　以前教えてもらって面白いなあと思ったのが「蜷川家の10カ条」。ちょっと読み上げますね。

1、いつでも男を捨てられる女であれ。
2、経済的にも精神的にも自立せよ。
3、できるだけたくさんの男と付き合え。
4、何をしてもいいけど、妊娠だけはするな。
5、従順なだけの女にはなるな。
6、男にだまされるな、だませ。
7、格好いい女になれ。
8、自分が正しいと思ったら、何が何でも突き進め。
9、過激に生きろ。
10、ねたむよりねたまれるほうがいい。

という、すごく過激なメッセージです。実際に、こういうことを言われて育ったわけですか。

蜷川　この10カ条というのは、雑誌のコラム用に私が編集したものなんですけど。ほんとうにそういうことをずっと言われてきて、わりと素直に、そのまま育っちゃった（笑）。

※3　リカちゃん人形

※4　四谷シモン（よつや・しもん）　1944年東京都生まれ。人形作家。十代の頃より人形製作を始める。1960年代後半には唐十郎が設立した劇団「状況劇場」の舞台に立ち、役者としても人気を博した。2000年には人形作家として初めて公立美術館での巡回展を行う。現在、東京原宿にて創作人形学校「エコール・ド・シモン」を主宰。

※5　『エル・トポ』　1970年製作のメキシコ映画。監督・主演はアレハンドロ・

片山　小学生時代は、女優にも憧れがあったとか。

蜷川　当時、父は俳優で母は女優でしたから、素直に親の職業に憧れてたんですよね。女優さんというより、演じる人になりたかった感じかな。

片山　その頃すでに、鏡の前でポーズをとってセルフ撮影[※6]をされています。これは撮る側の意識よりも、被写体側に興味があったということですか?

蜷川　「自分って何なんだろう」「私とは」みたいな自意識の持ち方がちょっとおませだったというか、しつこかったんですよね。写真を撮る前からそうでしたし、いまでも自分の核になっている部分です。親とけんかして泣いているとき、鏡の前に行って「泣くときは、こういう顔になるのね」と確認しているような小学生。

片山　すごく客観的ですね。冷めているわけではないんでしょうけど。

蜷川　セルフポートレートもそうなんですけど、ほんとうに悲しいときやつらいときって、無意識の表情が見えますよね。デビュー作も、ほぼ三脚を使ったアナログのセルフポートレートでした。自分の無意識下の本質みたいなものを覗きたい欲求が、小さいときから強かったんだと思います。

片山　そんな小学校時代を過ごされて、中学校では演劇部に入部されます。でもすぐにやめちゃうんですよね。

蜷川　だって、ダサいから（笑）。演劇にはずっと興味があったし、私の入学した中学の演劇部は賞を取ったりするくらい優秀だったので、とりあえず入ってみたんですけど。スクールカーストでいうと、イケてるグループの人たちがひとりもいなくて。このダサ

ホドロフスキー。4編のプロット「創世記」「預言者」「詩篇」「啓示」から構成されており、前衛的な映像世界は、カルト映画のシンボルとして高く評価されている。日本では公開前より劇作家の寺山修司が絶賛。1987年の公開以降、日本でも多くのカルトファンに知られるようになった。

※6　セルフ撮影

い感じは嫌だと思ってやめました。

片山　演劇部の人、ごめんなさい。でもすごく割り切りがいいですね。

蜷川　私、世間で流行っているものが好きなんです。アーティストとしては珍しいタイプかもしれないんですけど、ミーハーで、格好いいと思われるところにいたい気持ちがすごく強い。つけまつげもピンクの口紅も、流行ったら即試します。根っこの部分にアングラな血が流れていて、コーティングがギャルなんです（笑）。

片山　複雑なミックス感ですよね。

蜷川　はい。多分それって私の本質的なところで、すべての作品に当てはまるんじゃないかなと思います。だから、ダサいのは絶対に嫌だったの。

片山　そういえば以前、「蜷川さんは、チーマーのような格好をしてセンター街を歩いていたらしいですね」と言ったら、怒られたんです。

蜷川　そうそう、「チーマーみたいな格好していたわけじゃなくて、チーマーだったんですよ！」と強く訂正しました（笑）。しかも「チーマー」という言葉を最初に使ったの、たぶん私なんです。チームの人たちと一緒にいたときに、「チームの人たちって、『チーマー』じゃん（笑）」って言ったらみんなが「おぉ、それいいなぁ」って。

片山　まさかの名付け親だったとは。それって高校生くらいの話ですか。

蜷川　そう、高校時代はほんと、何もせずぷらぷらしてました。何かしらクリエイティブな職業に就くことは決めていたんです。なりたい職業は、女優さんか絵描き。でも父に、子役は絶対やるなと禁止されていたんですよ。

片山　それはなぜでしょうね。ほとんど禁止事項のない蜷川家なのに。

蜷川　こまっしゃくれた変な癖がつくから、って。いまは子役出身の面白い役者さんもいますけど、私が子どもの頃って全然いなかったんですね。もしやりたいんだったら高校を卒業してからにしろとクギを刺されていたので、身動きが取れなくて。学校の勉強も、掛け算と割り算以降は私には必要ないと思ってしなかったし、努力のしようがなくて、くすぶっていました。

片山　エネルギーはあるのに、アウトプットできない状態ですね。

蜷川　ただ「いろいろいいものを見なさい」といつも言われていたので、インプットはすごくしていました。バブルだったこともあって、いい展覧会やいい映画、いい演劇を日本にいながらたくさん見ることができたんですよね。

片山　チーマーでありながら美術展に通っていたという、バランスが面白いです。

蜷川　制服でルイ・ヴィトンのバッグを持ってセンター街をごりごり歩いているんですけど、ヴィトンの中には寺山修司や太宰治といった、青い感じの文芸書がいっぱい入ってました。「この夏は暇だから、新潮の１００冊でもつぶしていくか」という感じ（笑）。ミニシアターで映画を観て、みんなが知らないことを経験している私イケてるって思ったり、そんな自己確立の仕方をしていた時期ですね。

片山　初めて一眼レフで写真を撮るようになったのも、たしか高校生の時期だったんですよね？

蜷川　カメラ自体は小学校のときから触っていました。中学、高校に行ってから、演劇やりたくてもひとりじゃできないし、絵も習ってないから下手だし……とモワモワしていたときも、写真を撮ってみたら、何かをつくっている感じになれたんです。いま、みんながカメラを持っている感じに近いんじゃないかと思うんですけど。

片山　表現できるツールだと。

蜷川　そう。すごく簡単に表現できるツール。でもうちは特に写真が好きな家ではなく、コンパクトカメラしかありませんでした。しかもピントが合わないとシャッターが押せない機種で、当たり前だけどズームもできないし。何で近寄れないのよ、っていう不満がつねにあって。それで高校時代のある日、学校行事で写真担当の先生にどうやってズームしているのか聞いたんですよ。そしたら一眼レフの存在を教えてくれて、お薦めのミノルタＸ７００を中古で安く揃えてくださったんです。もちろん、代金はちゃんとお渡しして。

片山　最初に自分で買ったカメラ。うれしかったですか。

蜷川　ピンぼけしていても、私がいいと思った瞬間にシャッターが押せる。私の感覚のままに撮れることが衝撃的にうれしくて、そこからガーッと写真にはまっていきました。

写真だけが自由に表現できる聖域だった

片山　そのまま写真に進むのかなと思いきや、美術系の予備校に進み、二浪して多摩美に行かれたんですよね。以前、instigatorにも来てくださった佐野研二郎さんが、同じ予備校、同じ大学だったとおっしゃっていました。ものすごくお上手だったと。

蜷川　ほんとうは東京芸術大学に行きたかったんです。とりあえず最難関に挑戦しようということで代ゼミの芸大を目指すコースに通っていて。夏期講習ではドバタ（すいどーばた美術学院）に遠征して荒らして帰ってきたり。上手だったんですよ（笑）。でも二浪して入れなくて、多摩美に行きました。

片山　いまスクリーンに映っているのが、学生時代[※7]の作品ですね。

蜷川　うわっ。こんなの見せるんですか。うわー。でも、お恥ずかしいけど、こうやって見ると、印象はあまり変わらないですね。

片山　すでに蜷川実花の作風ができてますよね。

蜷川　かなりがんばっていたんですよ。学校の化学のテストで0点とってもなんとも思わなかったですけど、美術の授業は自分の目標のためにやってるから言い訳できません。予備校に入って初めて、私ってびっくりするくらい努力家なんだということがわかりました（笑）。石膏像のデッサンなんて、誰もいない朝6時半に教室に行って、いちばんいい場所をキープして、鉛筆を削って待機していましたから。

片山　多摩美に入学される際、映像や写真ではなくグラフィックを選択されたのはなぜですか？

蜷川　方向性としては、油絵やアクリルを使った絵画のほうが向いていたと思うんですけど、それで食べていく自信がなかったんです。精神的にも経済的にも自立しなさいという教えが強い家だったので、つぶしが利きそうなグラフィックを選びました。写真に

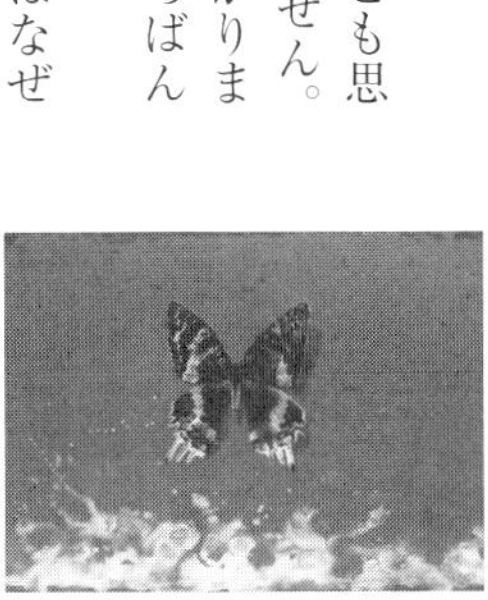

※7　学生時代の作品

関していうと、押せば写るものだし、学校で習わなくてもいいじゃんと思ったんですね。だから、いまに至るまで独学で来ちゃいました。あとまあ、予備校の弊害もありますね。根が真面目なので、受験用の指導が染み付いちゃって、自由に絵が描けなくなっちゃった。

片山　美大予備校というのは、ざっくりいうと、大学に受かるための絵を習う場所ですものね。

蜷川　そうなんですよね。でも写真だけは、自由にやっていい聖域だったんですよ、自分の中で。だからピントとかブレとかどうでもよくて、「だって、コレいいんだもん」でやれてたんです。それが最終的に、たぶん私の強みになっていると思うんですけど。

片山　でも、同窓生の佐野さんいわく、予備校でも大学でもものすごく目立ってて、コンテストでも賞をばんばん取ってすごかったって。怖かったって言ってました（笑）。

蜷川　えー怖くないですよ！（笑）佐野くん、タメなんですよね。彼のデッサンもすごかったです。

片山　うまかった？

蜷川　いや、なんかちょっと異質だった（笑）。自画像の課題で、なんか針金みたいなワキ毛をボーボーに描いてるのを見たときは、「佐野すげえ！」って心から思いました。でも佐野くんのほうが先に多摩美に入って、1年先輩になったんですよねえ。あ、いまスクリーンに映ってる写真、生まれて初めて入選した写真です。[※8]『ひとつぼ展』。『ひとつぼ展』はその後リニューアルされて『1_WALL』になりましたけど。

※8　『ひとつぼ展』　銀座にあるギャラリー「ガーディアン・ガーデン」での個展開催を最終目的とした公募展。グラフィックアートと写真の2部門によって構成されている。2009年より公募展『1_WALL』にリニューアル。数多くの有名写真家を輩出しており、若手クリエイターの登竜門として知られている。

片山　妹さんをモノクロで撮った写真ですね。とてもきれいな。

蜷川　結局大学に入って、デッサンの授業とか受けながら「これ、やりたかったことじゃないな」って思ってしまったんですね。それで写真にどんどんのめりこんでいったんです。そのあといろんな賞をいただきましたが、いちばんうれしかったのは、最初に入選したこのときですね。圧倒的に。

片山　くすぶっていたものが、ついに形になって認められたという喜びでしょうか。

蜷川　そうですね。あと、小さいときからずっとあった「蜷川幸雄の娘」という冠言葉が、このとき初めて取れたんです。「作家のみなさん、こちらへどうぞ」と言われたその一言をいまだによく覚えています。

片山　大学1年生の冬に入選ですよね？　大学に入ったばかりでコンクールに出展して結果を出せる人なんて、なかなかいないんじゃないですか。

蜷川　芸大に落ちてムカついていたんです。自分より下手なのに先に入ってる人がいるわけですよ（笑）。そういう人って大学に入った時点で燃え尽きてるはずだから、絶対に追い抜いてやるって思ってました。小さい世界の話ですけど、悔しい気持ちをバネにするってけっこう大きいですよ。

片山　その直後の作品が、『アサヒカメラ』[※9]に初掲載されています。いまスクリーンに映りました。在学中に撮った、セルフポートレートですね。

蜷川　「身辺の記録を5枚、提出する」という授業課題でこれを出したら、学校中が騒然となったんです。じゃあ出展してみようと思ってまた『ひとつぼ展』に出して、それ

※9　『アサヒカメラ』　朝日新聞出版から刊行されているカメラ・写真に関する月刊誌。1926年に創刊されて以来、カメラシーンをリードし続け、多くのカメラ愛好家から親しまれている。

がそのまま『アサヒカメラ』に載りました。

片山　その後、今度はプロとして商業写真も撮っていますね。いま映っているのがそう。『Prints21』※10という雑誌に掲載された写真です。

蜷川　わー、これよく探しましたね。私、持っていないんですよ。

片山　うちのアシスタントが国立図書館に行って探してきました。あとで差し上げますね。フォトグラファー蜷川実花の初仕事。ぶしつけな質問ですが、ギャラ覚えています？

蜷川　ギャラどころか、図書券の謝礼とか、せいぜいフィルム代＋α程度ですよ。被写体に写真の撮り方を指図されて、ムッとしながら撮った記憶しかなかったんですけど、こうして見るとわりといい写真ですね、ふふ。

片山　この先はもう、さまざまなコンテストでグランプリを獲得されていくわけですけれども。ここで、大きな変化があるんですよね。初期の作品はずっとモノクロでした。それがあるときから、蜷川さんの代名詞のひとつともいえる、カラフルな色使いに変わっていきます。

蜷川　高校生のときにカメラを買ってから、ずっとモノクロでセルフポートレートばっかり撮っていたんですよね。でも『ひとつぼ展』に何度か出しているうちに、似てきちゃって悩んでいたんです。しかもその年の夏、すっごい猛暑で。当時国分寺の3万5000円の部屋を借りて暗室にしていたんですけど、当然クーラーなんてないから、暑さでいられなくなったんですよ。カラー写真は暗室に入らずに現像していたので、もう暑いし、外もキラキラしているし、同じような写真ばっかりだし、いっそカラーにしてみようか

※10『Prints21』

なって思ったのが、大学3年のときでした。

片山　そのまま写真の世界に一直線かと思いきや、じつは就職も意識されていたと聞いて、ちょっと驚きました。

蜷川　まだ、食べていける自信がなかったんですよ。賞もいただいていたし、自分の名前で仕事もしていたんですけど。そんなときに、多摩美のグラフィックに電通の人が説明会に来てくれたので、行ってみたんです。でも、そこで絶対無理って悟ることになるんですけど。

片山　広告代理店とか、そんなに遠いイメージではないですが……。

蜷川　まず、毎日同じ場所に同じ時間に行くのが無理だと思いました。ずっと学校が嫌いで、多摩美もかなりぎりぎりだったわけで。それでまあ、たった1回の人生、やりたいことが決まっていて、それでやっていけそうな気配もあるのにやらないなんてバカだよなって気づいて、写真を仕事にしようと腹をくくったんですよね。これが、大学4年になったばかりの頃です。

片山　グラフィック科を選んだ理由も「食べていく自信がなかった」とおっしゃっていましたが、けっこう、リスクヘッジをお考えになるんですね。意外な一面でした。

蜷川　そうなんですよ。息子は小学校お受験させましたから。いまもネイビーのスーツに肌色のストッキング履いてお迎えに行くんですよ（笑）。

女性アーティストであるということ

片山　意外と慎重派だった学生時代を過ごし、ついに腹をくくった蜷川さん。今度は写真集の制作に入られるんですよね。でも、1作目を出すまでは苦労をされたとか。

蜷川　ちょうど、HIROMIX[※11]とか長島有里枝[※12]ちゃんがものすごい勢いで作品を発表していた頃で、私、ものすごく出遅れた気分だったんです。みんな写真集を出しているのに私は出せていない、なんでダメなんだろうって思いながら、いろんな出版社に持ち込みに行ってはいい返事をもらえなくて。ある出版社では「HIROMIXを使う理由はあるけど、君を使う理由はわからない」って言われました。すっごい悔しくて、いまだに覚えてますけど。

片山　そういうこと言っちゃうんですね……。その方とは、その後お付き合いはありました？

蜷川　ないですね。田舎に帰ったらしいです。

片山　そういう言葉って、言ったほうは覚えていないんですよね。でも言われたほうはずっと残る。

蜷川　そうなの。だから私もほんとうに気をつけようと思っていて、スタジオマンにはとても優しいです（笑）。というのは余談ですけど、そんなこんなでぜんぜん営業の成果が出ず、もう自分でカラーコピーしてホチキス留めの写真集をつくりました。32ペー

※11　HIROMIX（ひろみっくす）　１９７４年東京都生まれ。写真家。高校卒業と同時に応募した「写真新世紀」でグランプリを受賞し、90年代のガーリーフォトブームを牽引する存在に。２００１年、長島有里枝、蜷川実花と共に第26回木村伊兵衛写真賞を史上最年少で受賞。

※12　長島有里枝（ながしま・ゆりえ）　１９７３年東京都生まれ。写真家。武蔵野美術大学視覚伝達デザイン学科卒業。２００１年、写真集『PASTIME PARADISE』で第26回木村伊兵衛写真賞を受賞する。２００９年には、初のエッセイ集『背中の記憶』を上梓し、第23回三島由紀夫賞候補作に。

ジくらいの。自分のまわりの、弟子みたいな男子に協力してもらって（笑）、コンビニでカラーコピーして。だいたい、製本代が1冊500円くらいかかって100冊つくりましたね。

片山　それ、すっごいレアですね。まだ持っています？

蜷川　めちゃくちゃレアですよー。手元にも2冊しか残ってないです。ところが単純に「500円なら買ってくれるかな」と考えて定価も500円にしちゃったので、売るたびに損をするという、利益的に大赤字の自作写真集でした（笑）。

片山　でもその直後、26歳のときに念願の商業出版をされます。メジャー初写真集といえばいいのでしょうか。※13『17 9 '97』。いまスクリーンに映っています。これ、ぼく出版直後に買ったんですよ。とても新人写真家と思えなくて、ものすごく驚きました。

蜷川　こうしてみると、私はずっと同じものを撮っていますね。金魚に花に。しつこいですね。

片山　軸がブレていないということですよね。でも、行動は大胆です。今度は1年半、海外に撮影に行ってしまいます。この行動力がすごい。

蜷川　当時、お金はないけど時間はあったので、『公募ガイド』という雑誌を読んで、いろんなコンテストにかたっぱしから応募してたんですよ。写真賞だけじゃなくて、熊本のマスコットのネーミングとか。「熊本って九州だから、とんこつラーメン有名だし『とんこち』でいっか」とかそんな安易なノリでばんばん。

片山　「とんこち」は攻めてますね（笑）。

※13　『17 9 '97』

蜷川　その中のひとつ、コニカの写真賞に作品ファイルを送って応募したら、奨励賞で５００万円、もらえたんですよ。それで、どうせあぶく銭だからぜんぶ使っちゃおうと思って、1年半、世界中をまわって写真を撮ってきました。

片山　それにしても、1年半ってかなり思い切りましたね。

蜷川　当時「女の子写真家ブーム」みたいに言われていて、HIROMIX、有里枝ちゃんをはじめ団子状態だったんですよね。そうやってメディアに取り上げられることに違和感もあったんですけど、波に乗れるなら乗っちゃおうと決意して、いま思えばやらなくていいような仕事もけっこうやりました。取材がとにかく多かったかな。こんなこと続けてていいのかっていうのと、でも、作品を見てもらわなきゃ始まらないという思いで、24歳から3年くらい、ずっとすっきりしませんでした。

片山　賞金５００万円が、飛躍のきっかけになったんですね。

蜷川　そうですね。あと、それまでは自分の手の届く範囲のものしか撮っていなかったんです。自分、妹、友だち、自分の部屋、花に金魚、あと、きょう飲んだおいしいクリームソーダとか。半径10メートル以内に対するアプローチでしかなかったんですけど、そこを飛び出して、ぜんぜん違う世界をどう切り取っていけばいいかというのは、1年半でかなり鍛えられたと思います。

片山　帰国されてからは、もうマグマが湧き出るようにばんばんお仕事をされて、写真集も次々に出されています。そして、28歳で第26回※14木村伊兵衛写真賞を受賞。これは写真家としてものすごい名誉というか、なかなかもらえない賞ですよね。

※14　木村伊兵衛写真賞
1975年に朝日新聞社によって設立された写真賞。現在は朝日新聞出版との共催。プロアマ、年齢を問わず、雑誌・写真集・写真展などに発表された作品を対象とし、優れた成果をあげた新人に贈られる。新人を対象とし、著名な写真家を数多く輩出していることから「写真界の芥川賞」と形容されることも。

『Sugar and Spice』

蜷川　このあたりから、鬱屈していたものが弾けて、スーパー大爆発していく感じですね。この頃結婚していたんですけど、ぜんぜんうまくいってなくて、毎日、泣き暮らしていた暗黒の時期だったんです。写真は逆に、すごく明るいんですけどね。それで木村伊兵衛写真賞のあたりで離婚して、もう、すべて弾けて、自分のためだけに時間を使える、撮りたい写真がいつでも撮れるという状態を謳歌し始めます。

片山　ちょっと言い方が変かもしれませんが、そういう抑圧された環境が、もしかしたら蜷川さんの進化に必要だったのでしょうか。

蜷川　結果論としては関係なくはないでしょうね。のちのち『ヘルタースケルター』[※15]を撮ったのも、子どもを産んで仕事ができない状況が続いたあとだったので。

片山　2年間で6冊の写真集を出され、個展やイベントもたくさん開催されます。エディトリアルの仕事も精力的にされていて、睡眠時間あるのかというくらいの活動量が続くわけですが……。

蜷川　とにかくひたすら撮っていましたね。ほんとうに無理なこと以外、依頼はすべて受けるようにしていたので、1日3本の撮影が週に何回もあって。おしゃれっぽい雑誌だけでなく、ジャンルもバラバラで『CDでーた』[※16]の表紙を1年担当したり。この時期、かなり鍛えられました。

片山　どんどん、撮りたくなっちゃうんですか。

蜷川　暇になると何していいのかわからなくなっちゃうんです。父がそうだったからか、ゆっくりしていることは悪いことだという意識が、刷り込まれているのかもしれません。

※15　『ヘルタースケルター』2012年に公開された日本映画。蜷川実花監督第2作として、少女漫画界のカリスマである岡崎京子の同名コミックを映画化。約5年ぶりの女優復帰を果たした沢尻エリカが、過度の整形で心を病んだヒロインを過激に演じた。

※16　『CDでーた』　J-POPシーンを中心に扱った音楽総合情報雑誌。1987年、角川書店から創刊され、現在は雑誌名を『CD&DLでーた』に変更。現在の発行元はKADOKAWA。

片山　かといって、パーティー三昧の華やかな日々がお好きというわけでもないんですよね。ファッションブランドのパーティーでよくお会いするんですけど、すぐに帰られちゃう。

蜷川　必要な方に挨拶をしたらすぐ帰ります。会食とか面倒くさいんですよね。でも行けば、思わぬ人に会えたりいいことも必ずあるじゃないですか。だからがんばって行く。

片山　まじめですよね。

蜷川　生まじめなんですよ。

片山　小山登美夫ギャラリー[※17]に所属されたのも、このくらいの時期ですね。それまでご自身でマネジメントをされていたけれど、大手ギャラリーに入られました。これはどういうきっかけがあったんですか。

蜷川　それまでは作品の販売を意識したことなかったんです。コマーシャルな仕事いっぱいして、写真集もいっぱい出して、パルコやスパイラルで展覧会やって……とにかくものすごい勢いで走り続けていたから。でもスパイラルで展覧会をしたあとに、ふと「美術館でも展覧会やってみたいなあ」と思ったら、これがぜんぜん、まったく別世界だったんですよね。ある美術館の方とお会いしたとき、「蜷川さんはコマーシャルな人だから」と言われたんです。美術館で展示するようなアーティストではないと。

片山　かちんと来ましたか？

蜷川　ムカつくっていうより、そういうふうに見られているんだ、と自覚したんですよね。一方でコマーシャルな世界では「蜷川さんはアーティストだから使いづらい」みた

※17　小山登美夫ギャラリー　江東区清澄にある現代美術のアートギャラリー。蜷川実花をはじめ、奈良美智、ライアン・マッギンレー、アダム・シルヴァーマンといった国内外の有名アーティストが所属している。

いにいまだに言われることがあるんですけど。いずれにしても、ちゃんとしたギャラリーとやらに入らないといけないらしい、とやっとわかったんです。そのあと、いろんなギャラリーに営業をかけて断られる苦い経験もあるんですが（笑）。

片山　結果として、大メジャーの小山登美夫ギャラリーに所属されるんだからすごいですよね。

蜷川　小山さん[※18]は、忙しくてなかなかアポが取れなかったんです。ところが村上隆さん[※19]のGEISAI[※20]の審査員に呼ばれて会場に行くことになったら、小山さんも別の企画で同じ会場にいらっしゃることがわかって。もう絶対にここでプレゼンするしかないと思って、リュックサックに死ぬほど写真を詰めて控室の小山さんに突撃してプレゼンして、無事に入れてもらえることになりました。ふふ。

片山　そんないきさつがあったんですか（笑）。そのあとも、多作ぶりは変わらず。今回改めて調べていて非常に驚いたのですが、いままで出された写真集の数、なんと88冊！

蜷川　ね。気がついたら、いつの間にか。

片山　すごいですよほんとに。88冊ですからね。しかも、そのほかのお仕事も含めて、けっこう戦略的に考えられていますよね。取材を受けたときに掲載する作品例は、必ず同じ作品で統一するとか。

蜷川　そうすれば、「あの写真の人だ」って印象に残るかなって。あとは、写真集の表紙も、「白いイチゴ」や「ピンクの花」のように、言葉にしやすいものを選んでいます。本屋さんでタイトルがわからなくても、「白いイチゴの表紙の写真集」と言えば通じる

※18　小山登美夫（こやま・とみお）　1963年東京都生まれ。東京芸術大学芸術学科卒業。西村画廊、白石コンテンポラリーアート勤務を経て、1996年に小山登美夫ギャラリーを開廊。奈良美智、村上隆といった同世代のアーティストの展覧会を企画・開催し、日本のアートシーンを積極的に海外に紹介している。

※19　村上隆（むらかみ・たかし）　1962年東京都生まれ。現代美術家。東京芸術大学大学院美術研究科博士後期課程修了。日本のアニメやサブカルチャーから着想を得た作品群が海外で高い評価を得る。自らの作品制作を精力的に行うかたわら、アーティスト集団「カイカイキキ」を主宰。若手アーティストのプロデュースにも注力している。

rayama @7_40

—hosted by Masamichi

じゃないですか（笑）。

片山　写真を撮るときは感覚的だけれども、発表するときはかなり計算されている部分がある。

蜷川　そうですね。写真集の価格も、絶対に２０００円は超えないようにとか、できるだけ軽いものとか、すごく考えていました。あと、南の島で撮った作品を発表したあとは南の島に関連するお仕事がいっぱい来るようになるので、そこでまた、取材費を出してもらって南の島に行って写真が撮れる。そういうこともかなり戦略的に計算していました。取材のときのファッションも、けっこう考えて決めていますよ。やっぱり、印象ってすごく大事だから。

片山　それから、とても面白いと思ったのが、人気俳優さんの写真集シリーズ。売れていますよね。[※21]窪塚洋介さん、[※22]綾野剛さん、[※23]豊川悦司さん、[※24]斎藤工さん……錚々たる顔ぶれですけれども。

蜷川　ちょっとカラフルなのに飽きてきたので、初期のモノクロの作風に近いですね。これは、男性カメラマンばっかりおいしい思いして「ズルいよ！」っていう気持ちが炸裂したシリーズです。ふふ。男性カメラマンってすごくモテるんですよー。「私だっていい思いしたいよ！」って。

片山　すごくシンプルな動機で、すごくエロティックな写真ですね（笑）。

蜷川　どこまで疑似恋愛できるかがテーマですから。アシスタントは入れずに、ふたりきりで撮影する場合もあります。もう、趣味と実益を兼ねてやっていたシリーズですね、

※20　GEISAI　現代美術家の村上隆がチェアマンを務めるアートイベント。国内外の著名人を審査員に迎えるほか、有力画廊やアート関連企業によるスカウト審査を設けるなど、アートシーンと直結した、若手発掘・育成の場としても認知されている。

※21　窪塚洋介

ほんと。あとね、私、売れる男性を発見するの、すごく得意なんです。もう特技って言っていいと思う。男性限定なんだけど（笑）。出版社の担当者が「彼はまだネームバリューがないから」と渋っているところを「いやいや、絶対いいから！　やろう」と押し切って、写真集が出た頃に大ブレイクするの。

片山　ほんと、ほかの人には撮れないような写真ですよ。それから、雑誌の編集もされているんですよね。年2回刊のファッション誌『Mgirl』は、女性誌なんだけど蜷川さんの写真がふんだんに使われていて、大好きで毎号読んでいます。

蜷川　『Mgirl』[※25]は、みなさんが持ってる私のイメージにいちばん近いかも。5、6年やってるのかな。写真はぜんぶ私が撮って、責任編集してます。ガーリーな感じですよね。

片山　かわいいですよね。それと、お母さんになられてからの『MAMA MARIA』[※26]。

蜷川　『MAMA MARIA』は、編集作業もぜんぶやっています。依頼したライターさんが原稿で「イクメン」という言葉を使ったときには「イクメンは使わず、ほかの言葉に替えてください」とか、「だんな様」って書いてあるときは「様は使わず、さんにしてください」とか、すごく細かいところまで直接ディレクションしてます。けっこう自信があるのは、インタビュアーぶりなんですよ。芸能記者もびっくりなところまで踏み込んじゃう。「慰謝料、いくらだった？」とかね（笑）。

片山　みんな、答えてくれるんですか。

蜷川　答えてくれていますね。事務所サイドが「これは困る」って削ってくることもありますけど、そこは戦って。

※22　綾野剛

※23　豊川悦司

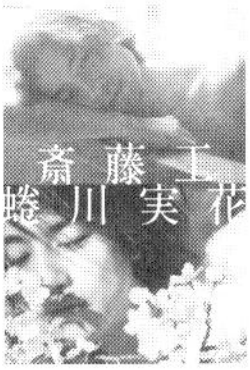

※24　斎藤工

片山　蜷川さんだからできることですよね。

蜷川　そうなの。止めづらいでしょう。これは年4回、季刊で出してほしいと言われたんだけど、すっごい労力がかかるので、年1回だけ。女性の方は読んだら面白いと思いますよ。いずれお母さんになって働くってこういうことなんだなっていう、本音トークしか載ってないから。

片山　母と作家を両立させるって、言葉で言うのは簡単だけど、大変なことですよね。

蜷川　ほんとう、生易しいものじゃないですよ。物理的にも精神的にも。例えばきょうの私は、朝6時に起きて朝ごはんをつくって、だっさいネイビーのスーツに肌色のストッキングを履いて息子を学校に送り、ほかのお母さんたちとお茶してコミュニケーションとって……。

片山　そういうこともするんですか。

蜷川　もちろん。仕事をしているからこそ、ママ友付き合いは重要です。あしたの持ち物はなんだっけとか、すぐに聞ける知り合いがいないとアウトなので、新学期とかオリエンテーションとか、そういうスタートダッシュ時は絶対に顔を出すようにしています。これはもう、仕事とはまったく別の社会だから。そういう社交をしてから事務所に戻り、仕事して、仕事して、仕事して、いまここに来ていて、あした遠足です。

片山　え、遠足ですか？　行くんですか？

蜷川　行きますよ。しかも、遠足は遠足でファッションのお約束があるんです。学校はネイビーのスーツでいいじゃんって思ってるんですけど、遠足はそういかない。

※25『Mgirl』

※26『MAMA MARIA』

『VERY』っていうすごいコンサバな雑誌に「ママの遠足服」ってコーディネートが出てたので、速攻ＺＡＲＡに行って揃えてきましたよ。

片山　うわあ、すごく大変そう。でも楽しまれている感じもしますね。

蜷川　楽しまないと無理ですよー。遠足から帰ってきたら、今度は錚々たるメンツの集まる会議に出席です。振り幅が広すぎて頭が混乱しちゃう。

片山　武蔵美は女生徒が多くて、ぼくが担当している空間デザイン学科は85パーセント女生徒です。これから先、女性作家として、母としてもやっていくとして、ほんとうに蜷川さんのような存在が励みになると思うんです。女性作家で良かったと思うことは、ありますか？

蜷川　私は女性であることで、得したことしかないです。だっていま、どの業界でも女性で活躍している人って、少ないじゃないですか。例えば映画監督でもそう。女性が少ないし、いても、叩き上げで、男性のような女性がほとんどなんですよね。その中で「だって、これがかわいいんだもん！」って言って撮り切れるって、それだけでまず、個性なんですよ。活躍している女性が少ない場所って、逆にいうとものすごく敵の少ない場所で、得なんです。

片山　男性社会で、女性だから損だと訴えるのではなく、うまく立場を利用するということですかね。

蜷川　うん、だって重いものは持ってほしいし、かわいいものはかわいいし。ということを貫くのも、けっこうハードなんですけどね。映画の現場なんてとても男性社会なので、もう私、宇宙人扱いされようって思ってます。『さくらん』を撮ったときは、いつも以上に軽薄な格好をして、現場にはふだん使わないキティちゃんのバッグを持っていって、モニターの前にかわいいチロルチョコをたくさん並べて、チョコ食べながら撮ってたんですよ。

片山　どんな反応なんですか、それは。

蜷川　あいつはああいうやつなんだって、諦めてくれます。男性社会で、男性と同じ理屈で戦うのは無理ですよ。経験値も何も違うんだから。そうではなくて「えー、それ超かわいいから、そっちのほうがいいです！」って言い切っちゃうの。まあやりすぎて反省することもあるんですけど、うまくいったことも多いし。私は女であることを受け入れつつ、そのままやっていくのがいいと思ってます。

片山　とはいっても、実行するには勇気や強さが必要ですね。

蜷川　たしかに、女性アーティストとかクリエイターって、気がつくと一線から離れて田舎暮らししていたりするんですよね。そういう人が、ほんとうにすごく多い。やっぱり大変なんですよね。

片山　あと、うちの女房を見ていて思うんですけど、それまではクリエイティブに命を捧げようと思っていても、やっぱり子どもの存在ってすごく大きいし、子育てもクリエイティブなことだから、女性としてかなり自然に、すーっとそちらに行くのも、必然なのかなと思います。

蜷川　そうですね。子どもがかわいいと、それで満ち足りちゃうんです。そこでどうやってお尻を叩いてエッジィな仕事をしていくかというのがいちばん難しいかな。それに、守るべきものができちゃったから、アクセルを踏み切れない部分もあります。もし子どもがいなかったら、もっとひりひりしたものを、もっと大量につくっていただろうなと思うのは事実です。でも私、欲深くて。保育園に預けるとき、こんなにかわいい時期に預けてまでする仕事なんてあるのかなって思ったんですよ。

片山　その頃は、ほんとうにかわいいですからね。

蜷川　でも、いや待てよ、この子を預けているんだから、「その分、超いい仕事をしなきゃダメじゃん！」って切り替えてやっていましたね。まあ、私の場合は仕事をしたいという軸がはっきりしていたから突き進んだけれど、それがブレちゃう気持ちも、どちらもわかります。

自分から積極的に、わがままに

片山　ここからは、映像系のお仕事について伺っていきます。過去7年間の作品をダイジェストに編集した映像をいまから流しますから、みんなよく見ていてね。蜷川さんは、お菓子を食べながら少しゆっくりしてください。

蜷川　はい。ふふふ。

[※28]**片山**　最初の映像作品は、AKB48の「ヘビーローテーション」[※27]のPVですね。これは秋元康さんから、声がかかったんですか。

※27「ヘビーローテーション」

蜷川　はい。「好きなようにやってください」という依頼だったので、じゃあキスさせちゃおうかなとかいろいろ考えました。いままでの監督が全員男性だったので、女性監督ならではの視点として、イメージしたのが女子校の修学旅行。私も女子校だったんですけど、もう、下着だろうがなんだろうがどうでもいい世界なんですよ。露出が高いけどぜんぜんエロくないみたいな。そんな女の子だけの世界をのぞき見したら楽しいんじゃないかなというのが最初のスタートですね。

片山　「ヘビーローテーション」を皮切りに、「呼び捨てファンタジー」「さよならクロール」[※29]、三代目J Soul Brothersの「花火」「Powder Snow」、倖田來未の「ピンクスパイダー」、EXILE TAKAHIRO「一千一秒」[※30]、ゆず「雨のち晴レルヤ」[※31]と、ほんとうにたくさんのプロモーションビデオを撮られていますが、こういう仕事というのは、写真と同一線上にあるのでしょうか。それとも、ぜんぜん違いますか。

蜷川　ずっと写真の仕事でやってきたことを、そのまま映像に落としている感じです。あの写真が動いたらどうなんだろうとか、立体的になったらどうなんだろうという感覚で考えていくので、ネタは無限にありますね。ただ最近やったゆずの「雨のち晴レルヤ」は、まったく違う角度からアプローチしています。写真の延長線上じゃなくて、映像だからできることを目指してますね。

片山　ものによっても違うとは思いますけれど、どれぐらいの時間をかけて撮られるんですか。

蜷川　長くて1日半、短いのは4、5時間っていうのもありました。ＡＫＢの「Sugar

※28　秋元康（あきもと・やすし）　１９５８年東京都生まれ。作詞家、ＡＫＢ48総合プロデューサー。80年代以降、作詞家として活躍し、美空ひばり、とんねるず、おニャン子クラブらのヒット曲を手がける。２０１３年には、作詞したシングル作品の総売上が6859万枚を超え、作詞家歴代1位の記録を樹立した。

※29　「さよならクロール」

Rush」。しかもオファーが来たのが10日前で、その10日間のうち7日間は、私、ロケでパリに行っていたんです。

片山　ええ！　物理的にそれはどうなんですか。

蜷川　なんか受けちゃったんですよね、面白そうだなと思って。どうしたらいいだろうとフル回転で考えて半日でアイディア出して、ぜんぶ遠隔操作で指示を出してやっちゃった。

片山　自分がいない7日間の間に、「こういうふうに仕込んどいて」と指示を出しておく感じですか。

蜷川　そうです、もうずっと電話しっぱなし。これして、あれして、それしてって。パリから帰って即「じゃあ、撮ります」って。スタッフみんな死んでましたね。

片山　ほんとうにパワフルですね……。ここから、映画についてもお伺いしたいんですが、第1作の『さくらん』[※32]を撮るきっかけというのは、どういうものだったんですか？

蜷川　あまり説得力ないかもしれませんが、私は写真家であることを大事に考えているんですよ。映像はそんなにやろうと思っていなかったんですけど、あるとき、アトミックエースの宇田充さんというプロデューサーが「一緒に何か映画をやりませんか」ってひょっこりやってきたんです。「原作のあるものがいいんだけど、題材は蜷川さんに任せます」って。そのあと1年間ぐらい、もんもんと悩んでいたんですけど、ある日ふと、自宅の本棚に置かれた『さくらん』を見て、「あ、これだ！」って。ただ時代劇って現代劇の3倍ぐらい撮るのが大変で、さらに吉原モノとなると、もっと大変なんですって。

※30 「一千一秒」

※31 「雨のち晴レルヤ」

片山　豪華絢爛のセットですからね。

蜷川　初監督でそれをやるのはどうだろう、という話にもなったんですけれど、でもどうしてもこれがやりたくて。原作権も無事にとれたので、これは運命だと思って、決行しました。

片山　ここで『さくらん』の予告映像を流しますね。

蜷川　いま見ると、ああすればよかった、こうすればよかったと思うシーンがたくさんあるんですけど、そのときにできることは全部やりました。これはいつも大事にしているところなんですけど、ベストを尽くしておけば、後悔しようがないので。

片山　ご自分の作品を見返すほうですか。

蜷川　ほとんど見ないですね。冷静に客観的な目で見るには、2年くらいかかります。編集している最中も、できるだけ客観的に見ようと心がけてはいるんですけど。完成した瞬間から、「このシーン大変だったなあ」とか、主観でしか見れなくなっちゃう。

片山　子どもの頃に女優になろうと思っていて、写真を撮ってきて、やがて演出を手がけるまでに。それはやっぱり、演出家であるお父さんの影響というか、戻ってきたような感覚があるのでしょうか。

蜷川　自分に演出ができるか、できているか、わかりませんでした。練習する場もないですし。でもやっぱり、小さいときからずっと父親の芝居を見ていたからなんとかなったと思います。なにしろ年に十何本もやっていて、そのかなりの本数を見てきましたから。実際にやってみて、「ああしてほしい、こうしてほしい」というイメージが自分の

※32『さくらん』　2007年公開の日本映画。蜷川実花の初監督作品。原作は、安野モヨコによる同名漫画。主人公の花魁を土屋アンナが演じ、音楽監督を椎名林檎が務めたことも話題に。

中からどんどん出てきたこと。それをきちんと表現できていたのかはわからないですけど、蓄積されたものがはっきりあったことには驚きました。

片山　そして、みんなも大好きだと思うんだけど、2012年に『ヘルタースケルター』[33]を発表されます。岡崎京子[34]さん原作、沢尻エリカ[35]さん主演。興行収入22億円の大ヒット。話題になりましたね。

蜷川　当時、取材を130本受けました。ふふ。

片山　これも映像を見ながら話をお聞きしましょう。蜷川さんらしい、非常に鮮やかな色使い。ショッキングなシーンも多い、過激な問題作です。

蜷川　『さくらん』を撮り終えた直後から『ヘルタースケルター』をやりたかったんです。でも当時、ほかの監督が撮ることが決まっていたんですよ。キャストも脚本も決まっていたので、諦めるしかなかったんですけど、『ヘルタースケルター』以外は撮る気になれなくて。そのまま3年くらいグズグズしていたら、前の制作チームが頓挫して、開発権という、原作をもとに脚本をつくっていいですよ、という権利がフリーになったんです。それで猛アタックして、何度もプレゼンテーションして、権利を得たのがクランクインの1年くらい前ですね。そこから脚本をつくって、キャストを集めて。

片山　沢尻エリカさんの起用は、初めから頭にあったんですか？

蜷川　そうです。『さくらん』の土屋アンナ[36]もですけど、「だって、この役は彼女しかいないじゃん！」って思ってました。もっとも、そのときはよくわかっていなかったんですけど、「あの役を沢尻エリカでやるなんて、チャレンジングすぎる」くらいのことを

※33　『ヘルタースケルター』 DVD

※34　岡崎京子（おかざき・きょうこ）　1963年東京都生まれ。漫画家。80年代から90年代にかけて漫画誌、サブカル誌、ファッション誌などに多くの漫画作品を発表。時代を代表する漫画家に。代表作に『pink』『リバーズ・エッジ』など。後に映画化もされた『ヘルタースケルター』は、第8回手塚治虫文化賞・マンガ大賞、文化庁メディア芸術祭・マンガ部門優秀賞を受賞。

まわりに言われましたね。面白い女優さんだから使いたいけど、怖くてなかなか……という人が多かったみたいで。

片山　いろいろありましたからね。ぼくは、勘違いしていました。もともと蜷川さんは、沢尻さんと仲が良かったのかと。そうじゃないんですね。

蜷川　何度か撮影をしたことはありましたが、特に親しいわけではありませんでした。しかも最後の撮影が「別に」事件の3日前で、エリカ、「もう二度と撮らない」って思うくらい感じ悪かったんですよ(笑)。本人にも言いましたが。でも『ヘルタースケルター』の「りりこ」は、絶対エリカしかいないと思って。仕方ないから「ごぶさたしています。蜷川です。いかがお過ごしでしょうか。じつはこういう話があって、ご興味ありましたらご連絡ください」みたいなガチガチのメールを送ったら、「興味あります」と返事が来て、会って話して、一緒にやることになりました。

片山　けっこう、大騒ぎされていた時期でしょう。そのあたりはどのように考えていましたか。

蜷川　エリカの騒動って、元はといえばただ「別に」って言っただけなんですよね。それで総袋叩きに遭い、それでもみんなが忘れない不思議な存在感を持っているじゃないですか。みんな、もっとしたたかに上手にかわすのに、もろに正面から受けて、あんなに大量のフラッシュを浴びて。だからこそ、スターであることの残酷さのようなものをほんとうに知っているんじゃないかという思いはありました。あと「りりこ」はすごく美しい人なので、外見のイメージも大きいです。決して、エリカを使ったらスキャンダ

※35　沢尻エリカ（さわじり・えりか）　1986年東京都出身。女優。2005年公開の映画『パッチギ!』で在日韓国人少女を演じ、日本アカデミー賞新人俳優賞など数多くの賞を受賞。2005年、フジテレビ系で放送された初主演ドラマ「1リットルの涙」でもその演技が高く評価される。『ヘルタースケルター』では、過度の整形で心を病んだヒロインを過激に演じ、日本アカデミー賞優秀主演女優賞を獲得。

※36　土屋アンナ（つちや・あんな）　1984年東京都生まれ。女優、ミュージシャン、ファッションモデル。雑誌の専属モデルとしてキャリアをスタートさせ、2004年、映画『下妻物語』『茶の味』に立て続けに出演。その年の日本アカデミー賞新人賞・助演女優賞などを受賞する。その後、2007年に映画『さくらん』に主演し、主役の花魁を演じる。現在はミュージシャンとしても精力的に活動中。

ラスでいいとか、そういう下心はありませんでした。まったくなかったとは言いませんけど（笑）。

片山　ここまで大急ぎで蜷川さんの作品を見てきましたが、最近はさらに、活動の幅を広げられています。写真集※37『noir』は、ダークな世界観が展開されていますね。

蜷川　きょうの流れで見てもらうと違和感ないと思うんですが、ただいわゆるカラフルでガーリーなイメージを持たれている方には、意外に思われるかも。

片山　※38『Self-image』では、モノクロのセルフポートレートを撮られています。きょう、最初からの作品を見てきたので、原点に戻ってきた感じがしますね。でも、ここに戻ってきて落ち着くのではなく、またあちこち行くんでしょうね。

蜷川　はい、またあちこち行きます（笑）。

片山　こうやって見ていると、小学生のときにほぼいろんなことが完成されているというか。

蜷川　ね。改めて自分でもこうやって話すと、つながっていますね。私のなかではずっとつながっているし、やっていることとしては同じなんですよ。

片山　いろんな感性がパラレルに同居している感じですか。

蜷川　ベースは一緒で、コーティングが違うだけなんです。

片山　最近の活動の中では、いろんなブランドとのコラボレーションも展開されていますね。やはりグラフィックを専攻されていた経験が生きているのかなと思うんですが。※39シュウ ウエムラ、※40エトロ、※41ZARA HOME、※42ANA SUI、※43キリン「午後の紅茶」も。

※37『noir』

※38『Self-image』

※39 シュウ ウエムラ

バラエティに富んでいます。こういったコラボは、あちらから依頼されるんですか。

蜷川　声をかけていただくケースもあれば、いろいろです。エトロさんの場合は、パーティーでたまたまエトロさんの隣になって、これはいいと思ってその場でプレゼンして(笑)、その後もしょっちゅう写真集を送って「いつか絶対コラボさせてください」と言い続けて、実現しました。意外に思われるんですけど、私は「よろしくお願いします!」って自分からがんがん行くタイプなんですよ。

片山　でき上がったものはスマートに見えているけど、すごいバタくさいプレゼンもしているという。

蜷川　そう。えらい人と一緒にご飯を食べたら、必ず「きょうはありがとうございました」って帰りのタクシーの中でメールを書くタイプです。作品を見てもらいたい人がいたらすぐに送るし、すぐ見せられる状況をセッティングするし、呼ばれたらいつでも行く、という感じですね。

片山　それは、ぼくもそうですね。自分では基本の部分だと思っていますけど、そうでもないのかな。そうやって精力的にさまざまなブランドとコラボをされていますが、作品に落としていく際、ご自身の中でルールはありますか?

蜷川　自分が絶対に欲しいもの以外はつくらないと決めています。そこはけっこうわがままにやらせてもらっています。そうじゃないと、誠実じゃないと思うので。

片山　ほんとうにいろんな顔をお持ちですよね。それから最近の大きなニュースでは、2020年東京オリンピック・パラリンピックの組織委員会の理事に就任されました。

※40　エトロ

※41　ZARA HOME

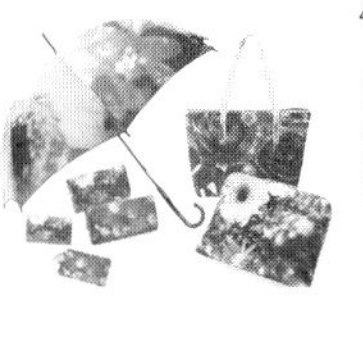
※42　ANA SUI

これは、どういう活動をされていくんですか。

蜷川　まだ始まったばかりで、顔合わせをしただけなんですが、お話を伺っていると、政府の方々ってあまりクリエイターをご存じじゃないんですよね。だから私自身も何かやりたいけれど、まずはまわりのすごくイケてる面白い方たちを紹介してつなげるのが、私の役目なのかなと思っています。

片山　6年後。東京、日本にとってすごく大きな意味を持つでしょうから、ほんとうにパワフルなオリンピックになればいいなと期待しています。

蜷川　先ほど、女性であることっていう話をしましたけど、今回この役目を任されたのも、私が女性だったからっていう理由も大きいと思うんですよ。女性の意見を入れたいというところで、諸先輩方ではなく私が目に留まったと。

片山　ああいう大きな場というのは、なかなか言いたいことも言えなくなってしまう雰囲気がありそうですが。ぜひ蜷川さんには、みんなの代弁者としてばんばん言いたいことを言っていただきたいです。

蜷川　がんばりますね。ばかなふりして、がんばります、ふふ。

「いつかこうしたい」というより、「ずっとこうしていたい」

片山　ありがとうございました。もっと詳しく伺っていきたいんですが、5時間ぐらいになってしまうので(笑)、クイックにまとめさせていただきました。待望の蜷川さんに、

※43　キリン「午後の紅茶」

質問したい人も多いでしょう。もう手を挙げてるね。やっぱり女性が多いかな。……では、真ん中あたりの列の彼女に、マイク行きましょうか。

学生A　お話をありがとうございました。最近、みんなスマホを持っていて写真がすごく身近になっていて、さらに簡単におしゃれに加工できるアプリなんかも流行っていると思うんですが、そういう写真について、プロとしての意見をお伺いしたいです。どう思いますか？

蜷川　楽しくていいと思いますよ。それによって、プロの仕事が侵食されるっていうことはないですし。やっぱりプロの仕事ってぜんぜん違うんです。いかなる状況でもちゃんと応えるのがプロフェッショナルであって、いい条件が揃っていることのほうが少ないぐらいなんです。例えば、ぜったいに青空が欲しいのに雨が降っちゃったとか、被写体がものすごく嫌な人だったとか。そんないろんなことがある中で、一定のクオリティーのものを上げていけるのがプロ。私もアプリ出していますけれど、それを使うとむしろ、アプリで加工するくらいで撮れるものじゃないってことを体感していただけるんじゃないかな。それに、私はいまでもほとんどフィルム撮影なんです。デジタル加工は基本的にやらないの。だからぜんぜんベツモノとして、みんなが写真を楽しんでいるのは、それはそれでいいと思っています。

片山　プロって継続なんですよね。ビキナーズラックとか、瞬間風速的に良いものを撮れたとしても、それだけじゃ仕事としてなりたたない。写真集を88冊出すってすごいでしょ。コンディションやモチベーション、そして当然クオリティーを、それだけ保つと

いうのは、簡単じゃないよね。蜷川さんは、さらっと話してくれていたけど。

蜷川　88冊って、そこまで多くはないんですよ。荒木経惟[※44]さんなんて400冊以上出されていますし。上の世代の方のタフさはほんとうにすごいといつも思っていて、負けられないです。

片山　では次に行きましょうか。うしろのほうの彼女、どうぞ。

学生B　私は蜷川さんの作品がすごく好きで、映画のDVDも何度も見ています。きょうお話しを伺っていて、改めて仕事の幅の広さ、何でもやる姿勢がすごいなと思ったんですが、その原動力ってどこから来るのでしょうか。あともうひとつ、そうして幅広く活動されている中で、蜷川さんにとって、写真とはどのようなポジションなのかをお聞きしたいです。

蜷川　原動力は、ただ単に、ほんとうに欲が深いんだと思います。やらなくていい仕事もいっぱいやっていると思うんですよ。何でもかんでもやりたいし、ぜんぶ欲しい。コマを進めるには、やらないという選択肢も重要だってわかってるんですけど、やりたいのにやらないのってストレスなんですよね。

片山　チャンスがあったらぜんぶ、やりたいわけですね。たしかに、そのモチベーションがどこから来るものなのかは知りたいような……。

蜷川　なんなんでしょうね。家庭環境だって裕福といえば裕福で、お嬢さんとして何不自由なく育っています。そんなにがつがつしなくてもいいはずなんだけど、とにかくすごい欲深いんです（笑）。もうひとつの、写真はどういうものかという質問なんですけど、

※44　荒木経惟（あらき・のぶよし）　1940年東京都生まれ。千葉大学工学部写真印刷工学科卒業後、電通に入社し写真部に所属する。1964年、「さっちん」で第1回太陽賞を受賞。1971年、妻・陽子との新婚旅行を写した『センチメンタルな旅』を限定1000部で自費出版する。以降、妖艶な花々、緊縛ヌード、空景、食事、東京の街、飼い猫など、さまざまな被写体から強烈なエロスとタナトスが漂う独特の写真世界を確立し、日本を代表する写真家として国内外から高い評価を受けている。

これはやっぱり、生理的にいちばん近いんですよね。映画とかPVは、カメラマンを別にたてて撮ってもらっていますし。

片山　あ、そうなんですか。ご自身はカメラを回さず、監督に徹しているんですね。

蜷川　最初は自分で撮っていたんです。でも撮ることがわずらわしくなっちゃって。機材は重くて動きにくいし、向いてないと思って、私よりうまい方に任せるようになりました。

片山　そういうところ、抜けがいいですよね。任せるところはスパーンと誰かに任せる。

蜷川　ふふ、私、ミス丸投げと呼ばれているんですよ。信頼した人には、信じられないくらい丸投げします。こだわるところはこだわるけど、自分よりうまくやってくれると思った人には、ぜんぜんこだわらずにお願いしちゃう。そう考えると、生理的につながれるのって、やっぱり写真だけなんですよね。それ以外はけっこう、言語化できるんです。例えば映画のシーンでも「あそこの、ここの部分が格好いいから、この角度から、こうやって撮ってほしいです」というふうに、具体的に言葉にできます。でも写真は、思考と自分の生理的な部分が直結しているので、人に説明できない。「格好いい」と思ってシャッターを切ればそこで完結する。それがやっぱり自分にとっていちばん気持ちがいいし、原点なんですね。だから、写真家であることはたぶん、一生変わらないと思います。

片山　質問した方、いかがですか?

学生B　よくわかりました、ありがとうございました。

片山　では、手前の列の、ボーダーを着ている女性にマイクを渡してください。

学生C　ありがとうございます。蜷川さんが、作家として忘れたくないポリシーというか、守りたいこと、大事にしていることというのがあったらお伺いしたいです。

蜷川　前の質問とも関連するんですけど、写真を撮るときは、できるだけ自分と直結した、原始的なところで撮れたらいいなと思っています。「いい写真を撮りたい」という意識もあまり持たないくらいに。でもそれがいちばん難しいことでもあるんです。というのは、仕事をずっとしていると、どんどんうまくなる。それ自体はいいことなんですけど、力でねじ伏せれるようになるんですよね。変な話、いまの私は目をつぶっていても「蜷川実花っぽい花の写真」が撮れます。それを、ほんとうにきれいだと思っていなかったとしても。これは、長くやっていればどうしても直面する、かなり本質的な問題ですね。ずっと、初めてシャッターを切った瞬間の感動を忘れないようにしたい。でもそれをコントロールしようと思う時点で矛盾していて、ほんと難しいんですけど。

片山　この問題は、どんなジャンルのクリエイターにも共通するものでしょうね。

蜷川　あと、仕事に関していうと、1本1本に対して誠実に関わろうと思っています。当たり前のことなんだけど。例えば私、さっき言ったように、1日3本の撮影が入っているときもあったんですね。私にとっては数多くの撮影のひとつだとしても、その人にとっては、ものすごく大事な撮影だっていうこともあるじゃないですか。新人バンドの、デビューアルバムのCDジャケットで、「蜷川さんに撮ってもらえるの、すごく楽しみにしていました」と言われたりして。そういう気持ちに、きちんとひとつひとつ返していけるよう、誠実な仕事をするよう、それはずっと強く、心掛けています。

片山　いまお話しいただいたことは、これからものをつくっていくみんなにとってすごく重要な話です。ほんとうに、もっとたくさんお話しを伺いたいけれど、そろそろ時間が迫ってきているので、最後にあとひとり。女性が続いたから、男の子がいいかな。さっき手を挙げていた彼……そうあなたです。では最後、行きましょう。

学生D　ものすごく精力的に、それだけ活動を続けてこられて、写真が嫌になったことはないんですか。

蜷川　ないんですよ、これが。似た感じの質問で、よく「スランプはありましたか」とか聞かれるんです。振り返れば、あるんですよ。あのとき、調子よくなかったなっていうの。でもスケジュールは詰まっていて、撮るしかないので、撮りながら解決してきた感じ。これは、人によって違うと思いますよ。休んだほうがいい人もいると思うけど、私は強制的に撮り続けるタイプ。それでいままで大きな壁に当たったこともないんです。

片山　やっぱり、好きなことをまっすぐにやってこられているからこそのコメントですよね。

蜷川　でも不安はあります。これまで自分がいいと思うものを撮り続けてきて、それがたまたまたくさんの人の好みと合致していたからやってこれたと思うんです。それが、いつかズレることもあると思う。それは怖いんだけど、そういうときが来ても自分のスタンスは変えないっていうのだけは決めています。流行っているからそっちに合わせよう、ということをしたら、自分の写真じゃなくなっちゃうから。

片山　そんなことを考えることもあるんですね。

蜷川　ありますよー。1週間ぐらい仕事が入っていないと、「飽きられたかな」って不安になります。

片山　ああ、それはわかります。そういうときにゆっくり休もう、という発想にはならないんですよね。

蜷川　そうそう。いつも「休みたい、休みたい」と言っているんですけど、実際に中途半端に休みが長いと、すごく調子が悪くなっちゃう。

片山　ぼくも長期リゾートに行けないほうです。3日ぐらいは楽しいんですけど、4日目ぐらいからそわそわし出して、事務所に「何かある？」って電話して「ありません」と言われたら「あるだろう」と食い下がったりして（笑）。

蜷川　わかります、同じタイプです（笑）。

片山　そんなパワフルな蜷川さんに、最後、ぼくから質問をさせてください。Instigator恒例の質問です。10年後の蜷川さんは、どんなふうに過ごしていると思いますか。

蜷川　あまり変わっていないと思います。よく「夢は何ですか」って聞かれるんですけど、それも特になくて。老後はハワイに住もうとか、そういう願望はまったくないです。いまのペースのまま、ラストまで駆け抜けようと思っているくらいですね。まあ、10年経ったら、ちょっとは体力が落ちているかもしれないけど。それぐらいですかね。

片山　先のことを考えるよりも、いまに全力投球。

蜷川　「いつかこうしたい」というよりは、「ずっとこうしていたい」という感じです。

片山　ちなみにお尋ねしたいんですけど、これまでの10年のスパンって、どういうスピード感でしたか？

蜷川　20代は長かったです。2回結婚して2回離婚して。

片山　意外ですね。みなさんわりと、20代はあっという間って言いますけど。

蜷川　そうなんですか？　私は30代に入ってから、やりたいことがスムーズにできるようになっていった気がします。ただ40代のこれからは、なんか偉くなってきちゃったっぽい分、その居心地の悪さとどう戦うかも大事になってくるのかな。

片山　そうですよね。キャリアを重ねるにつれ「先生」扱いされることも増えると思うんです。大御所として批評もされなくなっていく。そういうのも、蜷川さんは心地良く思わないタイプだろうなと勝手に想像していました。

蜷川　超無理ですね。でも、調子良くないときを見抜いて「おまえ、あの写真は手を抜いたんじゃない？」ってメールしてくれる友だちが何人かいるんですよ。そういう存在を大切にしていかないと。

片山　それはほんとうにぼくもそう思います。どんどん反対意見が減っていって、仕事も楽になっていくから、勘違いする人は勘違いしちゃう。自らを厳しい状況に置いていかないと、続かないですよね。

蜷川　むしろ、自分の良くないところを指摘してくれる人に、率先して意見を聞きに行く必要が出てきますよね。自分で自分のことをきちんとスキャニングしていかなきゃっていうのが、これからの課題です。

片山　ありがとうございました。では最後に、美大生のみんなにメッセージをお願いできますか。

蜷川　いまにして思うと、大学くらいでぜんぶ決まってたと思うんですよ。いまイケてる子は、学生時代からイケてたもん。突然変異で良くなるってことは、たぶんないです。

片山　すごい不安そうな顔をした人が何人かいるけど、みんなは、ここに来ている時点でイケてるから大丈夫です（笑）。

蜷川　知的好奇心があるから、こういう講義に来るんだもんね。でもほんと、大学時代なんてあっという間だから、やれることは何でもやっといたほうがいいですよ。ものを見るでも、つくるでもいいですけど、焦ったほうがいい。学校時代の貯金って、ほんとうに大きいし、あとからやろうと思っても、社会に出るってたぶん、想像しているよりもはるかに大変だから。なんでもやりたい私は、6歳くらいのときから時間が足りなくて焦ってました。のんびりしてちゃだめだよ。ラグビーばっかりやってるとか。くすぶってる時間も大切かもしれないけどね。

片山　おや、誰のことかな。

蜷川　佐野くん？　ふふ。いや、彼はかなりがんばってますよね。あんなワキ毛を描いてたのに（笑）。でもほんと、一流の人って、当たり前だけど信じられないぐらい努力しているじゃないですか。本人は、努力と思ってないんだろうけど。この前、名和晃平※45くんと会って、「最近すごい、がんばってるよね」って言ったら「いや、ただやってるだけ」って答えが返ってきたんですよね。そういうことだと思う。やっていれば何者か

※45　名和晃平（なわ・こうへい）　1975年大阪府生まれ。彫刻家。京都市立芸術大学大学院美術研究科

になれるわけじゃないけど、何者かになった人は、絶対にやれるだけのことをやってます。

片山　そうなんですよね。名和さんも以前、instigatorに来ていただいたんですけど、これまでのゲストのみなさんは全員、同じなんですよ。好きでずっとやってきて、気がつくといまの位置にいて、またずっと続けていくという。

蜷川　しつこいんですよ、きっと。みんなもね、焦って、しつこくやり続けてください。

片山　素晴らしいアドバイスをありがとうございました。名残惜しいですが、あした、気をつけて遠足を楽しんできてくださいね（笑）。みんな、大きな拍手でお見送りを。ありがとうございました！

博士（後期）課程彫刻専攻修了。「PixCell＝Pixel（画素）＋Cell（細胞・器）」という概念を機軸に、多様な表現を展開。２００９年より京都・伏見に創作のためのプラットフォーム「SANDWICH」を立ち上げる。２０１１年には、東京都現代美術館にて男性アーティストとしては最年少で個展『名和晃平―シンセシス』を開催するなど、国内外で精力的に活動している。

蜷川実花先輩が教えてくれた、「遊ぶ」ように「仕事」をするためのヒント!

□世間で流行っているものが好きなんです。つけまつげもピンクの口紅も、流行ったらすぐ試します。

□ダサいのは絶対に嫌。

□制服を着てヴィトンのバッグを持ってセンター街をごりごり歩いていたんですけど、ヴィトンの中には寺山修司や太宰治が入ってました。

□たった１回の人生、やりたいことが決まっているのに、それをやらないなんてバカだよなと気づいて、それから写真を仕事にしようと腹をくくりました。

□ギャラリーに所属するために、リュックサックに死ぬほど写真を詰めて、突撃してプレゼンして、やっと入れてもらえることになりました。

□私は女性であることで、得したことしかないです。

□いかなる状況でもちゃんと応えるのがプロフェッショナル。

□信頼した人には、信じられないくらい丸投げします。

□初めてシャッターを切った瞬間の感動を忘れないようにしたい。

Music for **instigator**

Selected by Shinichi Osawa

#008

1	Any Color But Red	Virna Lindt
2	She Don't Care	Ty Segall
3	Skyward Bruise Descent	Clark
4	One Out Of Many	The Pop Group
5	Mun Ja Mun (Instrumental)	Adjagas
6	Hypnose	Metronomy
7	Jah Wut Dub	SCNTST
8	Jerk Ribs	Kelis
9	Essence Of Sapphire	Dorothy Ashby
10	An Ending, A Beginning	Dustin O'Halloran
11	Holding You, Loving You	Don Blackman
12	Prisoner's Song	Nova Nova
13	Faking Jazz Together	Connan Mockasin
14	Heart To Beat	Bryce Hackford
15	Hey Sparrow	Peaking Lights
16	Pounding System	Dub Syndicate
17	Odi Et Amo	Jóhann Jóhannsson
18	Deja Vu	Weldon Irvine
19	MTI	Koreless
20	The Upsetter	Metronomy

※上記トラックリストはinstigator official site(http://instigator.jp)でお楽しみいただけます。

instigator
整理券101番～150番

#009

川村元気

映画プロデューサー／作家／絵本作家

1979年神奈川県生まれ。上智大学を卒業後、東宝入社。映画プロデューサーとして『電車男』『告白』『悪人』『モテキ』『おおかみこどもの雨と雪』『寄生獣』などを製作。2011年、優れた映画製作者に贈られる「藤本賞」を史上最年少で受賞する。2012年には、初小説『世界から猫が消えたなら』を上梓し、80万部を超える大ベストセラーとなり、映画化が決定。2013年に発表した絵本『ティニー ふうせんいぬのものがたり』（佐野研二郎との共著）は、NHKにて連続テレビアニメ化された。2014年には、小説第2作『億男』を発表。デビュー作に続いて「本屋大賞」にノミネートされ話題を集める。その他の著作に『ムーム』（益子悠紀との共著）、『パティシエのモンスター』（サカモトリョウとの共著）、対談集『仕事。』がある。

日常の違和感に、宝物が潜んでいる気がする。
見て見ぬふりで素通りするのではなく、
ひっかかった物事のディテールを観察すると、
なにかしら創作のヒントがあると思います。

幼稚園・保育園には通わず、ひとり遊びの日々

片山　きょうのゲストは、映画プロデューサー、小説家の川村元気さんです。instigatorの書籍を編集してくれたマガジンハウスの奥村さんに「すごいプロデューサーがいる」と紹介してもらったのが1年くらい前でした。それからずっと来ていただきたいと思っていて、やっと叶いましたね。いままでのゲストで最年少の35歳ながら、『電車男』『告白』『悪人』『モテキ』『おおかみこどもの雨と雪』……と、びっくりするくらい、有名な作品を立て続けにプロデュースされています。川村さん、ようこそいらっしゃいました。

川村　すごい熱気ですね。この教室で、いろいろな方の過去が暴かれてきたんですね。

片山　はい、時代を扇動するinstigatorがどのようにしてでき上がったか、根掘り葉掘り、聞いていきます（笑）。さっそくですが川村さん、どんな幼少期を過ごしましたか？ ご出身は横浜と伺っていますが。

川村　ちょっと変わった家庭環境だったんですよ。ぼくが生まれる前ですが、父親は日活という映画会社で働いていたそうです。

片山　名作がたくさんつくられていた時代ですね。

川村　ええ、少し上の世代に[※1]相米慎二監督、同期に[※2]中原俊監督がいるという、かなり濃い時代だったみたいですね。でも当時の日活の収入では食べていけなかったそうで、同郷だったぼくの母親を頼って一緒に暮らしていたそうです。

※1　相米慎二（そうまい・しんじ）　1948年岩手県生まれ。映画監督。1980年、薬師丸ひろ子主演の『翔んだカップル』で映画監督デビュー。翌年『セーラー服と機関銃』が興行的な成功を収める。90年代には海外の評価も高まる中、53歳の若さで他界。13本の監督作品はいまもなお、多くの映画関係者に影響を与えている。

片山　そのあと川村さんが生まれると。

川村　はい。その頃は、父親は専門学校で講師をやっていて、母親は専業主婦でした。ただ、なんでかよくわからないんですが、ぼくは幼稚園にも保育園にも通っていなかったんです。基本的にほったらかされて、ずっとひとりぼっちで、近所で虫取りや、ザリガニ釣りをして遊んでいました。

片山　それは、ご両親の子育て戦略というか、いわゆるシュタイナー教育のようなことをされていたんですか？

川村　そういういい話じゃないと思います。たぶんなんとなく、自由にさせたかった、程度だと思います（笑）。

片山　では、弟さんが生まれるまで、ずっとひとりで遊んでいたと。

川村[※3]　そうですね。だから人生のベースが「ひとり」なんですよね。いま、3歳のときの写真がスクリーンに出てますけど、すでに孤独な目をしてます（笑）。まあ、「人間はひとりぼっち」というのは、この頃から自分のテーマみたいなものになっていて。ひとりぼっちの人たちが、一所懸命つながろうとしている姿が感動的だから、それを表現したいというのが、ずっと大きなテーマのひとつです。

片山　打ち合わせで幼少期のお話しを伺ったとき、びっくりしたんですよ。小学校に入るまで、家にテレビもなかったと。まだインターネットもありませんから、ほんとうに情報が遮断された空間というか。

川村　だから小学校に入っても、日本語が怪しいんですよ（笑）。みんなの使っている

※2　中原俊（なかはら・しゅん）　1951年鹿児島県生まれ。映画監督。東京大学文学部を卒業後、日活に入社。鈴木清順、市川崑らの助監督を務めた後、日活ロマンポルノ『犯され志願』でデビュー。日活退社後、一般映画、テレビドラマへと活動の幅を広げる。代表作は『櫻の園』（1990年）、『12人の優しい日本人』（1991年）など。

※3　写真

言葉がわからない。けんかになったときに「あいつは腹が弱点だ！」とか言われても、「弱点」の意味がわからないからポカンとしてしまう。いま学生さんたちみんな笑ってるけど、弱点って小1にしたら難しい単語ですよ？　みんな学校で習う前に、テレビで特撮ものやアニメを見て意味を理解しているんですから。家にテレビがないということは、仮面ライダーも戦隊ものもガンダムも何も見ていないわけで、「弱点」という単語を覚えようがないんです。

片山　ちなみに、弱点って何のことだと思ったんですか、そのときは。

川村　「こんにゃく」とかと同じ、何かの食べ物だと思ってました。

片山　それはたしかに、遊んでいても不便ですね（笑）。

川村　そもそも、他人と普通のコミュニケーションができないんです。子ども同士の遊びはもちろん、一般的なマナーもルールもわからない。

片山　そうなりますよね。保育園や幼稚園に行ってなかったら。

川村　例えば「人を殴ってはいけない」という基本的なこともわかっていないので、頭にきたら何の前触れもなくいきなり殴りかかるような、かなりヤバイ子どもでした。女の子とも殴り合いのけんかをしてましたし。小学1年生だと女の子のほうが体格がよかったりするので、返り討ちにあうんですけど（笑）。

片山　男の子、女の子の区別もあまりなかった感じですか。

川村　まったくなかったです。よく覚えているのは、図工で使う粘土板。男の子用が青で、女の子用がピンクだったんですけど、そういうのもわからないから、ぼくはピンクを買ったんですよ。粘土って黒っぽいから、ピンクのほうがきれいだと思って。そしたら「なんで女物を持ってるんだ」ってすごくいじめられたんです。それで毎回殴り合いのけんかになるんですが、あまりにしつこく言われるので半年後に青い粘土板を買い直しました。それがぼくの、社会の既成概念に負けて挫折した初めての記憶です（笑）。

片山　でも、テレビがなくても映画は観ていたと聞いて、さすがだなと思いました。3歳のときに初めて観た映画が、スティーブン・スピルバーグ監督の『E.T.』[※4]。

川村　最初に何を観せるかだけは、父がこだわっていたみたいです。『E.T.』を観たことある人、手を挙げてみてください。……え。少ないですね。

片山　半分くらいですか。

川村　うわあ、観ていない人、ひとりずつ呼び出したい（笑）。観たほうがいい。で、観た人はわかると思うんですけど、前半わりと怖いんですよ。E.T.も見た目は気持ち悪いじゃないですか。子どもながらにおびえながら観ていたんですけど、自転車で空を飛ぶシーンだけは、観ていてものすごく気持ちよかったんです。

片山　3歳のときだから、そんなにストーリーを把握しているわけじゃ、たぶんないですよね。でもそのシーンが、印象として脳裏に焼き付いたという。

川村　そうなんです。それが初期体験なので、いまでも、映画って3歳児にも刺さるシーンがひとつでもあれば、それでいいという感覚がベースとしてあります。あと、『ブレードランナー』[※5]をやたら繰り返し、観させられました。

片山　リドリー・スコット監督の『ブレードランナー』。観たことある人、手を挙げて。

※4　『E.T.』　1982年公開のアメリカ映画。10歳の少年と、地球にひとり置き去りにされた宇宙人との交流を描いたSFファンタジー。約1000万ドルで製作されたにも関わらず、アメリカ国内だけで3億ドルという当時の映画史上最大の興行収入を記録した。

※5　『ブレードランナー』　1982年公開のアメリカ映画。原作はフィリップ・K・ディックの小説『アンドロイドは電気羊の夢を見るか？』。SF映画の金字塔と評され、後のアニメ、漫画、ゲームなどに多大な影響を与えた。

川村　えっ少ないですね！　やっぱり、ひとりずつ呼び出さないと……（笑）。ぼくが小学生になり、うちにテレビが来てからは、父親は、週末になると繰り返し繰り返し、同じ映画のビデオを観ていたんです。『ブレードランナー』と、フェデリコ・フェリーニ監督の『道』※6、それから川島雄三監督の『幕末太陽傳』※7。この3本は定番でした。朝起きて居間に行くと、いつも同じ映像がかかっているんです。音声なしで観てたり、逆に映像をつけず、音声だけかけているときもありましたけど。

片山　それも教育的な実験だったんでしょうかね？

川村　いやー、あとからならなんとでもいえますけど、やっぱり何にも考えてなかったと思いますよ。きっと子どもの反応が面白いから遊んでいただけです。

片山　でも、テレビはなかったのに、まわりの子が観ないような映画を観ていたんですね。

川村　あと美術館や、ジャズクラブにも連れていかれました。ブルーノート東京デビューは、小学校3年生のときでした。

片山　ブルーノートに小学生なんていなかったでしょう。どなたのライブに行かれたんですか。

川村　ロン・カーター※8だったと思います。そうやって雑多に遊んでもらってはいました。父親自身、雑多な人なんですよ。映画や音楽が好きだけど、バイク乗りで、トライアスロンやボクシングもかじってみる。文化系なのか体育会系なのかよくわからない。それと同じようになんでもかんでも見せられたことも、いまのぼくの、雑多なプロデュース

※6　『道』　1954年公開のイタリア映画。「映画界の魔術師」の異名を持つフェデリコ・フェリーニ監督の代表作のひとつ。1956年のアカデミー外国語映画賞を獲得した。

※7　『幕末太陽傳』　1957年公開の日本映画。古典落語の「居残り佐平次」を基に天折の天才・川島雄三監督が描いた幕末青春群像劇。半世紀以上経ったいまでも、軽妙洒脱な笑いと時代風刺が多くの映画人から高い評価を受けている。

※8　ロン・カーター　1937年アメリカ生まれ。ジャズベーシスト。1963年、マイルス・デイヴィスのバンドに参加。ウェイン・ショーター、ハービー・ハンコックといったメンバーらとプレイし、60年代アコースティックジャズの頂点を極めた。現代ジャズ界の最高峰に君臨するアーティスト。

のベースになっているのかもしれないです。

片山　かなり独特な家庭環境ですよね。

学生時代は年間最大500本の映画を鑑賞

片山　そんな小学校時代を経て、中学校に入学。ここで、川村少年に重大な事件が起きます。

川村　中学1年のときに初恋をするわけですけど、その相手が、すごい悪女だったんですよ（笑）。『モテキ』の長澤まさみが演じた女の子みたいな。ほんとうにひどい女子で、半年間にわたって、やたら愛想良くボディタッチとかしてきた挙句、集大成のバレンタインデーに、ぼくの目の前でぼくの親友にチョコを渡したんですよ。起承転結がねじれている子でした。

片山　映画的ではない、と（笑）。

川村　ぼくのプロデュースする映画は「童貞もの」が多いとよく言われるんです。『電車男』『デトロイト・メタル・シティ』『モテキ』などなど。これってたぶん、その頃のトラウマを晴らそうとしているんでしょうね。『モテキ』は久保ミツロウ[※9]さんのマンガが原作なんですけど、映画はオリジナルストーリーだったんです。久保さんと、監督の大根[※10]さんを中心に「いままでの人生で吐くくらいつらかった恋愛体験」を出し合って（笑）、新しいキャラクター、新しいエピソードをつくっていきました。だから、あの映

※9　久保ミツロウ（くぼ・みつろう）　１９７５年長崎県生まれ。漫画家。２００８年より『イブニング』で連載していた『モテキ』が、２０１０年にテレビドラマ化される。２０１１年の映画化の際は、完全オリジナルストーリーを書き下ろした。その他、テレビやラジオなどでも活躍中。

※10　大根仁（おおね・ひとし）　１９６８年東京都生まれ。演出家、映画監督。深夜ドラマを中心に『湯けむりスナイパー』などの話題作を演出する。２０１０年には、脚本・演出を手がけたドラマ「モテキ」が大ヒット。翌年には映画『モテキ』で映画監督デビューを果たす。最新作は『バクマン』。

画の脚本はすべて実話ベースなんですよ。この中で『モテキ』観た人ってどのくらいいますか？

片山　おお、『E.T.』や『ブレードランナー』より多いですね……。

川村　まあそういう実話ですから、現場はけっこう悲惨でした。みんな、自分の古傷をえぐられまくってるんですね。演技している側もなにか怨念を感じて怖いっていう。でも、実際に映画館では、つらい経験だったシーンほど、お客さんが笑ってるんですよね。チャップリンの名言で、「人生というのは近くで見ると悲劇だけれども、遠くから見るとコメディだ」というセリフがあるんですけど。ほんとうに、コメディの本質ってそういうことだなと思って。

片山　たしかに、街で見知らぬ男女がシリアスにけんかしている姿を見ると、ちょっと野次馬な気持ちがもたげます（笑）。

川村　ぼくなんか、わざと金曜夜の、終電間際の中央線に乗ることありますよ。そうすると、かなりの確率で号泣している女子を見かけます。新宿駅付近は特にすごい。

片山　そういうとき、どうするんですか。

川村　まず、絶対近くに行きます。空いていれば向かいの席に座ります。ケータイ見てるふりしながら観察していると、泣き方に一定の周期があることに気がつくんですよ。泣き止んだかと思うと、また徐々に盛り上がっていく。ふ、ふー、ふうう、ふおおおーっんと来て、またぴたっと止まる。新宿から始まって、四ツ谷でピークに達し、お茶の水あたりで落ちついて、神田を過ぎたあたりでまたウワッと盛り上がって、東京で盛り上がったまま降りていく。そういうパターンをすごくよく見かけます。

片山　すごい観察眼ですね（笑）。ぼくは気になるけど、なんとなく怖くて近づけないです。でも本広克行[※11]監督も、けんかしている人がいると、すっごいうれしそうに近くに寄っていくんです。instigatorのゲストで来ていただいて、きょうもじつは見学に来てくださっているんですが。

川村　本広さんは、作品は爽やかですが、ご本人はかなり闇がありますからね……（笑）。

片山　お話を伺っていると、川村さんも似たような感じでは……。

川村　ぼくはそんなことないですよ（笑）。でも、そういった日常の違和感に、宝物が潜んでいる気がします。人の行動でもいいし、変な看板とか、場違いな洋服を着ている人とか、突然できたドーナツ屋とか、いろいろあるじゃないですか。そういうの、みんな見て見ぬふりで素通りしちゃうんですよね。そうではなく、ひっかかった物事のディテールをよく観察してみると、なにかしら創作のヒントになると思います。というふうに、泣いているOLを観察するというような行為を、無理やりクリエイティブな方向に持っていきます（笑）。

片山　いえ、ほんとうにいいヒントになると思います（笑）。切ない初恋の話からちょっと飛躍しましたが、また学生時代に戻りましょう。お父さんの推薦ではなく、自分で映画を観るようになったのも、中学、高校生くらいですか。

川村　そうですね。映画館に行ったりレンタルビデオ屋で借りたりして、片っ端から観てました。チャップリン、ヒッチコック、ゴダール、キューブリックのような古典的な

※11　本広克行（もとひろ・かつゆき）　1965年香川県生まれ。映画監督。バラエティ番組、テレビドラマのディレクターを経て、『7月7日、晴れ』で映画監督デビュー。その後は「踊る大捜査線」シリーズなどの監督を手がける。最新作は、ももいろクローバーZを起用した『幕が上がる』。

ものから、ウォン・カーウァイ、コーエン兄弟、タランティーノのような同時代的なものまで、大学生くらいのときは年に500本くらい観ていたと思います。あと、アニメーションは映画、テレビ問わずこの時期よく観ていました。テレビアニメの『エヴァンゲリオン』[※12]が始まったときの衝撃は忘れられません。

片山　その頃から、映画業界へ就職することを考えていたんですか。

川村　いえ、そんなに意識高くなかったです。音楽や小説や演劇などが雑多に好きでしたし。ただ映画って、音楽も文芸もアートも、ぜんぶ入っているんですよね。[※13]だから、いい映画って因数分解していくと良い出会いがある。この映画の原作小説はフィリップ・K・ディックって人なんだ、とか、この格好いいバンドは[※14]ピンク・フロイドっていうんだ、とか。ぼくはいまだに、その当時に出会ったものを元につくっている気がします。学生時代に観た映画が、いまの糧になっているのは間違いないですね。

片山　そのまま芸術系に進むのかと思いきや、上智大学文学部の新聞学科に入学されます。でもなんで新聞学科だったんですか。

川村　「いちばん好きなことは仕事にしないほうがいい」ってよく言われてたからですね。それを真に受けて、間接的に映画に関わる方向を考えたんですよね。雑誌の編集とか報道とか、そういうジャーナリスト系の職業がいいのかなと。

片山　ぼくは真逆のことをいつも言っていますけどね。「好きなことを仕事にしよう」って。

川村　そう、そっちのほうが正解なんですよ。好きなことを仕事にしたほうがいいと思

※12　『新世紀エヴァンゲリオン』　1995年放映のSFアニメ作品。監督は庵野秀明。放送時の視聴率は低かったが、斬新なストーリーが賛否両論の議論を巻き起こし、熱狂的なファンを獲得。後に劇場版が6本公開され、現在も最新作が製作されている。

※13　フィリップ・K・ディック　1928年アメリカ生まれ。SF作家。1952年に短編作家としてデビューし、その後、長編小説を矢継ぎ早に発表。代表作に『アンドロイドは電気羊の夢を見るか?』『スキャナー・ダークリー』など。自身の小説が原作となった映画は『ブレードランナー』『トータル・リコール』『マイノリティ・リポート』などがある。

※14　ピンク・フロイド　イギリスのロックバンド。1965年に結成されて以降、メンバーを変えながらその音楽性もサイケデリック・ロックからプログレッシブ・ロックへと変貌を遂げる。幻想的なサウンド、

います。まあでも、学生時代ってそこまで深く考えていなかったですね。バンドやったり、バックパックで旅行したり。でもそれもぜんぶ肥やしになってます。いま現役の大学生たちに言いたいのは、できる限りバイトなんかしないで、貯金使い果たしてでも遊んでいたほうがいいっていうことです。労働はこのあとの人生でいくらでもできるし、バイトというのは労働というよりも貴重な大学時代の時間を売る行為に近いから。

片山　どんな遊びをしていたんですか？

川村　年2回はバックパッカーとして海外[※15]に行ってました。あまり深く考えず、直感的に僻地を選んで出掛けていく。自分のいまいる場所とまったく関係ないところに行くのが重要なんだと思うんです。そこで予定調和から外れた体験をする。ひとりで旅に出ると、絶対に想定外のことが起きるからいいんです。例えばインドで怖かったのは、寝台車で寝ててパッと目が覚めたとき、巨大な男が、ぼくのカメラをつかんで仁王立ちになっていたんですよ。

片山　うわあ、それは怖い。男がカメラを盗もうとしていた瞬間に、目が覚めたってことですよね。盗られる前に、気づいてよかったけど。

川村　あの映像は、どのホラー映画よりも怖かった。自分で思いもよらぬ叫び声をあげ、向こうもすごい勢いで逃げていった。そのとき初めて「盗る側もビビっている」ことを体感したんですね。ぼくも怖かったけど、向こうも怖い。そういう感情をどんなカット割り、どんな文章にすれば表現できるか、そんなことをいまだに考えています。

片山　大学時代は映画を撮っていたんですか。

文学的、哲学的な歌詞といった芸術性が高く評価され、全世界で2億5千万枚以上のセールスを記録している。

※15　海外

川村　自主映画[※16]を撮ってました。賞をもらったこともあるんですけど、監督としてはあまり才能がないってことに、当時からうすうす気づいていました。

片山　判断が早過ぎる気もしますが。どういう理由で？

川村　映画監督の仕事って、演出だと思うんです。俳優という非常に難しい生き物を、いかに自分の思いどおりに動かすか。そしてその姿を映像に収めるために、いかにスタッフをうまく使えるか。

片山　川村さん、得意そうですけれど。

川村　いやもう、ほんとうに苦手でした。当時、友だちや大学の演劇サークルの子に頼んで出演してもらったりするわけですが、こちらはデ・ニーロ[※17]のイメージで脚本を書いていたりするから、まったく思いどおりに行かない（笑）。

片山　デ・ニーロと比べられたら、ちょっと気の毒ですね（笑）。

川村　でも、本来ならそこからが、映画監督の腕の見せどころだと思うんですよ。ぜんぜん思ったのと違う演技、カメラワーク、それを多少強引にでも自分の思い描くゴールに向けて修正していく力。でもぼくは、人に指示を出すことにすごくストレスを感じてしまうんです。

片山　細かくディレクションをするのは、面倒くさい？

川村　いいえ、コミュニケーション能力の問題です。実際にあった話で、自主映画を撮影中、どんどん時間が押してしまい、エキストラのおばちゃんが怒っちゃったことがあるんです。「寒いからもう帰りたい！」って。でもその時点でいいシーンが撮れてないんだから、

※16　自主映画

※17　ロバート・デ・ニーロ　1943年アメリカ・ニューヨーク州生まれ。俳優。『ゴッドファーザーPARTⅡ』でアカデミー助演男優賞を、「レイジングブル」でアカデミー主演男優賞を受賞。撮影の前に徹底した役づくりを行うことでも知られる。また、映画界において、体重の増減など、貪欲な役づくりのことを総じてデ・ニーロ・アプローチと呼ぶ。

「もうワンテイク」って言えるのが良いものをつくる監督だと思う。でもぼくはおばちゃんをこれ以上怒らせないよう、妥協して終わらせてしまう。本広監督だったら、ぜったいに気にしないと思いますよ。「おばちゃん怒ってる、面白いなー」って笑って見てるはず。

片山　座席から本広監督が「そんなことない」って手を振ってますけど（笑）。でも、そんなふうに自分で能力を見限ってしまったのはもったいないように思います。賞も獲っていたなら、なおさら。

川村　自分は、プロデューサーとしての目はあると思うんですね。面白いストーリーを発見するとか、優れた才能を見抜くとか。だから、自分のことも見えるんですよ。自分の演出の能力では、自分のやりたいレベルには到達しないと。

片山　学生時代から、かなり客観的に自分の能力を見ていらしたんですね。

川村　映画を見て育ったカメラ視点人間なんで、たえず状況を俯瞰で見ちゃうんですね。映画って基本的にアップとロングとカットバックで成立しています。ぐっとアップでものを見ているときもあれば、ロングで急に引いたり。カットバックというのは、さっき話したインドの物盗りのように、向こうから自分がどう見えているかという視点ですね。その3つを絶えずカチャカチャ切り替えて、自分の中で編集しながら毎日暮らしています。

片山　そういう感覚って珍しいんじゃないですか。

川村　そうかもしれないですね。でもまあ、最近の20代の子たちもわりと自分を俯瞰する目を持っている感じがしますけど。ただ、ぼくのそれは弱さでもあるので諸刃なんですが。人間って20年ぐらい生きちゃうと、残念ながら変われないと思うんです。だから自分の中のだめなところ、いいところを理解して向き合っていくしかない。そういうことに早く気づけた人のほうが、チャンスをつかみやすい気はしますね。

片山　先日、ユニクロの柳井さんとお話ししていたときに、「短所こそが長所」とおっしゃっていたんですよ。いま、その話を思い出しました。

川村　それと、何かでいちばんになれる場所を探すのは、大事なことだと思います。そのためには、諦めることも必要じゃないですか。例えば陸上競技をやっていて、１００メートル走ではいちばんになれない。ならハードルに行こうとか、幅跳びに行こうとか。方向転換して、適正な場所で才能が開花するほうがいいと思う。ぼくの適正は残念ながら監督業ではないと思ったけれど、企画の発端をつくったり、何かと何かを組み合わせる能力には妙に自信があった。だから、早々にプロデューサーマインドに切り替えました。

片山　それもクリエイティブな才能ですからね。監督を諦めたというよりは、もっと向いている方向性に進んだということですね。

デビュー作の大ヒットと、自己模倣の罠

片山　上智大学を卒業後、東宝に入社。現在まで籍を置かれています。「好きなことは

仕事にしないほうがいい」と思っていたはずですが、どういった心境の変化があったんですか？

川村　このときはわりと素直に、映画をつくりたいと思って入りました。なぜかというと、小説や絵画ってひとりでも書けるけれど、映画はそうはいかないじゃないですか。つくるのに人もいるしお金もかかるし上映する場所も必要で、絶対に組織戦なんですよね。

片山　入社後は、2年間、映画館のスタッフとして働いていたそうですね。ちょっと驚いたんですよ。プロデューサー職[※18]として就職したのかと思っていたので。

川村　普通に大阪の東宝系列の映画館のスタッフでした。ちょうど『千と千尋の神隠し』がヒットして、たくさん観客が来ていたときでしたね。じつはこの頃、映画製作に関わりたいという思いが強くなっていました。というのも、映画館で働いていた23歳のとき、仕事が終わったあとにふと、ひとりで『E.T.』を観たんです。20周年記念にデジタルリマスター版が出たときで、なんとなく、懐かしくて観てみたんですよ。

片山　3歳のときに初めて観てから、ちょうど20年。ここにいるみんなと同じくらいの年齢ですね。

川村　そうですね。そのとき、やっぱり自転車が飛ぶシーンで、わけわからないぐらい、号泣したんですよ。別に、悲しいシーンじゃないんです。ただ感動して、わーっと泣いてしまったんですね。

片山　それは、自分でも予想外の感情だったんですか。

※18　映画館のスタッフ

川村　はい。さっきも言いましたけど、人間って油断しているときに入ってくるものに弱いと思うんです。このときも、懐かしいなと油断して観てたらポーンと来て、すごい泣いてて、やっぱり映画をつくりたいって、すごく強く思ったんです。ただぼくらの仕事は、こういう感動を、理屈で因数分解して、再構築していかなければいけないんですが。いずれにしても、自分が心を揺さぶられる経験があってこそなんですよね。

片山　そうして東京本社に戻り、現在の企画セクションに配属されます。どういうことをしていたんですか？

川村　東宝って『ゴジラ』とかのイメージが強かったんですけど、当時はちょうど『世界の中心で、愛をさけぶ』とか、『いま、会いにゆきます』とかをつくり始めたところでした。それこそ本広監督の『踊る大捜査線』とか、ジブリの『千と千尋の神隠し』とかもあって、邦画が盛り上がっている時期だったんですよね。そういう状況下で、ぼくは1日中、マンガを読み小説を読み、映画になりそうな原作をずっと探していました。翌々年、２００５年公開の『電車男』[※19]が初めてのプロデュース作品になります。

片山　26歳、初めての企画で興行収入37億円の大ヒット。こんな華々しいデビューも異例でしょう。

川村　そうかもしれません。でも東宝はすごくいい文化を育んでいる会社で、先輩が後輩の手柄を横取りしたりしないんです。企画してそのまま任せてもらえたことが大きかったですね。

片山　どんなところがいちばん大変でした？

※19　『電車男』　２００５年公開の日本映画。インターネット上の電子掲示板への書き込みを基にしたラブストーリー。電車内で暴れる男から女性を助けたオタクの青年が、ネット掲示板の住人たちのアドバイスに助けられながら、彼女にアタックする様を描く。37億円の興行収入を記録し、社会現象となった。

『電車男　スタンダード・エディション』DVD発売中　¥3800+税　発売元：博報堂DYメディアパートナーズ　販売元：東宝

川村　いや、もうよくわかっていなかったです。でも、最初ってそのわかってない感じがいちばんの武器だと思うんですよ。ぜんぜん違うところから新しいものが出てくる可能性が高い。ですから、いまここにいるみなさんがいちばん怖いですよ、ライバルとしては。

片山　みんな、がんばろうね（笑）。さて、その後はもう、飛ぶ鳥を落とす勢いでものすごい数の作品をプロデュースされます。

川村　でもデビュー戦でいきなり当たりすぎて、しばらくは苦労しました。1回目でやりたいことが市場に受け入れられるってすごくラッキーなことなんですけど、そうすると必ず「ああいう感じでお願いします」と言われるんですよね。片山さんのお仕事も、そういうことがあると思うんですけど。

片山　わかります、そういう経験ありますね。

川村　たしかに、うまく行ったときって自分もすごく気持ちがいいから、同じようにスイングするんですけど。これは絶対に空振りするという。

片山　そうなんですよ。あれ、何でですかね。

川村　いちばんの問題は、自分自身に驚きや感動がないことだと思います。予定調和な感じを、お客さんって鋭く見透かすんですよね。『電車男』以降、とにかく求められたものをやっていたけれど、早くも自己模倣に陥りつつあり、ちょっとまずいなと思う時期が続きました。悩んだ挙句、自分の好きなことをやろうって結論に落ち着いたんです。ぼくはやっぱり映画が好きで、音楽が好きで、マンガが好きで、カルチャーが好きだか

※20　『デトロイト・メタル・シティ』　2008年公開の日本映画。若杉公徳による同名ギャグ漫画が原作。主役のデスメタル・バンドのボーカルを松山ケンイチが演じたことも話題に。興行収入は23億円。

『デトロイト・メタル・シティ　スタンダード・エディション』　DVD発売中　¥3990＋税　発売・販売元：東宝

※21　『告白』　2010年公開の日本映画。湊かなえによる同名ベストセラー小説の映画化。監督は中島哲也、主演は松たか子。第34回日本アカデミー賞において、最優秀作品賞、最優秀監督賞など4冠を達成。興行収入

ら、そういう要素がぜんぶ入っているものがいいなって。『デトロイト・メタル・シティ』[※20]はまさにぴったりの原作でした。

片山 『デトロイト・メタル・シティ』も興行収入23億円の大ヒット。やっぱり、思い切って進めば、結果はあとからついてくるんですよね。

仕事はプリプロダクションで8割が決まる

片山 その後、『告白』[※21]と『悪人』[※22]という、社会派映画を2本並行してプロデュースされています。2010年公開ですから、企画自体は『デトロイト・メタル・シティ』ヒットの直後ですね。

川村 『デトロイト・メタル・シティ』のあと、例のごとく「音楽モノをやりましょう」「コメディをやりましょう」という提案がたくさん来たんですけど、そのときはもう、違う方向に進まなきゃいけないということを経験上、実感していました。たしかに当時、邦画では笑って泣けてハッピーエンドというノリが好まれていたんです。ただ、一般の観客としてその現状を見たとき、そこに少し違和感があったんです。韓国では『殺人の追憶』や『チェイサー』、アメリカでは『ダークナイト』のようなシリアスな映画が当たっている。でも日本にはまだそういう映画がない。「客がいない」のではなく、日本映画界が人間の悪意を、うまくエンターテインメント作品に仕立てあげることができていないからなのではないか、と。そう自分の中で仮説を立てて、意識的に原作を探しているとき出会っ

も38億円を突破し、興行的にも成功を収めた。

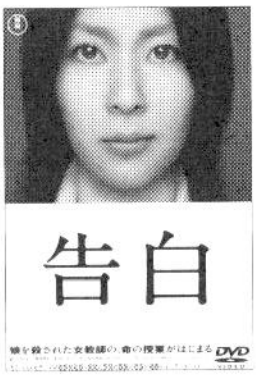

『告白 DVD特別価格版』DVD発売中 ¥2800＋税 発売・販売元：東宝

※22 『悪人』 2010年公開の日本映画。原作は、吉田修一の同名小説。第34回日本アカデミー賞において、主演の妻夫木聡と深津絵里が最優秀主演男優賞、最優秀主演女優賞を、助演の柄本明と樹木希林が最優秀助演男優賞、最優秀助演女優賞をそれぞれ受賞した。

『悪人 スタンダード・エディション』DVD発売中 ¥3800＋税 発売元：アミューズソフト 販売元：東宝

たのが、この2つの小説でした。どちらも自分のモードに最適だったので、同時にやることになったんですけど。

片山　2010年、キネマ旬報[※23]の作品賞で、『悪人』が1位、『告白』が2位。年を分けたら連続1位だったかもしれませんね。川村さんはこの2本で、優れた映画プロデューサーに贈られる藤本賞を受賞されました。最年少受賞です。気持ち良かったでしょう。

川村　うれしかったですけど、つねにアップ、ロング、カットバックを繰り返している人間なので、褒められてもすぐに不安になるんですよ。このときもすごく不安になりました。

片山　そして2011年、『モテキ』[※24]でまた、興行収益22億円の大ヒット。これもまた、がらっとイメージの違う衝撃的な作品でした。

川村　もともと「Jポップ・ミュージカル」をやりたいとずっと考えていたんですよ。日本人って、アメリカのミュージカルみたいに歌って踊るのはちょっと恥ずかしいと思いがちですが、ぼくは、カラオケというのが日本版のミュージカルじゃないかと思っていたんです。「誰が好き」とか「友だちが大事」とかいう歌詞を歌うことで、感情を表現している部分もあるよなあと。つまりJポップをBGMとして流すだけでも、そのシーンで伝えたい感情が表現できることもあるから、DJみたいに、そのシーンごとにイメージの合う歌をはめ込んでいった感じです。

片山　翌年の公開の『宇宙兄弟』[※25]の楽曲にも驚きました。コールドプレイやプライマル・スクリーム、シガーロスなどなど、海外の有名アーティストが楽曲を提供しています。

※23　キネマ旬報ベスト・テン　1919年創刊の映画雑誌『キネマ旬報』が選出する映画賞。その始まりは1924年（大正13年）にまでさかのぼり、1926年より日本映画、外国映画の2部門のベスト・テンが選出されている。また、映画界の実勢を反映する最も中立的で信頼のある映画賞としても評価されている。

※24　『モテキ』　2011年公開の日本映画。原作の久保ミツロウがオリジナルストーリーを書き下ろし、脚本・演出をテレビ版と同様、大根仁が手がけた。興行収入は22億円を突破。サウンドトラックには〝モテ曲〟として、20曲以上のJポップが使われている。

「モテキ　DVD通常版」　DVD発売中　¥3800＋税　発売元：テレビ東京・電通　販売元：東宝

どうやって口説いたんですか。

川村　前段として、『デトロイト・メタル・シティ』のとき、KISSのジーン・シモンズに出てもらっているんです。『告白』ではレディオヘッドにオファーして、日本未発表曲を提供してもらいました。その経験から、日本と海外でそんなに溝はないのかなという印象があって。もちろん時と場合によりますし、ダメなこともあるんですけど、意外と思い切ってやっちゃえばなんとかなることが多いです。

片山　きょう、全作品を紹介しきれないのが残念ですが、そうやってどんどん、新しい表現に挑戦されています。次、いまスクリーンに映っているのが、2012年公開の『おおかみこどもの雨と雪』[※26]。2001年に公開された『friends もののけ島のナキ』に続いて、2作目のアニメーション作品です。ぼく、普段アニメを観ないのに、これは観て泣いてしまいました。川村さんの中では、どういう狙いがありましたか。

川村　細田守監督[※27]とは、いま次回作となる『バケモノの子』も一緒につくっているところなんですけど、非常に映画的な文脈でアニメをつくっている方なんですよね。アニメだけど、アニメっぽくない。でもアニメでなければ描けないことをやっている。この『おおかみこどもの雨と雪』も、実写では不可能な表現ばかり使いながらも、テーマとしてははリアルでシリアスなものを描いています。

片山　わかります。ぼくも親として、考えるところがありましたから。

川村　とにかく実写からアニメまで、なるべく自分の仕事に対して新鮮でいられるように、つねに振り幅を大きくしているところはありますね。

※25　『宇宙兄弟』　2012年公開の日本映画。小山宙哉による同名漫画が原作。日本映画史上初めて、イギリスのロックバンド、コールドプレイの楽曲が主題歌に使用されたことも話題に。興行収入は15億円。

『宇宙兄弟　スタンダード・エディション』　DVD発売中　¥2800+税　発売元：講談社　販売元：東宝

※26　『おおかみこどもの雨と雪』　細田守監督の長編オリジナル作品第2作として、2012年に公開されたアニメーション映画。〝おおかみおとこ〟の父と人間の母から生まれた〝おおかみこども〟の姉弟。彼らの成長とそれを見守る母との絆を描く。興行収入は42億円を突破し、オリジナルアニメーショ

片山　先ほどから、自己模倣にならないようにと何度もおっしゃっていましたが、自分自身が飽きないようにという意味合いもあるんですね。

川村　この仕事を始めていま10年ぐらいですけど、飽きてしまうのがいちばん怖いです。ＲＰＧに感覚が近いんですけど、例えばドラクエをやっていて、あるエリアで強くなってしまうと飽きるじゃないですか。だから違うエリアに行って、新たな敵にボコボコにされながらレベルアップしていく。その過程がやっぱり楽しいので、自分が経験していないことや、ちょっとしんどい要素を、必ず入れるようにはしています。

片山　駆け足で代表作を見てきましたが、ここでこれから公開される『寄生獣』[※28]についてお話を伺いましょう。

川村　『寄生獣』のストーリーって、発想そのものがものすごく日本的なんです。地球自体が、地球に害をなす人間を淘汰するために生んだのが寄生生物（パラサイト）なんですね。こういうアイディアは、古くから八百万の神を身近に感じてきた日本人特有のものです。この感覚が理解できないと、どうしても単純なスプラッターやホラーになってしまうと思う。エイリアンやゲリラが攻めてきてそれを迎え撃つ、というストーリーではないですから。

片山　公開が待ち遠しいですね。

何ひとつ、失敗したくないけれど

ンとしては異例の大ヒットを記録した。

「おおかみこどもの雨と雪」Blu-ray&DVD発売中　発売元：バップ　Ⓒ2012「おおかみこどもの雨と雪」製作委員会

※27　細田守（ほそだ・まもる）　1967年富山県生まれ。アニメーション監督。アニメーターとして活躍した後、演出家に転向。2006年『時をかける少女』を発表すると、同作は日本アカデミー賞最優秀アニメーション作品賞を受賞する。代表作は『サマーウォーズ』『おおかみこどもの雨と雪』など。2015年夏には3年ぶりの新作『バケモノの子』の公開が控えている。

※28　『寄生獣』　2014年に公開された日本映画。実写化不可能といわれてい

片山　ここからは、映画プロデュース以外の活動について聞いていきます。2012年、小説『世界から猫が消えたなら』[※29]で作家デビュー。デビュー作にして80万部の大ヒットを記録して、2013年には本屋大賞にノミネートもされました。映画と小説は当然別のものだと思うのですが、この作品が誕生したいきさつをお話しいただけますか。

川村　小説を書くとまわりに話したら、せっかく映画で楽しくやれているんだから、わざわざ恥をかくようなことをするべきじゃない、と反対されたんですけど。でも映画を15、16本つくってきて、無理なこと、しんどいことのパターンもだいぶやり尽くした感が出てきたんですね。やっぱり、旅でひどい目に遭ったり、失恋してショックだったりという記憶のほうがのちに生きていますし、ここらで恥をかいてもいいだろうと思ってチャレンジしました。

片山　失敗しても、それはそれでその後の糧になるという考え方ですか。

川村　いえ、なるべくなら、何ひとつ失敗せずに、無傷で生きていたいと心の底から思っているんです。『仕事。』という対談集で、秋元康さんと対談させていただいたときに、「きみは一度大失敗をして、そこから這い上がってきたらいい」というようなことを言われて、「大失敗しても這い上がれる自信がないので嫌です」と現代っ子風に言い返したくらいです（笑）。

片山　でもそこまで失敗を恐れているのに、よく新しい挑戦をされましたね。

川村　みなさん、きょう冒頭で名前が出た、奥村さんという編集者を覚えていますか。『instigator』の書籍の担当であり、片山さんとぼくを引き合わせた男なんですが。彼が

た岩明均の同名コミックを、VFXの名手である山崎貴監督が実写化。2015年には、第2部『寄生獣　完結編』が公開された。

※29『世界から猫が消えたなら』川村元気の初小説作品。余命わずかの郵便配達員の命と引き換えに、世界からモノが消えていくストーリー。2013年の本屋大賞にノミネートされ、80万部を超えるベストセラーに。また、佐藤健と宮﨑あおいの初共演で実写映画化されることが発表されている。

突然「小説を書いてください」とメールを送ってきたんですよ。それで僕はそれまでそういうオファーをすべてお断りしていたので「いえ、書きません」とすぐさま返信したら、「わかりました、打ち合わせはいつにしましょうか」って。

片山　噛み合ってないですね（笑）。

川村　「いま、お断りしたんですが……」と混乱しながらメールを送信したら、またすぐに「どういうテーマなら興味ありますか？」と返ってきて。しょうがないから会って、「これから1年間、携帯を持たない生活を実験的にしてみて、そのドキュメンタリーをまとめるのでどうですか」って適当な話を振ったんですね。ちょうど、その直前に携帯を落としたことがあって。そのとき友人の番号はおろか、親の連絡先すら覚えていない自分に愕然としたんですね。記憶をすべて携帯に預けてしまっていると。一方で、電車に乗っているとき、手持ち無沙汰でぼんやり窓の外を眺めていたら、ものすごくきれいな虹が出ていたんです。でも電車内の人はみんな携帯を見ていて、虹に気づいていなかった。そのとき、携帯がなかったから虹を見つけることができたんだなあとしみじみ思って、「何かを得るためには、何かを失わなければならない」ということを改めて考えたんですよね。そしてこれを機に、携帯を持たずに過ごしてみようかと思っていたところだったんです。

片山　そういうドキュメンタリーなら、そこまで照れくさいものでもなさそうですしね。

川村　ええ。そう思って手抜き企画を打診したら、「わかりました。面白いですね」と意外とあっさりした返事が来て。ところが続けて、「携帯だけ消えるのではなく、もっといろいろなものが消える話にしませんか」って提案されたんです。結局、乗せられちゃったわけですけど、この人、すごいプロデュース能力だなってそのときにけっこう感心して。

片山　いつもと逆の、プロデュースされる側の立場になったわけですものね。

川村　まさにカットバックですよね。自分の仕事を自分に向けてやってくる人って面白いし、ちょっと乗ってみようと思ったのが、思い切って小説を書くことになったきっかけでした。

片山　いま『BRUTUS』で連載されている『億男』※30も、『世界から猫が消えたなら』から派生したお話だとか。

川村　『世界から猫が消えたなら』は、余命わずかと宣告された男が、世界から何かひとつ消す替わりに、1日命を延ばしていくという物語です。電話、映画、時計……と消えていくなかで、「お金が消える日」を一瞬考えたんですね。でも、これは単独でひとつの作品になるなと思って、とっておいた。そのあと2年かけて、いわゆる億万長者120人に取材をして、「お金と幸せの答えとは、どこにあるのか」というテーマで書いています。ぼくの興味があるのはやっぱり人間なので、『猫』のときは「生と死」、『億男』では「お金と幸せの関係性」について書けたらと思っていました。小説を書くというよりは、研究論文みたいなことを、ストーリー仕立てでやりたいのかもしれない。それがたぶん、自分の特徴でもあると思います。

片山　そうして創作活動をされる傍ら、インタビュアーとしても素敵な連載をされてい

※30『億男』　川村元気の小説第2作。ひょんなことから大金持ちになった図書館司書の男。ソクラテス、ドストエフスキー、チャップリン、ビル・ゲイツなど、数々の偉人たちの言葉をくぐり抜け、30日間にわたるお金の冒険が始まる――。第1作に続き、2015年の本屋大賞にノミネートを果たした。

ました。『UOMO』という雑誌で1年間連載されていた対談「仕事の学校」。9月に『仕事。』[※31]というタイトルで書籍化が決まっています。山田洋次さん、沢木耕太郎さん、杉本博司さん、倉本聰さん、秋元康さん、宮崎駿さん、糸井重里さん、篠山紀信さん、谷川俊太郎さん、鈴木敏夫さん、横尾忠則さん、坂本龍一さんという、もうとんでもない大御所ぞろいのゲストでした。

川村　テーマは「僕と同じ30代のときに、何をされていましたか?」。尊敬する方々が同じ年頃のときにやっていたことを、自分ができていなかったら、話にならないと思って。目標値を知りたくて始めた連載でしたが……ほんとうに毎回大変でした（笑）。

片山　もう、生きるレジェンドのみなさんですから、しんどかったでしょうね（笑）。連載時にぼくもずっと読んでいましたよ。特に杉本博司さんとの対話のなかで、「20歳までの人生で、いまをつくっていく」というお話がすごく印象的でした。

川村　杉本さん、「20歳までにやりたいことが見つからなかったら、もうすることとなんてないですよ」と言い切りましたね。すごく残酷な言葉にも聞こえますが、妙に納得して、楽になれた気がします。

片山　それはなぜですか。

川村　いま、SNSをはじめインターネットを見ていると、休む間もなくいろんな情報が流れてきます。例えばツイッターで面白い人が発信する情報を見つけても、それはぼく以外のたくさんの人も同時に見ているわけですよね。そう思うと、ぼくはシラケちゃうんです。じゃあ、絶対人とかぶらない、真似されないオリジナルな強さを持つ情報は

※31『仕事。』　川村元気がホストを務める雑誌『UOMO』の連載「仕事の学校」を一冊にまとめた対談集。「私と同じ年の頃、何をしていましたか?」というテーマのもと、仕事で世界を面白くしてきた12人の巨匠たちに唯一無二の仕事術を聞く。

どこにあるかというと、やっぱり個人の記憶や体験でしかないと思う。だから杉本さんの言葉も、自分がリアルに体験して得た情報こそオリジナルだから、大人になって新しいものを取り込もうとするより、10代までの原体験を掘っていったほうが宝物を見つけやすい、という意味に解釈しました。だからこそ、学生時代はバイトに時間を売るよりも、学生時代にしかできないいろんな経験をしたほうがいいと思うんです。

片山　その後、社会人として働く時間をクリエイティブなものにするためにも、感受性が高くて時間もあるいま、いろんなことを体験しておくことが重要ということですね。最近まで『Casa BRUTUS』で連載されていた、[※32]『ティニー ふうせんいぬのものがたり』は、まさに原体験ともいえる、川村さんが子どもの頃によく見た夢がモチーフになっているんだとか。

川村　子どもの頃、風邪を引いたときに必ず見る夢ってあるじゃないですか。ぼくの場合は、風船で吊るされて雲の上に行く夢をよく見たんです。その雲の上では、象や猫や犬が、やっぱりみんな風船に吊るされて、雲海の上に浮いているんですけれど。

片山　いま映っているイラストが、その夢を元に描かれた「ふうせんいぬのティニー」です。以前instigatorにも来ていただいた、アートディレクターの佐野研二郎さんがイラストレーションを担当されています。

川村　これも、奥村さんの策略にはまったんですよ（笑）。「浅草ですき焼きでも食べましょうよ」と誘われて行ったら佐野さんがいて、「佐野さんは日本の[※33]ディック・ブルーナなんです」と紹介されて。いまの夢の話をしたら、絵本になったという。

※32　『ティニー ふうせんいぬ の ものがたり』　川村元気の絵本第1作は、アートディレクター・佐野研二郎との共著。からだに風船を巻き付けた子犬・ティニーが、雲の上の世界で大冒険を繰り広げる。NHKにて連続テレビアニメ化され、グッズやコラボレーションアイテムなど多角的に展開している。

※33　ディック・ブルーナ　1927年オランダ生まれ。グラフィックデザイナー、絵本作家。ミッフィー（うさこちゃん）の生みの親として知られる。シンプルで温かみのある線と〝ブルーナカラー〟と呼ばれる6色によって描かれた代表作「ミフィーシリーズ」は50か国語以上に翻訳され、累計8500万部のロングセラーを誇る。

片山　そんないきさつだったんですか（笑）。でもそれがまた大ヒット。ＮＨＫでアニメ化されることも決まっています。いま、イメージムービーを映しますね。……ほんと、すごくポップでかわいらしい。

川村　イラストだからかわいいですけど、元ネタの夢は怖かったですよ。実写にしたらぜったい怖い（笑）。

片山　そうなんですか？　ルネ・マグリット[※34]の絵画「ピレネーの城」のような感じなのかな。

川村　そうですね、5歳くらいのときに初めてマグリットの絵を見て、「このおじさんは、ぼくの夢を絵にしてくれているんだ」と偉そうに思ったことを覚えています（笑）。あと、もうひとつ定番の悪夢で、巨大なダンゴムシに追いかけられる夢っていうのがあったんですよ。

片山　それは……。

川村　はい。6歳のときに『風の谷のナウシカ』でオーム（王蟲）を観たとき、「これ、ぼくのゆめ！」って叫びました（笑）。

片山　すごいシンクロニシティーですね。ぼくはそんな夢は見たことないです。

川村　誰でも、幼少期はオームやトトロのイメージを自分の中に持ってるはずだと思います。忘れちゃってるかもしれないけど。そういう子どもの頃の夢とか記憶を具体化できるか否かに差があるだけな気もします。宮崎駿監督の映画はそういう誰もが持つ幼少期の「忘れている記憶や感覚」にダイレクトに訴えかけるから、あれほどまでに大ヒッ

※34　ルネ・マグリット　1898年ベルギー生まれ。画家。20世紀美術を代表する芸術家であり、シュルレアリスムの巨匠として知られる。言葉やイメージ、時間や重力といった思考や行動を規定する要素を取り払った、独特な芸術世界をつくり上げた。

トするんだと思っています。

片山　きょうここにいるみんなも、子どもの頃に見ていた夢を掘り返してみると、創作のいいヒントに恵まれるかもしれませんね。では、次の画像を見てください。こちらも絵本です。東京芸大の卒業生である益子悠紀[※35]さんとの共作『ムーム』[※36]。ぼく、これ大好きなんですよ。すごくかわいいんですけど、かなり深いストーリーが潜んでいるんですよね。

川村　じつは人類がほとんど死滅している世界で、このリンゴの形をした湖の底にはリヴァプールの街が沈んでいます。そこからダイバーがばんばんガラクタを引き上げてくるんですけど、そのとき、ガラクタからパン生地みたいなふわふわした物体が出てくるんですね。このパン生地みたいなものは、「持ち主との思い出」という概念が具体化したもの。そして、ムームという名前の、この、おばけみたいな主人公は、このパン生地のような「思い出の塊」をガラクタから引き出して、成仏させてあげる存在なんです。ちょっと脱線しますけど、ぼく、パン生地を触るの大好きなんですよ。パン生地のふくらんだやつが世界でいちばん気持ちいいと思ってます。

片山　え、食べるんじゃなくて、触るのが好きなんですか。

川村　もうべたべた触っちゃいます。最高に気持ちいいです。あれ、嫌いな人いませんよね。

片山　……そこまで好きな人も、そんなにたくさんはいないような……。

川村　そうですか？　いや、余談でした。それで、この思い出の塊たちの中には、悲し

※35　益子悠紀（ましこ・ゆうき）　1984年栃木県生まれ。東京芸術大学大学院美術研究科博士後期課程修了。2008年よりフリーランスのイラストレーターとして活動をスタート。企業のキャラクター制作、ファッションブランドのテキスタイルデザインなど、広告からファッションまで幅広い分野で活動している。

※36『ムーム』　イラストレーター・益子悠紀とタッグを組んだ川村元気の絵本第2作。モノと持ち主との間に存在する〝想い〟のようなものが塊になった不思議な生き物「ムーム」の出会いと恋と別れを描いた物語。なお、短編映画が製作されることも決定している。

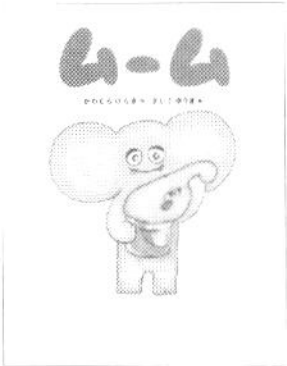

い思い出が強すぎてなかなか成仏できない子もいるんです。その子は幸せな気持ちになったら空に還れるので、ムームは笑わせようといろいろ工夫する。

片山　でも、その思い出の塊が笑顔になったら、またお別れがあるんですよね。

川村　そうなんです。それは寂しいんだけど。結局ぼくの中には「何かを得るためには何かを失わなければならない」というメインテーマがずっとあるんです。

片山　『世界から猫が消えたなら』と同じテーマですね。

川村　はい。この『ムーム』も着想は実体験から来ています。毎回、新しい財布を買って中身を移したときに、それまで使っていた財布が急に、すっかりしぼんで生気がなくなったかのように見えたことがありました。携帯でも、手帳でもそうなんですけど、使わなくなった途端、死体みたいになっちゃうのはどうしてだろうと思って。そういうことをずっと考え続けていたとき、益子さんの「がらくたからパン生地みたいなものがはみ出している」イラストをたまたま見て、「ぼくが思っていたことを描いている」と思い、一緒に組むことになりました。

片山　当時、益子さんは芸大の学生さんだったんですよね。ご本人は、どういうつもりでこのキャラクターを描かれていたんですか。

川村　益子さんは、バックグラウンド的なことは特に考えていなかったみたいです。缶を描いたときに、ただ、缶からはみ出すものを描いちゃったんだと思うんですね。ぼくはストーリーの文脈で考えますけど、絵描きさんはむしろ、なるべくそういうのから自由なほうがよいような気もしています。

片山　なんとなく描かれたスケッチに、川村さんがストーリーを乗せていったんですね。最初に号泣しているＯＬを観察する話がありましたけど、あれも、川村さんが勝手に解釈しているんですよね、じつは。

川村　泣いてる本人は泣き方のリズムなんて考えてるわけないですよね（笑）。でも既に存在している何かに対して、物語を付与していく方法がやりやすいんです。絵本は、絵描きさんとまったく違うアプローチで同じゴールを目指すのがすごく楽しくて、いまやっていていちばん面白いかもしれないです。

人は、リアルの先にある物語にお金を払う

片山　ちょっと時間が押してしまっていますが、ここで質疑応答コーナーに入りたいと思います。ありがたいことに、川村さんは積極的に質問に答えたいとおっしゃってくださっています。ばんばん、挙手してください。では、最初に手を挙げた彼、どうぞ。

学生Ａ　きょうはありがとうございました。映画プロデューサーとして、キャスティングをされる際のこだわりがあったら、教えてください。

川村　ひとりひとりというより、配役のバランスで見ているかもしれないです。ひとりがイメージどおりの俳優だったら、もうひとりは意外な人を入れる。あと、観なくても想像できるような、わかりやすいキャスティングにはしないように気をつけていますね。「どうなるのかな？」と興味を持ってもらえる組み合わせを、いつも考えています。

片山　質問したあなたは、何学科ですか？　映像科？

学生Ａ　いえ、油絵です。

川村　油絵とキャスティングって、関係あるのかな（笑）？

学生Ａ　映画が好きで、前からどういうふうに配役が決まっているのか、とても興味があったんです。きょうはお話が聞けてよかったです、ありがとうございました。

片山　そうそう、ジャンルを問わず、いろんなことに好奇心を持ってくださいね。では、うしろのほうの男性、行きましょう。

学生Ｂ　死ぬまでにこういう作品をやってみたいとか、こういうジャンルに手を出してみたいとか、そういう未来設計みたいなものはありますか。

川村　最終的なゴールみたいなことは、あえて考えないようにしていますね。やりたいことってどんどん変わるじゃないですか。変わるのが自然だとも思うし。まあ、ほんとうに優柔不断な人間なので、このまま、ぎりぎりまで決めないで粘って、最後に何かいいことがあればいいなと思っている感じですね。ぜんぜん答えになっていないですけど（笑）。

片山　むしろ、川村さんに何かやってほしいことがあるのかな？

学生Ｂ　クレイアニメとか、面白いかなと思ったりしました。

川村　たしかに、クレイアニメっぽいことがＣＧでできるようになったいま、ほんとうのクレイアニメをやったらどうだろうというのは考えますね。クレイアニメのいいところは、計算外の誤差が生じるところですよね。人の手でつくるものだから。その誤算が

予定調和を壊して、面白さや感動になる。だからといって、何でもクレイアニメに戻ればいいとも思いません。アメリカでは、CGでも確実に感動を生み出す人が出てきていますから。

片山　いいかな？　では、どんどん行きましょう。右側の列の真ん中あたりにいる彼女にマイクを渡してください。

学生C　映像科の1年生です。川村さんは、18歳のとき、何をしてどんなことを考えていましたか。

片山　川村さんの、「仕事の学校」みたいですね。いい質問だと思います。

川村　18歳というと、大学1年生のときだから……ものすごく悪女の、3年生の先輩に振り回されていました。

片山　悪女が大好きなんですね（笑）。

川村　中1の初恋から悪女でしたからね。わかるんですよ、この女性は危険だって（笑）。でも振り回されてしまう、それこそが悪女の悪女たるゆえんです（笑）。あとは何をやっていたかなあ。ほんとうにこれといって打ち込んだこととかなくて、就職活動のときに困ったんですよ。バンドもやってたし、映画も撮ってたし、バックパッカーもやったけど、どれも極めたわけじゃない。もっともあるときからは、そうしていろんなことを広くやってきたことこそ、自分の武器だと気付くんですけど。そんな18歳でした。

片山　18歳のときに、いまの自分の姿を想像できましたか。

川村　ぜんぜん、想像していませんでした。とはいえ結局いまだって、映画、アニメ、小説、絵本と広くやっているので、当時と変わらないといえば変わらないのかもしれません。明快に自分のビジョンを持って、それに突き進んでいる人もうらやましいですけどね。ほんと優柔不断で、受動的な人間なんです。

片山　では……いちばん後ろで、両手を振っている彼、行きましょうか。

学生D　きょうは貴重なお話ありがとうございました。なるべくバイトをせずに、とにかく遊べとのことでしたが、両親に投資してもらうためのプレゼンのコツがあったら教えてください。例えばぼくは去年の夏、親に40万円出してもらって、10日間フィンランドに行ってきました。そのときは「フィンランドで建築を見て勉強したい。英語を強制的に話す環境に自分を追い込むことも、語学の勉強になる」と言って、親を説得したんです。お金さえあればあしたにでも、ウラジオストクに行きたいくらいなんですが。

川村　ぼくはほんとにお金なかったんですよ。バイトもろくにしなかった。そのぼくからのアドバイスとしては、まず親に対して、絶えずカネがないアピールをしておくのが前提です。そしてお金が必要になったら「部屋においてあったはずの財布がなくなった。きっと、夜寝ているあいだに、小人が盗んだんだと思う。助けてください」と真顔で言う。すると、だいたい出してくれました。「くだらない嘘までついて情けない……」って呆れられてましたけど（笑）。

学生D　何のために必要だとか、それがどんな成長につながるかとか、説明はしなかったんですか。小人って、そんな。

川村　だって、フィンランドの話より、小人の話のほうが面白いと思うんです。人はより良いストーリーにお金を払うものなので。

学生D　わかりました、ありがとうございました。

片山　みんな、いい質問をありがとう。せっかくなので、見学に来られていた本広監督からも、一言いただけますか。

本広　いやあ勉強になりました。いまの日本の映画界は、非常にヤバイと思っています。たぶん、ほとんどの人は、日本映画を観ていないでしょう。その中で川村さんたちの世代はどういうことを考えて映画をつくっているのか。きょうのトークで、それがわかった気がします。

片山　本広監督、意外と弱気なことを考えていらしたんですね。

本広　考えますよ。そのうち、日本から映画監督という職業がなくなるんじゃないかと思っているくらいです。山田洋次[※37]監督がよくぼくらに集合かけてくれるんですけど、それも考える機会、話す機会を与えてくれるのかなと思っています。

川村　いろんな戦い方があると思っていて、ぼくは「日本映画を変えるぞ！」って大きく旗を掲げて正面から勝負するより、潜水艦で静かに攻め込むタイプです（笑）。例えば『ソーシャル・ネットワーク』[※38]を観たとき、映像表現としての新しさに感心しました。こういうことを日本映画でもやらなくちゃと思うけれど、真っ向から、同じような実験的なことをしてコケると「変わったことをするからだ」と言われて、業界がなおさら萎縮して、保守的になってしまうと思うんです。だから、新しいことにチャレンジしつつ、その作品をきちんとヒットさせないと先に進めない。その両立を意識している人たちが、

※37　山田洋次（やまだ・ようじ）　1931年大阪府生まれ。映画監督、脚本家。東京大学法学部を卒業後、松竹に助監督として入社。初監督作品は『二階の他人』。1977年の『幸福の黄色いハンカチ』は、第1回日本アカデミー賞で6部門を受賞。『男はつらいよ』シリーズの監督、『釣りバカ日誌』シリーズの脚本を長年にわたって務めた。

山田洋次監督のまわりに集まっているんですよね。本広監督は、次はどんなことを考えているんですか。

本広　いやもう、アニメかなと。時代は『まどか☆マギカ』[※39]ですよ（笑）。

片山　川村さん、本広監督に仕事を振るとしたら、どういう話がいいと思います？

川村　仕事を振るだなんて、そんな言い方とんでもないです。こんなふうにフランクに接してくださっていますが、もう映画界の大先輩というか、亀仙人みたいな方なので。

本広　それ敬われているんでしょうか（笑）。

川村　偉大な先輩です（笑）。でもほんとうに、何かご一緒できたらいいですね。共通点としてアニメーションマインドがあると思うので、アニメ的なモチーフを持ち込んだ実写映画をやってみたいです。

片山　目の前で豪華な会話が繰り広げられました。ぼくもおふたりのコラボを楽しみにしています。では、最後にぼくから、恒例の質問をさせてください。10年後の川村元気は、何をしていると思いますか。

川村　さきほど『仕事。』という巨匠の方々との対談集を紹介していただきましたが、年を取って自分より若い世代の面白い子が「会いたい」とやってきたとき、応えられる存在でいたいです。どんどん新興勢力と組んだり、むきになって戦ったりしていたいですね。あとは経験上、予想外のところに行くほうが面白いと思っているので、いまの目標を裏切って、まったくわけのわからないことをしているかもしれません。

片山　10年後の日本映画界も、また盛り上がっているはずです。きょうここにいる子た

※38　『ソーシャル・ネットワーク』　2010年公開のアメリカ映画。監督はデヴィッド・フィンチャー。世界最大のSNSサイト「フェイスブック」を創設したマーク・ザッカーバーグらを描いた青春群像劇。アカデミー賞を3部門で受賞するなど、名立たる映画賞を総なめにした。

※39　『魔法少女まどか☆マギカ』　2011年に放映されたテレビアニメ作品。魔法少女の過酷な運命が生々しく描かれるダーク・ファンタジー。衝撃的なストーリー展開により、熱狂的なファンから絶大な支持を獲得。"まどマギ"の愛称で親しまれ、映画、小説、ゲームなど、複数のメディアで展開されている。

ちも、ちょうどいまの川村さんと同じ世代になって、新興勢力として活躍しているでしょう。

川村　変な映画が、いっぱいつくられているといいですよね。ぼくは映画の人間なので、映画最強論は唱えておきたいです。プロレス好きな人がプロレス最強論を唱えるのと同じなんですけど（笑）。はじめにも話したように、映画って美術も文芸も映像も演技も音楽もすべて入っている総合芸術なんですよ。ほんとうに奥が深いし、いろんなジャンルのクリエイターが集結しています。だからここにいる人たちのひとりでも多くが、映画に来てくれたらうれしいです。

片山　最後に、熱いメッセージをいただきました。さまざまなフィールドで活躍する映画人、川村元気さんでした。長い時間、ありがとうございました！

川村元気先輩が教えてくれた、「遊ぶ」ように「仕事」をするためのヒント！

□映画って3歳児にも刺さるシーンがひとつでもあれば、それでいいという感覚がベースにあります。

□日常の違和感に、宝物が潜んでいる気がする。ひっかかった物事のディテールをよく観察してみると、なにかしら創作のヒントがあると思います。

□大学生くらいのときは年に500本くらいの映画を観ていました。

□映画って、音楽も文芸もアートもぜんぶ入っているんですよね。だから、いい映画って、因数分解していくと良い出会いがあります。

□大学生は、バイトしないで、貯金を使い果たしてでも遊んだ方がいいと思います。労働はこのあとの人生でいくらでもできますから。

□何かでいちばんになれる場所を探すのは、大事なことだと思います。

□映画を企画するときは、自分が経験していないことや、ちょっとしんどい要素を、必ず入れるようにしています。

□絶対人とかぶらない、真似されないオリジナルな強さを持つ情報はどこにあるかというと、やはり個人の記憶や体験にしかないと思います。

Music for **instigator**
Selected by Shinichi Osawa #009

1	Tick Of The Clock	Chromatics
2	Melt	Mac Miller
3	Black Swan	Thom Yorke
4	My Head	Mock & Toof
5	L.S.D. Partie	Roland Vincent
6	Esther	Maxwells
7	Talk Is Cheap (Kaytranada Flip)	Chet Faker
8	Fold4 Wrap5	Autechre
9	Jasmine	Jai Paul
10	Savage Sea	The Pop Group
11	Virtual Dancer	Group Rhoda
12	Shame	Crybaby
13	Non Dimenticar	Percy Faith
14	Luxuria	Sueno Latino
15	Europa Geht Durch Mich (Erol Alkan's Mesmerise Zwei Rework)	Manic Street Preachers
16	Redline (Throwing Snow Remix)	Knox
17	Cristiana	Paul Haig
18	THE NOISE	Shinichi Osawa

※上記トラックリストはinstigator official site（http://instigator.jp）でお楽しみいただけます。

#010

山口一郎

ミュージシャン

1980年北海道生まれ。2005年にロックバンド、サカナクションを結成し、2007年、アルバム『GO TO THE FUTURE』でメジャーデビュー。バンドのフロントマンであり、ほぼすべての楽曲の作詞作曲を手がけている。2013年には6枚目となるアルバム『sakanaction』をリリースし、バンド初となるオリコン週間1位を獲得。文学性を内包させた歌詞、哀愁を感じさせるフォーキーなメロディ、ロックバンドフォーマットからクラブミュージックアプローチまで、さまざまな音楽的要素を混在させた独自のスタイルが高い評価を受けている。また「ミュージシャンの在り方」を模索し、表現するその姿勢は、新世代のイノベーターとしても注目を集めている。

10年後に生まれている、
新しい音楽に嫉妬していたい。
そう思えなかったとしたら、
それは自分が何もできなかったせい。
それくらい自分にプレッシャーをかけて、
音楽と向き合っていきたいです。

父親の影響で、昭和文学とフォークソングに傾倒

片山　みなさんこんばんは。きょうのゲストはサカナクション[※1]の山口一郎さんです。じつはいま、新曲の締切間際というとんでもないタイミングなのに、みんなのために快く来てくださいました。いやほんと、すごく大変なタイミングにすみません。締切はいつですか。

山口　あさってです。歌詞を書き終えてここにくるはずだったんですけど、終わりませんでした。発売延期の瀬戸際ですが（笑）、よろしくお願いします。

片山　ほんとうにありがとうございます。ぼくはもともと、個人的にサカナクションの大ファンなんです。がんばって初めて取れたチケットが、幕張メッセの「SAKANAQUARIUM 2013 sakanaction」でした。

山口　あのときいらしてたんですか。

片山　ええ、いちばんうしろの席しか取れませんでしたが、ドルビーサウンドですごく格好良くて、やっぱり行ってよかったです。

山口　ほんとはいちばんうしろの人の表情まで見えるくらいの規模が、やっていていちばん楽しいんです。自分の歌や行動でどういうリアクションをしているかが、よくわかるじゃないですか。この教室はいま、何人くらいいるんですか？

片山　５００人くらいですね。

※1 サカナクション　2005年、山口一郎（ボーカル、ギター）を中心に結成された5人組ロックバンド。2007年にアルバム『GO TO THE FUTURE』でメジャーデビュー。文学性の高い歌詞、郷愁を感じさせるフォーキーなメロディ、クラブミュージックやロックなど、さまざまな音楽的要素を混在させた独自のスタイルが高く評価されている。

山口　うん、このくらいがちょうどいいです。これが幕張メッセで2万人の規模になると、さすがにうしろの人の表情はわからない。とすると、エンターテイメントとして自分をどう見せていくのかが勝負になってくるので、それはまた別の楽しみ方があるんですけど。

片山　山口さんはほんとうに観客席をよく見ていらっしゃるそうですね。

山口　はい。招待席にいるメディア関係者が何曲目で帰ったとか、ちゃんと覚えてます。

片山　すごい。怖いくらい（笑）。

山口　そうやって冷静に見ながら演奏しているってことは、ミュージシャンとして没頭できてないのかなと思うところもなくはないんですけど。まあ、そういうのも自分らしさかなと。

片山　昨年末には[※2]NHK紅白歌合戦にも出場されて、名実ともに日本を代表するミュージシャンのひとりでいらっしゃる。そんな山口さんがどんな子ども時代、学生時代を経て現在に至るのか、ゆっくり伺っていきましょう。いまスライドに、[※3]子どもの頃の写真が映っています。みんな見えるかな？

山口　大きいのが父で、前髪の長いのが母です。[※4]チェッカーズの真似をしていたらしいんですけど。その母に抱っこされているのが僕で、この女の子は姉。あとネコのジロウが写ってますね。

片山　ジロウ？　山口さんの弟のようですね。

山口　ジロウのほうが先にいたんですよ。むしろジロウがいて、ぼくがイチロウになっ

※2　NHK紅白歌合戦　NHKが1951年から放送している音楽番組。1953年の第4回より大晦日の12月31日に放送されている。サカナクションが出場したのは2013年の第64回。

※3　子どもの頃の写真

※4　チェッカーズ　1980年代から90年代にかけて活動した男性7人組みのロックバンド。若者のファッションやカルチャーに多大な影響を与えた。リードボーカルは藤井郁弥（フミヤ）。

たみたいです。

片山　いきなりユニークなエピソードが。お父さんは小樽で喫茶店を経営されていたと聞いていますが、写真の背景に写っている建物がお店ですか？

山口　そうです、店の前に家族みんなで集まって、記念写真を撮ったんでしょうね。

片山　このお父さんがまた面白い方なんですよね。ぜひみんなにも話してあげてください。

山口　そうですね、いろいろエピソードがあるんですが、とにかく、ものすごく本を読む人でした。自分でも文章を書いていましたし。ぼくも小学生の頃、尋常じゃない押し付け具合で本を読まされましたね。よく近所の古本屋に連れていかれて、空のダンボールを渡されるんです。「ここに好きなだけ本を入れろ」って。そして父とぼく、それぞれダンボールいっぱい1箱ずつ買う。

片山　昔はよくありましたよね。一冊いくらではなく、グラム売りの古本屋。どんなジャンルの本を何冊入れても、重量で代金が決まる。

山口　そうそう、それです。で、「ぜんぶ1か月で読め、おれも読むから」と言われるんです。それだけでなく、読み終わったら、お互いのダンボールを交換して読まなきゃいけないんですよ。

片山　1箱に何冊くらい入ってるんですか。

山口　けっこうな大きさでしたから、30冊以上はありました。

片山　少なくとも1日1冊ペースですか。

山口　さすがにぜんぶは読めません。学校で習っていない漢字も多いし、難しい内容の本もたくさんあって。読んだふりをすることもたくさんありましたよ。ただ毎回感想を聞かれるので、タイトルから勝手に内容を連想して、ストーリーを自分ででっちあげたりもしたなあ。

片山　それはバレないんですか？

山口　父親の知っている本だとバレますよね、さすがに。覚えているのが、五木寛之さんの『青春の門』。なにしろ青春で門ですから、きっと若者がどんどん成長していく物語だろうと思ってそう話したら「おまえ全然ちがうじゃないか」と怒られました（笑）。

片山　ジャンルは文芸がメインですか？

山口　そうですね。いろいろありましたが、特に傾倒していったのは昭和文学です。太宰治、芥川龍之介、寺山修司、種田山頭火……。読んでいくうちに言葉の魅力というか魔力に惹かれるようになり、自分もそれを生み出すことができるんだと気づいてからは、どんどん面白くなっていきました。当然、面白くないものもあって。そういう、自分にとって面白いかどうかを選別できるようになった最初のものは、漫画でもゲームでもアニメでもなく、文学だったように思います。

片山　それはお幾つくらいの頃？

山口　小学4年生かな。

片山　はあー。すごいですね。昭和文学を小4で読み込んで、面白さも分析できるようになっていたなんて。

山口　昭和文学って、文学以外にエンターテイメントがなかった時代の作品なんですよ。うちもテレビが禁止だったから、エンターテイメントは文学だけでした。だから、いろいろなエンターテイメントがある中で文学を選んでいる現代作家の作品とは温度差があったんでしょうね。当時のぼくは、そのとき文学しか選択肢のなかった時代に生きた人が書いた、圧倒的に純度の高い文学を欲していたんだと思います。

片山　選ぶ本の種類は、変化していきましたか？

山口　次第に、時間を切り取るものを追うようになりました。短歌だったり、俳句だったり。どんどん興味が変わっていって、最終的には写真に行っています。

片山　本の話も衝撃ですが、お父さんの経営されている喫茶店がまた、ある筋では非常に有名な喫茶店なんですよね。小樽にありながら、有名なフォークシンガーが弾き語りのライブをしていたという。例えば友部正人[※5]さん。「にんじん」という名曲が有名な、70年代を代表するフォークシンガーです。

山口　父の店で行われた友部さんの弾き語りが、人生で初めて見たライブです。

片山　学生のみんなはあまり馴染みがないかもしれないけれど、フォークソングはぼくがまだ小学校に上る前、あさま山荘事件[※6]とかあった頃に流行ったんです。友部さんの曲は中学生くらいの頃に年上の親戚から薦められて聴きました。でも生々しいというか、斜に構えず正面から歌うスタイルが、正直気恥ずかしく感じましたね。ぼくよりさらにひとまわり若い山口さんは、目の前で聴いて、どんなふうに感じましたか。

山口　大人が真剣に歌っている姿を見て、やはり恥ずかしくなってしまったところはあ

※5　友部正人（ともべ・まさと）　1950年東京都生まれ。フォークシンガー、詩人。1972年『大阪へやってきた』でレコードデビュー。翌年には代表作『にんじん』を発表する。以降、コンスタントにアルバムをリリースし、ライブ活動も精力的に行っている。最新作『ぼくの田舎』（2013年）まで23枚のオリジナルアルバムを発表。詩集、エッセイ集などの著作も多い。

※6　あさま山荘事件　1972年2月、長野県軽井沢の保養所「あさま山荘」で発生した連合赤軍のメンバーによる人質立てこもり事件。

りました。それを真剣に聞いている大人たちの姿にも驚きましたね。でも、みんなが感動している部分はなんとなく伝わってきたんです。音と、言葉と。そこでもやはり、自分でもひょっとしたらこういうことができるかもしれない、やってみたら面白いんじゃないかという気持ちが芽生えました。

片山　友部さんは憧れの存在でしたか？

山口　憧れましたね。父は当時、小樽運河の埋め立てに反対する「小樽運河を守る会」という市民活動をしていて、喫茶店にはよく、その仲間たちが集まっていました。そういう身近な人たちがどういうものに感動するのかを深く探りたい気持ちもあり、友部さんの歌詞はほんとうによく読み込みました。あと、学校で流行っているような音楽と比較して、どこが違うのかを研究しましたね。

片山　その頃、どんな音楽が流行っていました？　小学生ですよね。

山口　光ＧＥＮＪＩ※7とか。いまの学生さんはわからないかな。

片山　知っている人、手を挙げてみてくれる？　……けっこういますね。ギリギリわかるくらい。光ＧＥＮＪＩの音楽はどうでした？

山口　自分ははまらなかったけれど、姉が大好きでしたよ。カセットテープでよくテレビの音楽番組を録音してました、ガチャガチャと。それでぼくや母親の話し声が入っちゃってよく怒ってました。でも光ＧＥＮＪＩはすごいと思ったんですよ。あれ、当時はみんな覚えたでしょう。国語の教科書に載ってる『走れメロス』※8なんて誰も覚えてないのに。

※7 光GENJI　1980年代から90年代にかけて活動していたジャニーズ事務所の男性7人組アイドルグループ。ローラースケートを履きながら縦横無尽に歌い踊るパフォーマンスで一世を風靡した。代表曲は「STAR LIGHT」「ガラスの十代」「パラダイス銀河」など。

※8 『走れメロス』　太宰治による短編小説。初出は1940年発行の雑誌『新潮』。

片山　教科書に載ってる古典なんて、普通の小学生は覚えていませんよ（笑）。

山口　でも光ＧＥＮＪＩの歌は、強制でもないのにみんな覚えている。そのことに疑問を持ったんですよね。そして、素晴らしい言葉はたくさんあっても、テレビから流れてくる音楽のほうが記憶に残りやすいこと、音やメロディーに何かあるんじゃないかということに気がついた。

片山　音に乗せることで言葉が届きやすくなる、と。

山口　言葉というのはそもそもリズムなんだということを理解するのは大人になってからですけど。もっと音楽を知りたい、歌を知りたいという気持ちが強くなったのはこの頃です。友部さんの歌で、音楽が世の中にどう響いていくのかを子どもながらに感じたと思うし、その後派生した音楽への興味が、いまこういう人生を選択したひとつのきっかけになったことは間違いないですね。

毎日100均のパスタを食べていた育成契約時代

片山　初めて曲を書いたのは、たしか中学2年生のときとお聞きしましたが。

山口　そうなんです。「青い空」というタイトルで。つくってはみたけど誰にも聴かせないまま、中3になってやっと、クラスのみんなの前で披露しました。

片山　学園祭か何かですか？

山口　普通に授業中です。レクリエーションの授業で、教壇でギターを弾き語りしながら歌いました。

片山　どんな気分でした？

山口　覚えてないです。恥ずかしすぎて。

片山　そんなそんな。まわりの反応は？

山口　ぼくが初めて友部さんの歌を聴いたときと似た感じじゃないかな……。途中でおしゃべり始めた子もいて。むしろ聴いてるほうが恥ずかしいというような、そういう雰囲気でした。

片山　そのときにはもう、音楽で表現していきたい気持ちが芽生えていたんですか。

山口　いえ、それが表現だとは思ってなかったです。目立ちたい気持ちはありましたけど。どちらかというと、自分が美しいと思う言葉をみんなに覚えてもらいたくて、音楽をつくり始めたんです。

片山　学校ではどんな子だったんですか。

山口　生意気なクソガキでした。国語の授業で宮澤賢治の『オツベルと象』[※9]を読んでいるとき、先生の解釈に対して「先生、そうじゃないと思います。オツベルは〜！」みたいにガンガン意見する超嫌な生徒でしたから、国語の先生とはめちゃくちゃ仲が悪かった。あとは、学生服という存在に強い違和感を持っていたので、その意義について考えたり。そういう疑問を感じないほかの子たちとどう関わりあっていくかとか、そんなことばかり考えていましたね。

片山　わりと、ややこしい子どもですね（笑）。

※9『オツベルと象』　宮澤賢治の短編童話。１９２６年、雑誌『月曜』創刊号に掲載された。賢治の数少ない生前発表童話としても知られている。

山口　理屈っぽかったです(笑)。まあクラスの中では、ヤンキー全盛期の不良たちとも、まじめでおとなしい子たちともつながれる緩衝材みたいな位置にいたので、そういう意味でもちょっと特殊だったかもしれないですね。

片山　そんな一風変わった小中学生時代を経て、札幌第一高等学校へ進学。２年生のとき、サカナクションの前身となるバンドを結成されます。しかも17歳でレコード会社ビクターのミュージシャン養成枠に入られるわけですが、どうしてそんな急展開になったんですか。

山口　前のバンドはオリジナルとコピー半々くらいでライブ活動を始めました。ライブを続けるうちに動員も増えてだんだん自信もついてきたので、腕試しのつもりで、いつも演奏していたライブハウス主催のコンクールに出場したんです。あとから知ったんですが、じつはそのコンクールは出来レースだったんですよ。

片山　優勝するバンドがあらかじめ決まっていた？

山口　そうそう。

片山　大人の話ですね。

山口　まあ珍しいことではありませんが。ただ当時はそんなこと知らないので素直に参加して、なぜか優勝しちゃったんです。

片山　出来レースが台無し(笑)。そんなこともあるんですね。

山口　あまり聞かないですよね。ただ審査員の中にビクターの方がいて、すごく気に入ってくれたんです。それで優勝させてもらって、育成契約を結ぶことになりました。

片山　どういう契約なんですか、それは。

山口　スタジオ代を月にいくらか負担してもらえたり、東京で年に1、2回開催されるライブコンペに出場させてもらったり。

片山　ライブコンペ？

山口　育成契約を結んでいる各地方のバンドが一斉に集まって、ビクターの各レーベル、各セクションのディレクターに向けて演奏するんです。一般のお客さんはいなくて。ちょっと独特の雰囲気ですよ。ライブハウスだけど、ステージの前には誰もいない。みんなうしろの壁際に並んで棒立ちでです。メモを取りながら聴いている人もいたりして。

片山　その人たちのお眼鏡にかなったら、晴れてデビューというわけですね。その頃にはもう、プロとしてやっていく気持ちは固まっていたんですか。

山口　なんとか成就させたい気持ちは強かったです。自分がというよりは、メンバーみんながそこに賭けていて、そのために多くのものを犠牲にもしていましたから。あと、自分の歌詞やメロディーになぜかすごく自信があったので、もっと多くの人に聴いてもらいたいという思いもありました。でも自信満々で何度もチャレンジして、結局ぜんぶダメでしたね。唯一「君たちはダイヤの原石だよ。もっといい曲をつくっていっぱい練習しなさい」と励ましてくれたのが、亡くなられたテーラー寺田さんです。Ｃｏｃｃｏさんをプロデュースした方で、後にデビューしたとき、レーベル長をされていました。

片山　バンド結成後すぐに養成契約をして……なんて順風満帆かと思っていたけれど、じつは下積みも経験されているんですよね。パスタが苦手と聞いたときは驚きました。

デビュー前のつらい時期を思い出すから食べられない、と。

山口　そう、当時はぜんぜんお金がなくて。１００円ショップで３００グラム１００円のパスタの束を買って、毎日、延々と食べていたんです。前のバンドを解散してからは、別の仕事に就こうと考えたこともあります。もう無理だから、音楽はいったん終わりにして、またやりたくなったときにやればいいかなと。

片山　ちなみにどんなお仕事を？

山口　結婚式場のカメラマンとか。

片山　写真が好きだったんですか？

山口　そうですね、技術はありませんが。父親が古いカメラを持っていて、ときどき触らせてもらっていたんです。ただその面接のとき、面接官だった女性とまったく会話が噛み合わなかったんですよ。それで、この人たちに認められることはないだろうし、自分もそっち側に行ってはいけないとものすごくはっきり自覚して。やっぱり自分は音楽をやっていこうと、気持ちに区切りがつきました。

片山　その面接官がファンキーでいい人だったら、サカナクションは生まれなかったかもしれないんですね。合わない人で良かった。

山口　別に嫌な人とかではないんですよ。たぶん、ほんとうに普通の会社員だと思う。でもパーソナルスペースに入った瞬間に、ああこの人は自分とは別の種族だ、と感じました。パッションが違いすぎて、ドキッとしたのを覚えています。

片山　そこで音楽以外の選択肢がなくなったわけですね。でも生活費は稼がないといけない。

山口　いろいろなアルバイトをやりましたよ。あまり大きな声では言えないこともやりました。

片山　言える範囲でお願いします（笑）。

山口　たとえば、治験とか。いわゆる新薬のモニターですね。２週間入院して20万円くらいもらえるので、そのお金で楽器を買っていました。毎日薬を飲んで、血液採取されるんですけど。いまも使っている黒いリッケンバッカー[※10]のギターもそう。古いし音もひどいけど、自分の血を売って買ったギターだから、手放せないです。

片山　それは思い入れがあるでしょうねえ。若者が短期間で高給をもらえる仕事というと、どうしてもリスクが高くなりますよね。マネージャーさんの視線が怖いので、このあたりでやめておきましょう（笑）。

ＤＪ修業を経て、サカナクション結成

片山　そうやって音楽を続ける中で、一郎さんはバンドではなく、ＤＪとして個人的に活動されるようになっていきます。これもサカナクションにつながる大きなターニングポイントだと思うのですが、そもそもなぜクラブに？

山口　前のバンドではずっと、「ロックとは何か」を追求していました。でも当時はギターロックブームで飽和状態で、何をしても他のバンドと比較されてしまう。それも嫌だっ

※10 リッケンバッカー　1931年に設立されたアメリカの楽器メーカー。60年代には、ビートルズのメンバーが同メーカーのギターを使用していたことから、その知名度は世界的なものに。現在も数多くの有名ミュージシャンが愛用している。

たし、自分としても、ほんとうに見せたいものは、ロックとは違う解釈ができるのではないかと考えるようになっていたんです。そんなときに出会ったのがクラブミュージック。ただ、ぼくが住んでいた頃の札幌のクラブカルチャーはものすごくアナーキーで閉鎖的だったので、まずは関わりの深いカフェでアルバイトをしながら、徐々に入り込んでいきました。

片山　ＤＪの活動はどのくらいされていたんですか。

山口　22、23歳から、2年ぐらい。いろんなところでやりましたよ。クラブ、レストラン、誰もいないようなところでまわしたこともありますし。外国人向けに「和」を強調した畳敷きのクラブなんていうのもありました。ブルーライトなのに畳。でも畳って音を吸うから、ソリッドな音でつくりやすいとか、面白い学習もしましたね。

片山　どんな気持ちでなさってたんですか。いままでのお話を伺っていると、わりと覚めた目で見ていたのかなと思うんですが。そんなことはないですか？

山口　勉強している感覚は強かったですね。まずＤＪってなんだろうというところから始まって。ただ曲をつなげばいいわけじゃない。知っている曲が流れればいいというわけでもない。実際に自分がクラブで遊ぶときどんなグルーヴが気持ちいいと感じるのか。そもそもグルーヴってなんなのか。そこを学ぶために、ひたすらレコードをまわし続けている感覚でした。

片山　そして、そのＤＪ修業時代を経て、２００５年、25歳のときにサカナクションが結成されると。

山口　実際にクラブシーンに飛び込んでみて、ライブハウスでギターロックを聴きに来るお客さんと、クラブにいるお客さんはぜんぜん違うことがわかりました。盛り上がり方にしても、全く別世界。同じ音楽でありながら。でもきっと重なる部分はあるはずで、その接点を発見できたらまたバンドをやろうと考えていました。そして始めたのが、サカナクションです。

片山　名前の由来は、「魚」と「アクション」だとお伺いしましたが、それはどういう意図で？

山口　ぼく、釣りが好きなんですよ。釣り専門チャンネルを契約してるくらい。魚好きだから「サカナ」をバンド名に使いたいと思って、でもどうしても響きがダサい。なんとか格好良くしようと試行錯誤した結果の組み合わせでした。

片山　独特のバンド名ですよね。覚えやすいし。

山口　良い違和感は意識しました。ネットの検索性の高さという意味でも、ほかにない言葉にしようと。

片山　そして、結成からわずか1年でメジャーデビューが決まります。今度は早かったですね。

山口　そうですね。[※11]RISING SUN ROCK FESTIVALという北海道の音楽フェスで、２００６年に初めて新人枠が開設されました。そこに当時のビクターの担当者が勝手にデモテープを送っていて、合格して、アマチュアでありながら唯一フェスに参加できることになったんですよ。そのステージを経験したことで、結構トントン拍子でデビュー

※11 RISING SUN ROCK FESTIVAL　毎年夏に北海道小樽市で開催されている国内最大級の野外オールナイトロックフェスティバル。初開催は１９９９年。

が決まりました。

片山　２００７年5月にファーストアルバム『GO TO THE FUTURE』[※12]でメジャーデビュー。17歳からずっと本格的にバンド活動をされていて、９年目です。胸に迫る思いもあったのでは。

山口　それが、そうでもなかったです。メーカーはビクターでしたけど、マネジメント契約という、アーティストを養ってくれる契約は結んでいなかったので。給料とかいっさいないですし、収入はＣＤの売上だけですよ。それもファーストは、１８００枚しか売れなかったし。

片山　そんなことないですよ。ぼく調べてきたんですけど、その後もジワジワと売れ続けているようです。

山口　おお、そうですか。でも初週は１８００枚だったんですよ。その売上から、装丁代とかいろいろ実費を引かれて、残ったうちのほんの数パーセントが印税。それをメンバーで分けるから、とても食べていける額ではありませんでした。

片山　この当時はまだ北海道にお住まいですよね。セカンドアルバム『NIGHT FISHING』[※13]（２００８年1月発売）の録音も札幌ですか。

山口　そうです、エンジニアさんの実家の２階で録音してもらったんですよ。１階にお母さんがいました（笑）。めちゃくちゃよく覚えています。

片山　このアルバムに収録されている「ナイトフィッシングイズグッド」はファンの間でも初期の代表作と名高いのですが、プロモーションビデオがまたすごく面白い。ちょっ

※12『GO TO THE FUTURE』

※13『NIGHT FISHING』

とスライドで上映しますね。みんな観ながら聴いてね。

山口　これはもうほとんど自主制作です。ほんとうはこの曲をアルバムのリードにしたかったんですが、尺が長すぎるということでNGが出たんですね。結局「サンプル」という曲がリードになって、まあそれも好きな曲だからいいんですが、でも「ナイトフィッシングイズグッド」は特別に大切な曲だから、どうしてもミュージックビデオをつくりたいと直訴して。じゃあ勝手にやっていいよ、と言われたので、「三日月サンセット」のミュージックビデオを撮ってくれた森義仁[※14]監督に相談して、インディーズのノリで、正月休みの1月3日に撮影しました。

片山　一発撮りですか？

山口　はい。予算もなかったので。岐阜の荒田川で、監督とカメラマンと、あと知り合いの役者さんに頼んで手伝ってもらって。

片山　予算はかけられなくても、妥協はしないんですね。

山口　頭の中にすでに映像が出来上がっていて、そのイメージにできるだけリアルに近づけたいんです。詞の場合はもう少し、瞬間的な発想を取り入れるつくり方になるんですが。『NIGHT FISHING』をつくった頃はちょうどミュージックビデオが注目され始めていたこともあって、言葉でデッサンするよりも、映像で自分の歌を形づくっていくことに、面白さを覚えた時期でもありました。

片山　２００９年1月に発売されたサードアルバム『シンシロ』[※15]は、東京での録音ですね。ついに住み慣れた北海道を離れて、東京に来られた。

※14　森義仁（もり・よしひろ）　１９８２年三重県生まれ。映像作家。犬童一心、阪本順治、林海象といった監督のもとで助監督を務めた後、２００７年、サカナクション「三日月サンセット」のPVでディレクターデビュー。

※15『シンシロ』

山口　正式にマネジメント契約をしたということですね。東京に来てほしいと言われたので、メンバー全員で上京……といっても神奈川県ですが、小田急線の登戸あたりに住みました。多摩川から歩いて40秒くらいのところにある家を借りて。

片山　釣りができますね。

山口　まさにそこを狙って決めました。メンバーも全員、近所住まいです。みんなで毎日ぼくの家に集まってつくったのが、『シンシロ』でした。

片山　スタジオではなく自宅でレコーディングするって、一般的なことなんですか？

山口　ほかの人はどうなんでしょうね。ぼくらは、お金がないからずっと自分たちでやってきたんです。全員ＰＣで録音できるし、アレンジもできる。自分でやったほうが速いというか。

片山　ご近所対策はどうされてたんですか。

山口　大きな音を出すときは、さすがにスタジオを借ります。それ以外のプリプロ的なものは、全員ヘッドフォンですし、騒いだりもしないから、ぜんぜん問題なかったですね。

片山　そうして『シンシロ』は、一気に3万枚超えのセールスを記録します。ジャンプがすごいですね。

山口　このアルバムで初めてシングルが入ったんです。「セントレイ」という。シングルを出すと、アルバム発売前にプロモーションで各地をまわれる。その影響は大きかったですね。この頃から、そういうマネジメント的なこともちゃんと教えてもらって、ビジネスとしての仕組みもだんだん理解し、考えるようになっていきました。

それでも音楽をつくり続けていく

片山　いよいよ大きな波に乗ったサカナクションですが、4枚目のアルバム『kikUUiki』[※16]を リリースした２０１０年、ツアー直前に衝撃的な事件が起きてしまいます。知っている人も多いと思うけど。

山口　ツアーの３日前に突然、右耳が突発性難聴になったんです。まったく音が聞こえなくなってしまって。いまも低い音しか聞こえないんですが。

片山　どういう症状だったんですか。

山口　最初はなんか耳が、カポカポ……キャポキャポする状態が続いて、なんだこれと思ってたんです。それが一気に、回転性のめまいでぐるぐるしだして立っていられなくなって、病院に行ったら突発性難聴と診断されました。

片山　突発性難聴は原因不明の難病で、その名のとおり突然起こるものだといいます。入院して集中治療をするという選択肢もあったと思うのですが、山口さんは、そのままツアーを続行した。ツアーキャンセルは考えなかったのですか。

山口　全く考えませんでした。『kikUUiki』はかなり自信のある出来で、気合を入れたプロモーションもしてもらいました。ＣＭタイアップにもなった2枚目のシングル「アルクアラウンド」も入ってる。なのに10万枚の売上目標に届かなくて、責任を感じていたんです。ここで足を引っ張るわけにはいかないと思って、誰にも言えませんでした。

※16 『kikUUiki』

片山　だけど、耳が聞こえなくなってしまう可能性もあるわけじゃないですか。音楽活動ができなくなるかもしれないという恐怖感だって、同時にあったと思うのですが。

山口　それを考える余裕もなかったんです。ばかですよね。実際、片耳が聞こえなくなって、音の正解がわからなくなりました。アウトプットしたときに、もし自分に聞こえていない音があっても、確認するすべがない。そうなると、音を確認するという部分では、誰かに頼らざるをえません。それまで、自分が絶対的に美しいと思う音を伝えたくて、説明しようとしたり、ときには押し付けていたのですが、難聴になってからは、メンバーの意見をこれまで以上に重視するようになりました。でもそれってつまり、バンドのサウンドってことなんですよね。そういう意味では、このときからやっと、バンドになったのかもしれないです。

片山　サカナクションというバンドのリーダー、ディレクターとして、より客観的な立場に立つようになったということですか。あるところは託しながら。

山口　そうですね。自分が音楽や歌詞をつくるだけでなく、プロデュースや、音を人に届けていくまでのすべての工程に、より深い興味を持つようにもなりました。

片山　そういえば以前、インタビューで、昔はバンドを会社と言っていたがいまは家族だ、というようなことをおっしゃっていました。

山口　じつは昔は、スタジオでもかなりピリピリしてたんです。「笑顔禁止」だったり、あくびしてるやつを怒ったり。でもだんだん余裕が出てきたというか、音楽をもっと楽しもうという雰囲気になってきましたね。みんなでチャレンジしよう、みんなでつくっていこうという気持ちが強くなってきたのは大きいです。

片山　そして、5枚目のアルバム『DocumentaLy』[※17]は2011年9月発売。オリコン2位、売上10万枚という大台についに乗るわけですけれど、どのような気持ちでつくられたんですか。

山口　前作『kikUUiki』は、本当に自信があったのに売れなかったんですよ。特に「目が明く藍色」という曲は、いまの自分でしかつくれない最高の曲だと思っていました。絶対ベストセラーになって、これで一生、音楽でご飯を食べていくのに困らないだろうと思うくらいの自信作だったのにぜんぜん評価されなくて、がっかりしちゃったんです。それで、じゃあもう、とにかく売れるアルバムつくってやろうっていう気持ちで最初は臨みました。ところが制作中に東日本大震災が起き、方向性が変わることになるのですが。

片山　震災の事実は、アルバム制作のどういう場面に影響しましたか。

山口　そもそも、音楽をつくっていいのか、歌っていいのかもわからなくなりました。

片山　それほどの衝撃があったと。

山口　それもありますし、あと、みんなの考えていることの代弁者になれない、つまり歌っても共感してもらえないと思ったんです。それまでは、次のアルバムで勝負、絶対売ってやると攻めの姿勢でいたんですけど。そんなことより、いまこのときにしかつくれない歌、いまの自分、を歌えなかったら、この先ミュージシャンとしてやっていくのは無理だと思った。『DocumentaLy』は、そういう決意みたいなものがすごく入り込ん

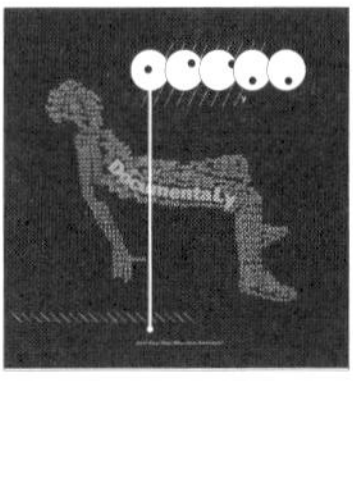
※17『DocumentaLy』

でしまったアルバムです。

片山　そういうタイミングでありながら、タイアップも結構入っていますよね。「ルーキー」「アイデンティティ」「『バッハの旋律を夜に聴いたせいです。』」という3つの曲がタイアップになっています。

山口　メーカーの担当者とも相談して、せっかく良い条件のお話をもらえたのだからチャレンジしてみようと始めましたけれど。めちゃめちゃ大変でした。

片山　ぼくは「バッハ」を聴いてものすごくびっくりしたんですよ。ミュージックビデオの映像もすごく凝っていて。

山口　[※18]田中裕介監督ですね。

片山　いまから映像を流しますね。……この、サビのところで一郎さんが自分の人形と一緒にダンスするの、ほんとに驚きました。実際に踊っているんですよね？

山口　踊りました。これも、ぎりぎりまでレコーディングしていたのでなかなかミュージックビデオの時間がとれなくて。前日に練習して、撮影も一日で。

片山　よく覚えられますね、こんな複雑な動き。しかも等身大の人形4体を従えて踊るんですものね。

山口　1体5キロくらいあって大変でしたけど。すでに企画勝ちであとはどう演技するかだけだったので、けっこう気合が入りました。まあ、無理やり覚えた感じです（笑）。

片山　この曲は、ご自身の失恋の経験が生きているとか。

山口　当時付き合ってた彼女が、バッハの「ゴールドベルク変奏曲」ばかり聴いていた

※18　田中裕介（たなか・ゆうすけ）　1978年神奈川県生まれ。映像作家。多摩美術大学グラフィック科卒業後、ピラミッドフィルムのテラモンキーズに所属し、2007年よりキャビア所属。これまでにサカナクション、RIP SLYME、Perfumeなどのほか、CM作品も数多く手がけている。

んですよ。グレン・グールド[※19]の。でも別れちゃって、その気持ちを歌にした感じですね。

片山　そういうこともあるんだ。

山口　まあ、悪ノリです（笑）。この曲に関しては、カップリング用にさらっとつくったんです。洗い物をしているとき、詩吟法で適当に鼻歌を歌っていてできたという。一方でシングル用に考えていた「エンドレス」は制作に時間がかかって締切に間に合わなくて、急きょ差し替えになったんですよ。

片山　では「バッハ」は、難産ではなく、わりとすぽんと出てきたタイプの曲なんですか。

山口　もともとカップリングとかアルバムの曲はそんなに悩みません。ただシングルとかタイアップになると、自分がつくりたいと思うものと、職業作家としてわかりやすく伝えなきゃいけないことがぶつかりやすくて。あさって締切の曲で悩んでいるのも、まさにそこのところです。

片山　ここでね、一郎さんがどうやって作詞しているか、その思考のプロセスを見せていただきます。うしろはちょっと見えにくいかもしれないけど、がんばってスライドをしっかり見ていてね。

山口　ぼくはふだん、イラストレーターというソフトを使って歌詞を考えます。これは「ミュージック」という曲の歌詞なんですが、いま映っているのが、最初にざっと書いた1案目。まずAメロの最初の部分を考えているんですね。で、2案目。見えますか？　歌詞が変わっていくんですね。次が3案目。画像が荒くて歌詞はよく見えないかもしれないけど、こうして少しずつ改定していって。最終的には、22案目で完成しました。ぼ

※19　グレン・グールド　1932年カナダ・トロント生まれ。ピアニスト。幼少の頃よりピアノの才能に恵まれ、14歳でピアニストデビューを果たす。1955年、コロンビアレコードより米国デビューし、同年録音したアルバム『バッハ：ゴールドベルク変奏曲』は、バッハの斬新な解釈、画期的な録音と演奏によってベストセラーに。そのルックスと共に一躍時代の寵児となる。

くの中では漫画を描くように書いた曲でしたね。ひとつひとつ風景や状況を思い浮かべて、それを言葉でデッサンし、切り取っていく。ぴったりくる歌詞ができるまで何度も書き直す感じです。

片山　ここで完成だ、というのは明確にわかるんですか？　絵でも文章でも一緒だと思うんですけど、どこで筆を置くかは、クリエイションの決定的な瞬間じゃないですか。

山口　わかります。ただそこに辿り着くまでにどのくらいの時間がかかるかは、やってみないとわかりません。ひとつの文章が生まれたあとに、それが発展していくかどうかのチャンレンジと挫折を繰り返しながら正解を探っていくしかないんですよね。まあ、完成したあとも、次の日に見て直したくなることもあるし、ライブで歌詞を変えたくなるときも正直あります。締切がなければ完成しないかもしれない。

片山　いま、スライドでさっと見ているだけだから時間の感覚がわかりにくいですが、完成までには2、3か月かかっているそうです。

山口　難航するものは、半年以上かかることもありますよ。「エンドレス」の最終は74案まで行きました。

片山　曲はすでにある状態ですか？

山口　イントロのピアノの音とドラムが入ってくるところまでは決まっていました。それからメロディーと一緒に言葉を生み出す作業が、7、8か月くらい続いたかな。もちろん、その間にフェスに参加したり、ほかのレコーディングをしたり、ほかのことを考えなきゃいけない時間もありました。

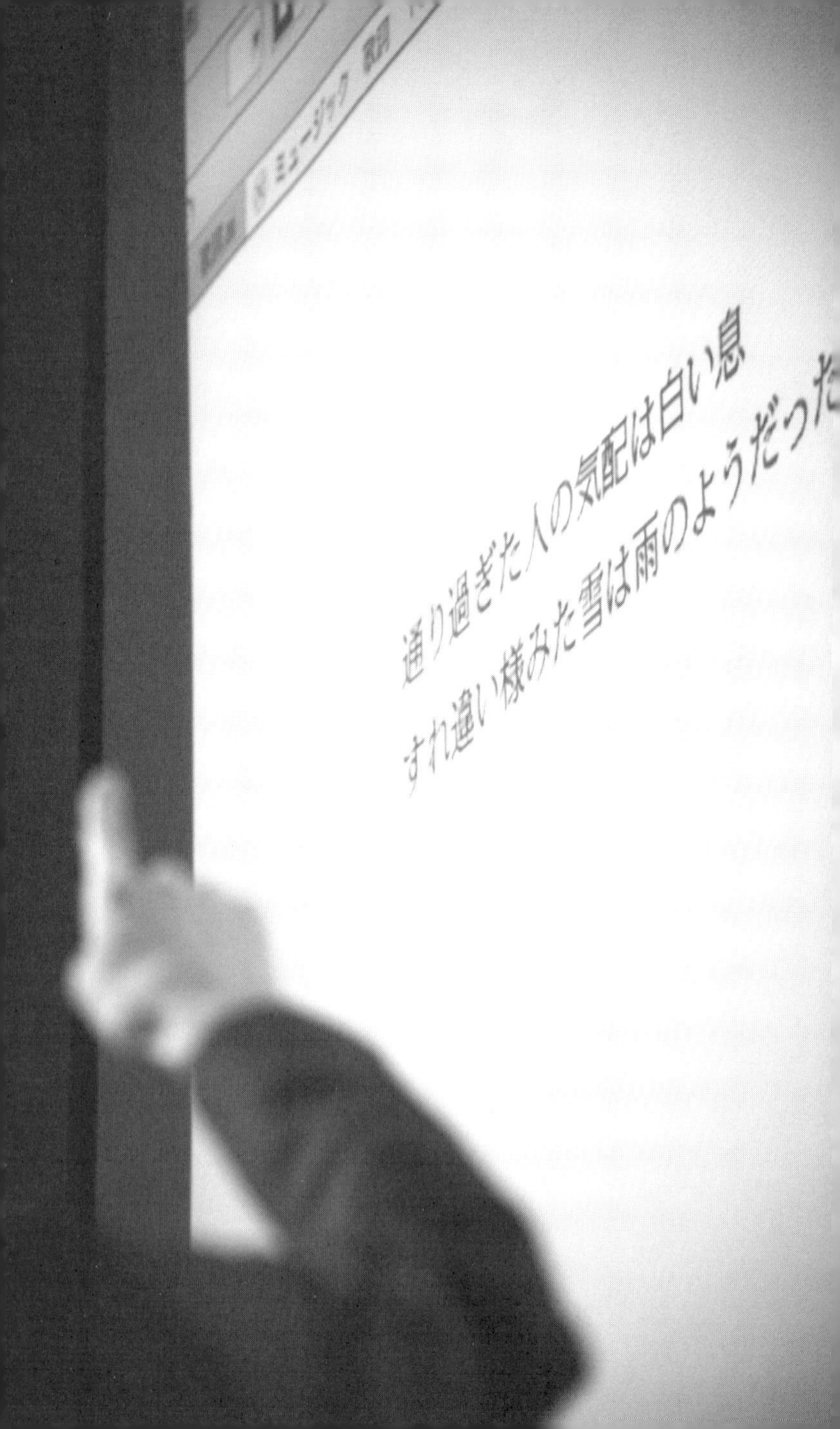
通り過ぎた人の気配は白い息
すれ違い様みた雪は雨のようだった

片山　普通、ここまで時間をかけますか?

山口　メーカーとの契約スタイルにもよるでしょうけど、自分は恵まれていると思います。ただ、世に作品を出すこと、残るものを発表することはものすごい恐怖なんです。納得していないものを出してしまったら、それを誰かが褒めてくれたとしても、ぼくは落胆してもっとほかのアウトプットを探し始めるでしょう。それを仲間やスタッフも理解してくれているから、こういうふうにやらせてくれているんだと思う。

片山　きょうもこのあと、帰って新曲の歌詞の続きを考えるんですよね。

山口　そうなんです。曲がまだできてないのに、発売日は決まっているんですから。

片山　締切って、どの業界でもだいたいそういうものですよね（笑）。

紅白歌合戦に出場して改めて気づいたこと

片山　そして、２０１３年3月、いま歌詞のプロセスを見てもらった「ミュージック」も収録されている6枚目のアルバム『sakanaction』※20をリリース。こちらはオリコン1位、セールス15万枚以上をマークします。ついにバンド名を冠したアルバムが出ましたね。ここまでに目指していたものができたということでしょうか。

山口　もう一度、バンドというものを見つめ直そうと思って。アルバムのタイトルもほんとうは『band』にしようと思っていたんですけど、そういう名前の会社があったので使いづらく。そのまま自分たちの名前になりました。

※20『sakanaction』

片山　前作も、はじめ『sakanaction』にしようという気持ちがあったと伺いましたが。

山口　『DocumentaLy』は震災があってテーマが大きく変わって、タイトルも変更したんです。震災以前に考えていた思いを含め、いまのサカナクション5人をちゃんと表現して、帰着させようと思ったのがこのタイミングでした。これは制作も、自宅での収録に戻しています。

片山　この頃からテレビで一郎さんの姿を見る機会も増えましたよね。Mステ[※21]で「バッハ」を演奏されたり、年末にはとうとう紅白にも出場されました。街を歩いていて声かけられたりしませんか？　「あ、山口一郎だ！」って言われるとか。

山口　それはあんまりないですけど（笑）。ただ人に知られるっていうことの難しさ……っていうのか、それによってつくるものがどう変化していくのか、自分のつくったものがどんなふうに受け取られるのかについて、予想もしなかったことが起こって、驚きましたし、挫折もしましたね。

片山　挫折？

山口　結婚式場のカメラマンの面接に行ったとき、違う種族だと思った感覚が、テレビの世界でもありました。特に紅白は……未知の世界すぎました。

片山　ええ、そうだったんですか（笑）。どんなところが？

山口　いや、だって、目の前に北島三郎さんがいるんですよ。サブちゃん。抱きつこうと思えば抱きつけるわけですよ。

片山　目の前にいればそうですね（笑）。

※21　Mステ　ミュージックステーション　テレビ朝日で毎週金曜日に放送されている音楽番組。2010年には放送1000回を突破。毎回数組の歌手やバンドが生放送でスタジオライブを行う。司会はタモリ。

山口　面識のあるアイドルやタレントの方に「どうも」なんて会釈する自分、何なんだ、と。これぜんぜんロックじゃないし、このために音楽つくってきたわけじゃないなって。でも、じゃあどうしたらいいのかという考えるきっかけになったので、それは良かったです。

片山　それは出てみて初めてわかる感覚なんでしょうね。

山口　もっともテレビに出演されている方々って、しぐさとか、イスに座っているだけでもカッコイイんですよ。セルフプロデュースをつねに意識してなきゃ不可能でしょうし、それはもう徹底的にトレーニングされていると思う。それも技術力であり、エンターテイメントの能力なんですよね。青くさく「ロックとは」なんて言って酒飲んでるロックバンドじゃ絶対相手にならない。バンドというスタイルで音楽をやっている人間が、その層に勝つためには、よほどの努力が必要だということも実感しました。

片山　ほんとうに貴重な経験ですね。

山口　ありがたいことです。音楽も、音楽から得られる感動にもいろいろな形があります。でも自分たちが伝えたいと思うものをちゃんと響かせれば、どんな人にもきっと届く。テレビやＣＭでぼくらを見て興味を持った人が、YouTubeでほかの曲も見てくれて、さらにコアな部分に手を伸ばしてくれることだってあると思う。その動線みたいなものが実感として把握できたのは大きいですし、そうなると、動線上に何を置くか、どういう網を張るかを考えていく必要がある。いまはそういう戦略さえも表現の一部として受け入れられる時代になってきたということが、実際にテレビに出ることでより確信に変わりました。

片山　なるほど。

山口　そういう遊び方もあるんだなって。テレビの使い方、使われ方っていうのも、もっといろいろ考えてみたいです。あと、ヤンキー層に届く音楽って、セールス伸びるんですよ。それはプロモーションとして結構重要な課題でもあって。

片山　ヒットの法則のひとつなんでしょうね。

山口　ただすごく難しい。ライブに来てもらえれば伝えられる自信はあるけど、じゃあライブに来てもらうにはどうしたらいいのか。突き詰めていくと結局、どういうものをつくっていくかというところに戻っていくんですよね。

片山　一郎さんにとってライブってどういうものなんですか。一観客として何度か参加させてもらって、そのすごさはめちゃくちゃ体感しているつもりですが。

山口　自分たちのつくったものを披露する場所であり、自分たちのイメージを良い意味で壊す場所だと思っています。見に来てくれた人が「いままで見たライブとぜんぜん違う」とか、「ロックを聴きに来たはずが、クラブに連れて来られてた」と感じてくれたりとか、そういう心地よい裏切りを与えることをひとつのテーマにしているんですよ。それができたとき、全員で「良い空間だったね」と共感し合えます。

片山　大学でぼくが担当しているのは「空間演出デザイン学科」なんですけど、まさにサカナクションのライブって、音楽を聴いているという枠を超えて、空間を感じるんです。何か、ものに触れたような感覚がすごく印象的でした。

山口　そうですね。……少しクラブミュージックの話をさせてもらおうと思うんですけど、ムサビの学生さんってクラブに行ったりするんですかね？

片山　行ったことある人、手を挙げてみて。……え、これだけ？　恥ずかしがらないで正直に。ほんとに？

山口　少なっ。そっかあ。ライブハウスとクラブって何が違うかというと、まず低音なんです。低音がどれだけ鳴っているかってことが、じつは音に対する説得力の違いとして大きく反映されるんですよ。逆にいうと低音がないと音を立体的に捉えにくい。でもぼくは、クラブミュージックをロックというフォーマットに取り込んでライブをしたいと考えたんですね。それから低音からなるグルーヴを意識するようになって。低音4つ打ちのグルーブを出すと、いわゆるロキノン系※22と呼ばれる、オイ、オイッという縦ノリのリズムでノっていた子たちが、だんだん横ノリになってくる。そういう使い分けで空間をつくっているバンドって自分たち以外にあまりいないと自負していますし、そのスタイルが、ロックというジャンルの中で、ぼくらが成し遂げることのできたひとつの要素なのかなとも思います。

片山　なるほど。理屈はわかっていなくても、身体で感じ取っているんですね。

山口　クラブに行くと、勢いよくはしゃいでいる女の子を見かけると思うんですけどなぜクラブでテンションが上がるかというと、低音は子宮を刺激するんだそうです。そういうふうに、みんな自分では気づかないところで、いろいろな五感の刺激に影響を受けているんですよ。そこも踏まえて表現するのが音楽の面白さのひとつだし、音って空間

※22　ロキノン系　雑誌『ROCKIN'ON JAPAN』に取り上げられている、またはその関連イベントに出演しているアーティストのこと。広義では、インディーズから頭角を現したグループ、ロックフェスに出演するアーティスト全般などを総括して「ロキノン系」とする風潮も。

や身体のいろいろなものが作用して知覚されていくんだっていうことを、自分でも感じます。ライブは総合芸術ですね。

片山　サカナクションのライブでは、裏方のスタッフのことも、すごく時間をかけて紹介されていますよね。

山口　はい。音楽を楽しむって、演奏したり聴いたりするだけじゃない。そこを意識してもらうことって、リスナーにも重要なことだと思うし、自分たちが表現できる幅ももっと広がると思うんです。だから上から何かを押し付けるような気持ちはないんですけど、同じ楽しみ方を提案するという意味で、あえて時間をかけて仲間を紹介しています。

片山　そういうところで病みつきになっちゃうのかな、サカナクションのライブは。

山口　自分が好きだと感じた理由や、感動した理由がわかると、楽しいですよね。ライブでは、そのアシストができるような気はしています。

美しいものは難しい　それをどう届けるか

片山　次は、現時点で最新の両A面シングル[※23]「グッドバイ／ユリイカ」。意味深なタイトルですね。

山口　『sakanaction』をつくり終え、紅白にも出場した後の第1弾シングルでした。そういう意味でいったい何を歌おうか、ほんとにすごく……迷っていたし、次のシングルをつくるということは、次のアルバムのテーマまで見据えていないとスタートを切れな

※23『グッドバイ／ユリイカ』

いんですね。ほんときつくて。精神的にも身体的にも。かなり、周りの人にも迷惑をかけました。でも、音楽をつくっていく人生としては、それもひとつのインプットじゃないかと考えて。その体験自体、表現の一部として歌にしてやろうと書いたのが「グッドバイ」です。

片山　「グッドバイ」は、書き上がる前から、Mステで歌うことが決定したそうですね。

山口　はい。そのことも意識していました。歌い始め（「探してた答えはない　此処には多分ないんだ　だけど歌うんだ」）はまさに、「テレビの生放送でこの一文を歌えば、おれはこれで満足と思える、そういう歌詞にしよう」と思って書いています。一方の「ユリイカ」は、東京をモチーフにした曲ですね。

片山　歌詞もそうですし、ミュージックビデオでさまざまな東京の風景が描かれているのが印象的です。

山口　東京を意識し始めたのは、震災の頃でした。それまでは北海道の人間が東京に遊びに来ている感覚がまだあったけれど、震災を境に、自分の街・東京という気持ちが芽生えた気がします。

片山　「震災後に東京を離れたミュージシャンは信用できない」とおっしゃっていましたね。過激だけれど、じつに生々しい言葉だと思いました。

山口　家族の都合とか、理由のある人は仕方がない、とは思う。けれど、何かを表現したいと思っている人や、リアルタイムで歌いたいと言っている人たちが、この東京を直視できなくてどうするんだと。10年後、20年後に東京について振り返ったとき、何か残せているか。何か加担できていたかは、すごく重要なことのような気がしたんです。

片山　そうですよね。

山口　「ユリイカ」は、現時点で自分が東京という街をどう思っているのか。つまり、郷愁、ふるさとをどう思っているのかとか、そこをちゃんと音楽にしたいという気持ちでつくりました。ミュージックビデオもそれをちゃんと表現するために絵を描いてます。

片山　ぼくは岡山出身ですし、ここにいる学生たちも半分くらいは地方出身ですから、共感できる部分は多い気がしますね。ぼく個人の話で言うと、もう東京に来てからのほうがずっと長いのに、いまだに「東京」って新鮮な響きがあるし、高いところから俯瞰して見るとやっぱり感動するんですよ。他の国とはぜんぜん違う何かがある街だなあと思います。

山口　渋谷のスクランブル交差点に立ったときの、あの欲望の渦中に巻き込まれるようなわけのわからない感じって、ちょっとないですよね。

片山　スクランブル交差点を初めて渡ったとき、本気で何かお祭りをやっているんだと思いました。

山口　わかりますわかります（笑）。ほんと、東京出身の人ってどの街に行ったらこういう気持ちになるんだろ。ニューヨークですかね？

片山　ニューヨークは、高さはありますけど。このボリュームで街が広がっているって、東京以外にないでしょう。終電が毎日満員になっているっていうのも、かなり特異なことですよ。

山口　ほんとおかしいですよね。でも、実際東京ってなんだろうと考えると、ローカルの集合体なんですよね。地方で生まれたものが東京で何か変化して、それが東京ローカルとして認知される。自分もその過程にあるんだ、……というようなことは、いまも考えている最中です。

片山　「ユリイカ」は、お父さんから久しぶりに褒められたとか。

山口　「おう、おまえ、よくがんばったな」と言ってくれましたね。昔はぼくがやってる音楽なんてまるで興味なかったのに、メジャーデビューしてからは歌詞に赤線引いて、「この比喩はわかったけれど、ここはもっとちゃんとつながるように書かないと若者はわからないぞ」とかすごく聴き込んでくれてるんですよ。すぐに「日本経済はな……」って話が飛んだりもするんですけど。

片山　ほんとにユニークで素敵なお父さんですね（笑）。いま「若者は」とおっしゃってましたが、一郎さんご自身は、日本の音楽の未来について、どのようにお考えですか。

山口　そうですね……。……ぼくは多摩川のあと、下北沢に3年くらい住んでいました。そこで楽器を持って歩いているアマチュアの子とたくさんすれ違ったんだけど、あまりおしゃれな人がいなかったんです。ぼくが思い描いていた東京のバンドマンって、もっと……いろんなことに興味があっておしゃれで、その中であえて音楽やってます、という人たちだと思ってたんですけど。もしかしたら、あえて音楽を選んだ理由が明確ではない人が結構多いのかなという印象を受けました。

片山　ファッションと音楽って、昔はもっと関係が深かったですよね。

instigator
Open Lecture — hosted by Masamichi Katayama @7_401

山口　そう、自分もすごく影響を受けていましたし。インターネットがなかった頃は、好きなミュージシャンのファッションに憧れて、似た服を古着屋に探しに行ったり。でもいま、ファッションと音楽がどんどんかけ離れていますよね。ファッションだけじゃない。音楽やっている人が、音以外のことに興味を持たなくなっている気がするんです。でもミュージシャンが音以外のものに関わっていかなければ、音楽というカルチャーは廃れていく。どんどん若者から、おしゃれやカルチャーを発信するものだと思われなくなって、日本の音楽が見直されることもないだろうと危惧しています。

片山　みんな、どんな動機で音楽をやっているんでしょうね。

山口　もちろん、好きなミュージシャンに影響されて始めるという動機でいいんです。ただ、自分にとってなぜ音楽なのかが定まっていないうちは、自分が好きなものを人に広めることはできないと思う。J-POPの枠でいうと、エンターテイメント性が最重要視されている風潮は根強いです。わかりやすくはなくても美しい音楽が勝っていくには、いままでとは違う方法論が必要ではないかと。

片山　先ほど、紅白のところでもおっしゃっていましたね。どうしたら、既存のシステムを超えることができるのか。

山口　ぼくはいまは、〝メディア〟だと思っています。音楽にさほど興味がない健全な若者たちにも、ちゃんと音楽を発信できるメディアをつくっていくしかないのかなと。例えば、ぼくはほんとうに釣りが好きで、釣り専門チャンネル「釣りビジョン」[※24]の番組を楽しく観ています。

※24　釣りビジョン　釣りに特化した日本で唯一の釣り専門チャンネル。海・川・湖といった身近な釣りから、憧れの海外釣行まで、年間500本を超えるオリジナルコンテンツを放送。BSデジタル放送、スカパー!、ケーブルテレビ局等で視聴可能。

片山　「釣りビジョン」。

山口　そのチャンネルは24時間、釣りの番組しかやっていません。1時間ごとにヘラブナ釣り、シーバス釣り、ブラックバスとか鮎とか、とにかく釣ることだけを専門家が解説する。そして、専門用語が何の解説もなく飛び交っているんですよ。「ここでライズしましたね」とか、「シャローではちょっと」とか、「トップウォーターがいちばんいいですね」とか。

片山　釣りを知らないとわからないですね。

山口　つくる側も、見る側を信用しているんですよね。それだけの知識を共有している、あるいは、観ていればそのうちわかってくれると思っている。一方で音楽番組はというと、わかりにくい部分は皆無かもしれないけれど、面白さも削がれている気がします。ぼくが音楽で面白いと思う部分をまったく伝えてくれない。もっとリスナーを信頼した番組をつくることが、音楽メディアの課題だと思うんです。そうやって一緒に楽しむ道を模索していかないと、どんどんどんどん、エンターテイメント性の強いものだけが生き残るシーンになっていってしまう。どうしても、美しいものって難しいから。

片山　そうですよね。

山口　その難しさを理解してもらうために、ミュージシャンとしてもできることはあるはずです。Ustreamのように自分で簡単にメディアを持てる時代だからこそ、そういうことに挑戦していきたいとぼくらは考えているのですが。同じことを考えている人や、追随してくれる人は、音楽業界にはいるのですが、ミュージシャンにはじつはあまりいなくて。それが寂しいし、孤独だなと思うときがありますね。

片山　前に、裏方に回りたいとおっしゃっていましたね。

山口　そうなんですよ！　一刻も早く！

片山　ファンとしては複雑な気持ちですけれど……。

山口　いずれは音楽メディアとか、インスタレーション、パーティーの場とか、若者たちと「音楽ってなんだろう」って考えていける空間を用意する側に回りたいですね。きっと音楽はずっとつくっていくけれど、自分のペースで好きなものを好きなように発信していくためには、一度前線から降りなきゃいけないとも思う。もっとも、まだサカナクションでやりきれていないこともたくさんあるから、すぐにとはいきませんが。

片山　そのときが来たら、何かご一緒できたらうれしいです。

山口　ぼく片山さんには、アンディ・ウォーホル[※25]のファクトリー[※26]みたいな場所をつくってほしいんです。ファッションに興味のある人が、おしゃれして遊びに行ける場所。カメラマンや画家を目指す人が、アートに関わる一流の人と交流できる場所。そういう空間を片山さんのような方がつくってくれたら、東京、完璧なんですよね。

片山　憧れますよねえ、ほんとうにやりたいんですよ。そういうことができたら自分も刺激を受けるし、いろいろなことが変わっていくように思います。

山口　人を変えるってすごく難しいことだから。ぼくはミュージシャンなので、音楽という形からしか考えることができないけれど。そうやって多方面の専門家の力が集まったら、絶対変わると思います。

※25　アンディ・ウォーホル　1928年アメリカ生まれ。アーティスト。消費社会と大衆文化の時代を背景に、商業デザイナー、画家、音楽プロデューサー、写真家、映画制作者、そして社交家と多面的な顔を持ち、あらゆるメディアとジャンルを超えて活躍。トレードマークの銀色のカツラと、黒いサングラスの奇抜な風貌で、当時の社交界のスターに。日本でもCMに起用されるなど、大きな人気を博した。

※26　ファクトリー　1960年代、アンディ・ウォーホルがニューヨークに構えた制作スタジオ。また同時に、ミック・ジャガー（ローリング・ストーンズ）、ルー・リード（ヴェルヴェット・アンダーグラウンド）、トルーマン・カポーティ（作家）など、さまざまなアーティストたちの集う交流の場としての役割も果たした。

10年後の音楽に嫉妬する自分でありたい

片山　いやぁ、34歳とは思えないくらい先のことを見据えていらして……クリエイターの鏡ですね。

山口　自分のことクリエイターなんて思ったことないですよ。不器用な音楽好きの兄ちゃん……っていうかおっさんですね。

片山　そんなこと言ったら48のぼくはどうなるんですか（笑）。ではここで、恒例の質問タイムに移りたいと思います。面白い質問をしてくれる人、手を挙げてください。はい、ではいちばん最初に手を挙げた、黒い富士山みたいな柄の服を着た彼女、行きましょう。マイクあるかな？

学生A　ありがとうございます。ええと、中学生くらいからずっとファンです。

山口　おお、ありがとうございます。

学生A　初めて大阪の[※27]サマーソニックで観たとき、サカナクションはいちばん小さいステージにいて、MCで着うたランキングの話をしていて。「今週やっと[※28]コールドプレイに勝った、やったー」って話してたんですよね。じつはそれでファンになったんですけど。いまそういう、張り合っているアーティストがいたら、教えてもらえませんか。

山口　張り合う……ライバルってこと？

学生A　はい。

※27　サマーソニック　毎年8月に関東、関西で同時開催される都市型ロックフェスティバル。国内外の大物アーティストが多数参加している。サカナクションは2006年に初出演。

※28　コールドプレイ　クリス・マーティン（ボーカル、ギター、ピアノ）を中心にロンドンで結成された4人組ロックバンド。2000年、デビューアルバム『Parachutes』が1000万枚を超えるセールスを記録。その後もヒット作を連発し、4枚目となるアルバム『美しき生命』では、第51回グラミー賞で最優秀楽曲賞ほか三冠を獲得した。

山口　それはもう、星野源[※29]さん！　めっちゃライバル！

片山　すごい、学生たちが大ウケです。なぜかたくさんの拍手が（笑）。

山口　いやほんとにね、星野源さんはみなさんが想像しているよりもずっと素晴らしいミュージシャンで、まだみんなに見せてない部分がたくさんあります。それをぼくは知ってる（笑）！　すごいピュアなのに戦略家で、ああいう人が音楽つくってるってこと自体が奇跡。セールスの上でというより、自分の納得するところで、彼のつくる音楽だったり存在だったりを超えたいですね。もう相当ですよ。ほんと変態。

学生A　ありがとうございました（笑）。

片山　熱いですね。では次、行きましょう。じゃあその奥の、彼に。

学生B　こんばんは、貴重なお話ありがとうございました。山口さん、サカナクションはぼくの恩人です。もうずっとずっとつらいときも悲しいときも、ムサビの入試の日も直前までサカナクションの曲を聴いていていて、おかげでいま、ぼくはここにいます。

山口　おお……ありがとう。

片山　また拍手が起こりました（笑）。

学生B　ぼくはこの4月に広島から出てきました。山口さんは北海道から東京にいらして、もう何年も経つと思うのですが、東京に来て忘れないようにしていること、大事に思い続けていることってありますか。

山口　どうだろう……。ぼくは東京に出てくるのが遅かったし、東京に来てからも、ほんとにひきこもって音楽しかつくってないんだよね。だから北海道で過ごした16歳から

※29　星野原（ほしの・げん）　1982年埼玉県生まれ。アーティスト。2000年に自身が中心となりインストゥルメンタルバンド「SAKEROCK」を結成。2003年、舞台「ニンゲン御破算」への参加をきっかけに大人計画事務所所属に。2010年、シンガーソングライターとしてソロファーストアルバム『ばかのうた』を発表する。以降、音楽家、俳優、文筆業、映像ディレクターなど多方面で活躍中。

25歳くらいまでの、いちばん多感だった頃の経験だけを貯金にいまも音楽をつくってる。変わらないままの感覚は大切にしたいけれど、変わっていくのも当然のことで。……難しいね。

片山　質問したあなたは、何歳？

学生B　19です。

山口　うわー、何でもできるし、何にでもなれるじゃん。東京にせっかく来たんだから、ひきこもらず、恥ずかしがらずに思い切り遊んだほうがいいよ。そういう経験は、自分が何かをつくるというときに、必ず反映されるはずだから。そうやって生きることは、楽しいよ。

学生B　はい、ありがとうございます。遊びます。

片山　みんなびっくりしてるんじゃない？　遠い憧れの存在が、こんな気さくな方だった、って。よかったね、恩人と話ができて。

学生B　はい、ありがとうございます、ありがとうございます……。

山口　ぜんぜん、みんなと同じですよ。「このまま飲みに行こうぜ！」って言いたいくらい。ぼくだってサブちゃんに抱きつこうと思えば抱きつけたんですから。

片山　そういうところもほんとすごいなあ。では次は、向こうの、斜め前の女性。

学生C　私もサカナクションのライブを観て演出に憧れて、いまクラブでレーザーのバイトをしています。仕事していてやっぱりチームワークって大事だって思うようになったんですけど、山口さんがチームワークを考えるとき、大切にしていることがあったら教えてください。

山口　クラブでレーザーのバイトってすげえな、格好いいね。チームワークで大切にしているのは、自分以外のパートに口出しすることです。例えば、照明さんと音響さんが「もっとこうしてよ」って言い合うことがある。そういうの見ると、やっぱりうちのチームって格好いいなって思いますね。自分のことってなかなか気が付かないから、自分も指摘してほしいし。そうやって言い合える関係性を築いていくことも含めて、大切なことだと思うな。そのバイトいいね。おれもやりたい。

学生C　ありがとうございました。サカナクションの演出を目指してがんばります。

山口　うん、そういって入ってきた人いるから、ほんとうにぜひ。

片山　夢は叶うから。がんばってね。では次は、うしろで両手を振っている男性、行ってみよう。

学生D　お話ありがとうございました。自分はいまＶＪをやっています。[※30]最初はPerfumeに憧れて始めたんですけど、サカナクションのライブでＶＪではなくオイルアートを使われているのを見て驚いたんです。オイルアートでは曲との具体的な関連性を表現しづらいと思うのですが、映像との関係をどうお考えなんですか。

山口　オイルアートのように偶発的に何かを生み出すもの、あるいは、操作している本人も結果が予測しづらいアナログなものを演出に取り入れるときは、その人も同格のアーティストとして考えてますね。自分の作品と、別のアート作品が同時に流れていて、ふたつでひとつという感じ。その日のセッションが良かったかどうかは、あとで話し合

※30　オイルアート　オイルを用いたアートパフォーマンス。パフォーマーがガラス板にカラフルなオイルを流し込み、刻々と変化する様子をステージ上のスクリーンに映し出す。サカナクションのライブでは、視覚的アプローチの一環として、度々オイルアートが用いられている。

えばいいと思ってる。もちろんこちらも要望があればきちんと伝えるよ。その上で、その人が一番格好いいと思うものを出してもらえればいい。それはどんな仕事でも同じだと思う。まず本人がいちばんいいと思っているものをつくるのがいちばん重要で、合うか合わないか、合わせたいと思うかどうかは、お互いその次でいいと思う。

学生D　今後、新しい演出を取り入れていく予定はありますか。

山口　テクノロジーは常に変化していくだろうけど、ぼくらは、演出のためのライブはやらないようにしようって決めてる。ライブで伝えたいことがあって、それを伝えやすくするための演出という考え方でないと、テクノロジーを追っかけてしまうよね。それは違うなと。ただ野外パーティーはやりたいから、そういうときに新しいテクノロジーがあると便利かもしれないね。

学生D　野外パーティーというのは、フェスではなくて？

山口　ぜんぜん違う。フェスって、お金儲けのためだけにやってるところも少なくはないから。いま考えているパーティーは、好きな人だけを集めて、好きな音楽だけを発信していく場。そこには、ファッションやアートも隣接してて。そのパーティーにみんなが遊びに来てくれるようなイメージです。フェスだけでなく音楽業界全体を通して、音楽が好きでやっている人と、残念なことにお金儲けのためだけにやっている人がいる。でもきっと、ちゃんと音楽を好きな人が、音楽を好きな人にきちんと伝えていける時代が必ず来るよ。いまはものすごく変革期なんだよ。……何熱くなってんだおれ。ごめんね（笑）、だから君は、好きなように、思うままにＶＪしたらいいと思う。

学生D　わかりました、ありがとうございました。

片山　もう少し時間大丈夫かな。じゃあ、左側の列の、赤いカーディガンの女性どうぞ。

学生E　お話ありがとうございました。さっき、「目が明く藍色」は自信作なのにあまりウケなかったというお話をされていましたが、私、中学生のときにラジオで聴いて、身体に電撃が走りました。

山口　うれしいなあ。だからあなた、美大にいるんです（笑）。

学生E　山梨の田舎のCD屋に、すぐに『kikUUiki』を買いに行きました。それで音楽もすごく良かったんですが、CDの歌詞カードのデザインもすごく楽しくて。「アルクアラウンド」は歌詞がくるーんって配列されていたりして。だからいまも私、ずっとCD派なんです。ただまわりの友だちはダウンロード派で……。山口さんは、CDについてどう思っていますか。

山口　CDは少数派になっていく。それは確かだろうね。でも必ず残るよ。それぞれのミュージシャンがどうCDを扱っていくのか、それを見るのも、ミュージシャンを楽しむひとつの方法論だと思う。ただぼくはダウンロードになっていくことも悪いとは思わない。今後、CDよりも安価に良い音で聴けるようになるかもしれないし。音だけを楽しむ時代も、ひょっとしたら終わりが来るかもしれない。でもそういうふうに多面的に音楽を楽しもうとしてくれるあなたみたいな人がいることは、ミュージシャンにとってすごくうれしいことです。CDというメディアで表現しようとがんばってデザインを考えたぼくらからすると感謝だよね。がんばってCDつくるよ。

学生E　『kikUUiki』を買ったときから質問したかったことなので、うれしいです。ありがとうございました。

片山　さっきウォーホルのファクトリーの話[※32]が出ましたけれど、ウォーホルがデザインしたヴェルヴェット・アンダーグラウンドのファーストアルバムのジャケットは、バナナがめくれる仕掛けがありましたよね。ほんとうにデザインと音楽とカルチャーが同時に入ってきたんですよ。

山口　それって本来、日本が得意なことなんですよね。混ざり合う中で生まれる、良い違和感みたいなものをフックアップするって。

片山　それをリアルで体感したのはぼくが最後の世代かもしれないけど、形を変えてもう一度、いろんなクリエイターが絡んでいける時代が来るといいなあと思います。みんな、がんばろうね。では最後、その手前の彼女にマイクを渡してください。

学生F　ありがとうございます。私はいままでの方みたいに、サカナクションを夢中で聴いてたわけじゃないんですが……。

山口　うん！　もちろん大丈夫！

学生F　ファッションのお話されていましたよね。私将来、ファッションの方面に進みたいと思っているんです。ただ、近頃の傾向として、服そのものより、モデルさんがかわいいかどうかのほうが重要だったり、そういう表面的なところでしか見られていない気がずっとしていて。お話を聞いていて、音楽もそうなのかなと思って、もう少しそのあたりを詳しく聞きたいと思って質問させてもらいました。

※31　ヴェルヴェット・アンダーグラウンド
1964年に結成されたアメリカのロックバンド。アンディ・ウォーホルの提案により「ファクトリー」に出入りしていたモデル出身のニコがボーカルとして加入すると、1967年、ウォーホルのプロデュースのもと、ファーストアルバム『ヴェルヴェット・アンダーグラウンド・アンド・ニコ』をリリース。発売当時のセールス上の失敗にも関わらず、音楽史上最も影響を与えた作品のひとつと評されている。有名なバナナのアルバムジャケットは、ウォーホルのデザインによる。

山口　ぼくは音楽に興味があるから、その歴史を勉強しているし、深く考察もしている。いま起きている現象についても、理屈っぽく説明できる。だけど多くの人はそうじゃないよね。テレビで観たとか、みんなが聴いているからとか、顔が好みだからとか、そういう理由で関わる人のほうが絶対多い。それが歯がゆいと思うなら、やっぱり伝える側に、深く知ってもらうための努力が必要だと思う。ぼくもいま、そういうことをしたくて、それができたらきっと大きなシーンが変わるんじゃないかと期待して、いろいろチャレンジしているところです。ファッションの世界には詳しくないけど、きっと同じことが言えるんじゃないかな。ほんとうにいいものは日本だけじゃなく世界でも評価されるものだと思うし、どこを見て何をつくるかは人によってぜんぜん違う。自分がいいと思うものをどう人に伝えていくのか。その戦略や技術も、必要な時代だと思うよ。

学生F　すごくわかりました。考えてみます。ありがとうございました。

山口　恐縮です。

片山　では最後に、ぼくからもうひとつ質問をさせてください。いまから10年後というと、東京オリンピックも終わって、すでに4年が経っています。２０２４年、山口一郎は、果たしてどんなことをしているか。ビジョンを教えてください。

山口　10年後に生まれている、新しい音楽に嫉妬していたいですね。「こいつすげえ」と思える音楽が出てきている10年後なら、自分にとってその10年は正しかったと思うし、逆に「だっせえ」とか「やっぱり日本は遅れてる」とか思うようなら、それは自分が何もできなかったせい。それくらい、自分にプレッシャーをかけて音楽と向き合っていき

※32　ファーストアルバムのジャケット

たいとは思っています。

片山　なるほど……ストイックですねえ。

山口　それか、釣り堀を経営するのもいいかな。レーザーの飛び交うテクノ釣り堀。

片山　魚逃げちゃいますよ（笑）。いやあ、ありがとうございました。ファンとしては裏方に回ると言わず、前線で戦っていていただきたいですけど。やはりずっとライブに行きたいですから。

山口　音楽から離れた生活を送ることはないでしょうね。なんとかかじりついてがんばります。

片山　これからどんどん音楽の可能性を拡げていかれると思います。きょうのお話を聞いて、未来が変わる子もいるんじゃないかと思うんですよ。

山口　ぼくもこのあとまた歌詞を考えるんですが、いいインプットができました。いいですね、こういう場。片山さん素晴らしいです。

片山　こちらこそ、ほんとうに無理やりお願いして、しかも締切前の忙しいタイミングだったというのに、こんなに誠実なお話をしていただけて。改めて山口一郎というのはすごい人間だと感服しました。ありがとうございました。みんな大きな拍手を！

山口一郎先輩が教えてくれた、「遊ぶ」ように「仕事」をするためのヒント!

□目立ちたい気持ちもありましたが、自分が美しいと思う言葉をみんなに覚えてもらいたくて、音楽をつくり始めました。

□ライブは自分たちのつくったものを披露する場所であり、自分たちのイメージを良い意味で壊す場所。
心地よい裏切りを与えることがひとつのテーマです。

□ミュージシャンが音楽以外のものにも関わっていかなければ、音楽というカルチャーは廃れていってしまうと思う。

□いずれは若者たちと「音楽ってなんだろう」って考えていけるような空間を用意する側に回りたい。

□自分のことクリエイターなんて思ったことないですよ。
不器用な音楽好きの兄ちゃんっていうか、おっさんですね。

□チームワークで大切にしているのは、自分以外のパートに口出しすること。照明さんと音響さんが言い合っていると、やっぱりうちのチームって格好いいなと思います。

Music for **instigator**
Selected by Shinichi Osawa

#010

1	Jardin	Actress
2	Freak Time Baby	Luke Vibert
3	High Pitch (In Flagranti Dub Mix)	In Flagranti
4	Needed You	She Lies
5	Tiers Monde	Fancis Bebey
6	Strings That Tie To You	Jon Brion
7	Cat Rider	Little Dragon
8	Waves Become Wings	This Mortal Coil
9	In Silence	Octave Minds
10	Differencia	Ryuichi Sakamoto
11	1-3	London Underground
12	Ghetto Youth	SCNTST
13	Painted Desert	Roy Ayers
14	Ima Read	Zebra Katz & Njena Reddd Foxxx
15	Phone Call	Jon Brion
16	Bedria	Pharoah Sanders
17	(I Didn't Know) I Was Asleep	Plush

※上記トラックリストはinstigator official site（http://instigator.jp）でお楽しみいただけます。

この本を読んでくれたみなさんへ

５人の扇動者〈instigator〉による特別講義は、いかがでしたか？

まえがきで、講義にお迎えするゲストは、生い立ち、プロになるきっかけ、仕事のジャンルやスタイルも、５人５色――と言いました。でも、ここまで読んでくださった方は、きっと共通点に気づいていると思います。それは、「好きなこと」を仕事にしていること――。誰もが一度は「夢」に描くであろう職業を仕事にして、第一線で走り続けている方たちだということです。

「仕事と遊びは別」「好きなことは仕事にしないほうがいい」

よくそんな意見を聞きます。

たしかに、仕事には社会的な責任が伴います。大きなプロジェクトになるほど、多くの人が関わるほどに、壁にあたることも増えていく。いえ、ゲストのみなさんも口ぐちに話していたように、まったく順風満帆な仕事のほうが少ないくらいです。

でも、好きなことだから、工夫して乗り越えていくことを、まるで遊びのように楽しめてしまう。それが結果として、クオリティーの高い仕事を続けている秘訣にもなっていると思うのです。

『instigator』をスタートしてはや4年が経ちました。毎回楽しみにして、足を運んでくれる学生がたくさんいます。ぼく自身、遊ぶようにわくわくしながら、素晴らしいゲストとのスリリングな時間を過ごさせてもらっています。

佐野研二郎さんの回は、学生たちから笑いが絶えませんでした。ユーモアたっぷりでサービス精神旺盛。学生時代の文化祭準備を、いまでもずっと続けているようだと話してくれました。楽しみながら仕事をしている様子が目に見えるようですが、一方、仕事としてやっていくことのシビアさについても、きちんと話してくださいました。厳しい状況や、ありえないようなトラブルが起きたときも、感情的になるのではなく、冷静にユーモアへと転換する。ぼくも見習いたいところです。

VERBALさんの謙虚さには、学生たちも驚いていたようです。ライブであれだけアグレッシブなパフォーマンスをされているのに、非常に穏やかで、丁寧な口調で。学生との質疑応答もいままでにない雰囲気でした。どんなときでもひとつひとつの出逢いを大切にされている姿勢に、背筋の伸びる思いがしました。また、ご自身のマルチな才能を発揮するために、いくつもの会社を立ち上げ、自ら経営していくというビジネスマンとしてのバランス感覚にも驚かされました。

蜷川実花さんは、ついに初の女性ゲスト。武蔵野美術大学は女生徒率が高いので、アーティストとして、女性として、母として、一線で活躍を続ける方のリアルな声を聞けたのは、とても貴重な機会だったはずです。ぼくとしては、「みんな、焦らなすぎ！」とのお言葉が印象的でした。ホント、時間ってあっという間です。決して受け身ではない、つねにフル回転で走り続けてチャンスをものにしてきたエピソードに、ぼく自身も非常に刺激を受けました。

川村元気さんには、現在の創作にも多大な影響を与えたという一風変わった少年時代の話から、ものをつくりだすことへの思いまでを語っていただきました。良いと思うものをつねに因数分解して考える思考プロセスに大きなヒントを得た方も多いのではないでしょうか。『世界から猫が消えたなら』のきっかけとなった、ケータイ電話をなくしたときのお話も印象的でした。

そして、山口一郎さん。学生たちと同じ目線で、びっくりするくらい気さくに、あますところなく創作活動の秘密を話してくれました。飛ぶ鳥を落とす勢いでありながら、やはりとても謙虚で、自分に才能があるとしたら努力する才能だ、と話していたのをよく覚えています。いかに学生時代が貴重な時間であるかを、ご自身の経験を踏まえて何度も繰り返され、その上で学生たちには「手を伸ばせば届かないものはない」という激励をくださいました。

事前の打ち合わせから当日の講義まで、貴重な時間を割いて学生たちに本気で語り掛けてくれた５人の扇動者のみなさん、改めて、ありがとうございました。イベントに携わってくれたチームのみんなにも心からの感謝を。

そして、この本を読んでくれたみなさん、どうもありがとうございました。この本が、大切な何かと出会うきっかけのひとつとなれたなら、こんなにうれしいことはありません。

次回の特別講義で、またみなさんにお会いできますように。

２０１５年５月

武蔵野美術大学 空間演出デザイン学科　教授　片山正通

instigator

Music
大沢伸一／畠山敏美(avex management Inc.)

Photo
鈴木心／神藤剛

Movie

＃007
ディレクター：谷聰志(PONDER SNAIL)
照明：前川賀世子／長晃由／福田和弘

＃008
ディレクター：谷聰志(PONDER SNAIL)
照明：前川賀世子／長晃由／福田和弘

＃010
ディレクター：後藤理一郎
カメラマン：浅野良輔／尾野慎太郎／木戸大地／木村好克／
長谷川俊介／吉山桃子
照明：前川賀世子／長晃由／中野洋幸

＃011
ディレクター：尾野慎太郎
カメラマン：尾野慎太郎／後藤理一郎／太田晃／加藤恭久
照明：福田和弘／中村匡孝／江口詩渚

Graphic
近藤朋幸(Wonderwall Graphic Design Division)

instigator運営スタッフ

Wonderwall :
大野晃義／川瀬麻美子／清水由美子

武蔵野美術大学 空間演出デザイン学科 研究室：
北川陽史／深谷美里／大野洋平／国沢知海／開田ひかり／松田瑞季／
栗原佑実子／小林峻也／久下秋穂／長谷川依与／洲崎由彩

武蔵野美術大学 空間演出デザイン学科 片山ゼミ 第二期：
松本結衣／安西麻衣子／伊藤匡平／奥中詩帆／クォンヒョヨン／櫻田健太／
篠田幸実／清水茉衣／杉野亜衣子／永田理／野坂奈帆子／藤田晃子／
南修樹／八木陽介／クォンジヒョン(大学院)

武蔵野美術大学 空間演出デザイン学科 片山ゼミ 第三期：
荒井あすか／木本梨絵／熊谷晃希／小糸芳奈／吉木奈々／細野夏美／
丸山未来／安井俊介／吉田健太郎／大屋かおり／中村駿太

武蔵野美術大学 空間演出デザイン学科 片山ゼミ 第四期：
浅川沙希／荒井翠／磯山依里／岩瀬結香里／加川温子／清川昇／坂場史章／
鈴木皓子／髙橋佳子／谷永真梨／中尾早希／茂木綾音／森岡万智／
山岸万希子／吉田恵／和田沙綾

Special Thanks :

武蔵野美術大学 映像学科
LOOPWHEELER
CASSINA IXC.Ltd
Wonderwall
木村好克(Production I.G)

武蔵野美術大学 演出デザイン学科
教授：小竹信節／堀尾幸男／太田雅公／五十嵐久枝／小泉誠／鈴木康広／
天野勝／パトリック・ライアン／津村耕佑

企画＆ホスト
武蔵野美術大学 空間演出デザイン学科 教授 片山正通

片山正通(かたやま まさみち)

インテリアデザイナー
株式会社ワンダーウォール 代表
武蔵野美術大学 空間演出デザイン学科 教授

1966年岡山県生まれ。2000年に株式会社ワンダーウォールを設立。コンセプトを具現化する際の自由な発想、また伝統や様式に敬意を払いつつ、現代的要素を取り入れるバランス感覚が国際的に高く評価されている。

現在までに、ユニクロ グローバル旗艦店(NY、パリ、銀座、上海他)、INTERSECT BY LEXUS グローバル展開(青山、予定:NY、ドバイ)、PIERRE HERMÉ PARIS Aoyama、NIKE原宿、100%ChocolateCafe.、PASS THE BATON(丸の内、表参道)、YOYOGI VILLAGE /code kurkku、THOM BROWNE. NEW YORK AOYAMA、MACKINTOSH(ロンドン、青山)、ザ リッツ カールトン香港OZONE、colette(パリ)など、アジアはもとより、ヨーロッパ、北米、中東などで国際的にプロジェクトを手がけている。2009年にはNHK総合「プロフェッショナル 仕事の流儀」が放映された。2014年6月には作品集『WONDERWALL ARCHIVES 02』が刊行。現在、世界的に最も注目を集めるインテリアデザイナーの一人である。

2011年より武蔵野美術大学 空間演出デザイン学科 教授に就任し、次世代のインテリアデザイナー育成に注力している。一方で、全学生徒に向けた特別講義『instigator』を企画。さまざまなジャンルのトップクリエイターをゲストに迎えた講義は番外編となるSpinout Editionまで発生し、2015年5月現在までに13回を重ねている。

instigator official site　http://instigator.jp
武蔵野美術大学 空間演出デザイン学科　http://kuude.musabi.ac.jp
ワンダーウォール　http://www.wonder-wall.com

wonderwall.katayama
masamichi_katayama
Wonderwall_MK

片山正通教授の
「遊ぶ」ように「仕事」をしよう

著者　片山正通

発行　2015年6月25日 第1刷発行

イラスト　竹田嘉文
写真　鈴木心／神藤剛

ブックデザイン
近藤朋幸（Wonderwall Graphic Design Division）

編集　前島そう（ペンライト）
　　　奥村健一（Casa BRUTUS）
構成　藤崎美穂

発行人　石﨑孟
編集人　松原亨
発行所　株式会社マガジンハウス
〒104-8003　東京都中央区銀座3-13-10
受注センター　☎049・275・1811
カーサ ブルータス編集部　☎03・3545・7120
印刷製本　凸版印刷株式会社

Printed in Japan
ISBN978-4-8387-2762-9 C0095

定価は表紙と帯に表示してあります。

マガジンハウスのホームページ　http://magazineworld.jp/